EL AMANECER DE LA CLARIDAD

LA SAGA HACIA EL CIELO

LIBRO 3

A.R. KNIGHT

CAPÍTULO 1

HOGAR

MI HOGAR APARECE de la nada en la oscuridad. Un gran círculo marrón y blanco suspendido contra una vasta extensión negra con luces brillantes parpadeando, como agujeros en un dosel de hojas. Lo miro fijamente a través del parabrisas delantero de la lanzadera, con la boca abierta. Mis ojos parpadean y veo que mi hogar sigue ahí. Cuando lo dejé, cuando me arrancaron de él, pensé que nunca volvería a ver sus selvas, sus océanos y montañas. Creí que mi familia, todo lo que conocía, se había perdido para siempre.

Y sin embargo, aquí está de nuevo.

¿Estás feliz?

Ignos, a quien una vez consideré un dios, ahora una extraña criatura que vive dentro de mí, envía sus palabras de la misma manera en que yo podría pensarlas. Ráfagas de sentimientos, imágenes y emociones que me atraviesan. ¿Estoy feliz?

Sí.

La lanzadera se guiará sola. Disfruta de la vista. Relájate.

De todos modos, no tengo mucha elección. Las bandas

que se cierran alrededor de mis pies y la red que se adhiere a mi espalda, las cosas que me mantuvieron estable durante el salto, no se retraen. Estoy atrapado, al igual que mis dos amigos, Viera y Malo, detrás de mí. Eso podría ser un problema si tuviéramos algún lugar adonde ir, pero ahora mismo estamos hipnotizados por lo que sucede frente a nosotros.

El círculo marrón se está haciendo más grande, más cercano. Entre las corrientes blancas, que Ignos me dice que son nubes, veo manchas negras que cruzan la vista. Algunas más grandes que otras, algunas que parecen, como las aves de mi hogar, volar en formación.

¿Son otros? ¿Nuevos Oratus, nuevas criaturas que vienen a llevarme tan pronto como aterrice?

No. Esos son mis amigos.

Ignos había mencionado, cuando lo encontré por primera vez en esa roca estrellada hace meses, que sus amigos lo seguirían. Su trabajo era preparar la Tierra para ellos. Estos otros dioses nos rescatarían de las dificultades. Resolverían nuestros problemas y nos traerían una nueva era de felicidad y paz.

Entonces, ¿por qué, por qué este extraño nudo comienza a formarse en mi estómago mientras miro la creciente masa marrón? Mientras las manchas se definen en formas extrañas. Algunas, como el planeta, son circulares. Otras son irregulares, hechas de líneas y bordes cortantes mientras se mueven rápidamente.

—Sean lo que sean, se están acercando —dice Viera.

Está hablando de un conjunto de tres cosas a nuestra izquierda. Puedo verlas porque, desde las alas gemelas en sus costados, brillantes luces rojas resplandecen hacia nosotros.

—No puedo moverme —añade Malo—. ¿Puedes tú, Kaishi? ¿Puedes liberarnos?

Le hago la pregunta a Ignos, pero la criatura no responde. Se mantiene en silencio ahora, y mi inquietud crece.

—No sé cómo.

—Mejor esperemos que sean amigos, o estaremos en problemas —dice Viera.

—Ignos dice que lo son.

—Perdóname si no confío en esa cosa.

Observo cómo las tres naves fuera se deslizan a nuestro alrededor. Hasta el punto en que, cuando las naves salen de mi vista, todavía puedo ver el leve resplandor de esos puntos rojos. El mundo frente a nosotros ha crecido hasta llenar el espacio visible. Partes del tono marrón se sombrean de manera diferente. Grandes círculos. Ondulaciones en la tierra, que supongo deben ser montañas. Otras parecen profundas hendiduras. Cráteres, tal vez.

Lo que no veo son selvas. Lo que no veo son océanos.

¿Están en el otro lado?

Ignos no responde. La lanzadera comienza a temblar, y de repente los bordes, luego todo el parabrisas, brillan en blanco, naranja y rojo.

—¿Qué está pasando? —dice Malo—. ¿Ignos te está diciendo algo?

Todo estará bien.

Las palabras de Ignos llevan condescendencia, el mismo tipo de desprecio amable que mis padres solían darme cuando era un niño pequeño. Una respuesta que dice que Ignos no confía en mí para más.

Tan rápido como el fuego se intensifica, retrocede, y ahora comienzan a formarse partículas heladas. Extrañas formaciones cristalinas crecen en el cristal. De caliente a frío a derretirse de nuevo casi tan pronto como se forman. Todo lo que veo ahora es un gris blancuzco nebuloso.

—No sé qué está pasando —digo.

—Eso nos hace tres —responde Viera.

En una vida pasada, antes, habría rezado. Rezado a Ignos, el verdadero dios, no a la criatura, para que me librara del peligro. Y por primera vez desde aquella extraña noche en la oscura selva cuando vi la nave que trajo a esta criatura hasta mí, rezo. Rezo a un dios que ya no creo que esté dentro de mí, uno que espero esté a mi alrededor. Que me guíe.

Malo escucha mis palabras y se une. Es un ritual simple y común. Una petición de perdón, de coraje, de guía. De protección y amor.

—Esperemos que eso funcione —dice Viera cuando terminamos; la Lunare no se une a nosotros en la oración, pero está feliz de cosechar sus beneficios.

Por un momento, parece que sí funciona. El gris se rompe y debajo de nosotros veo algo que puedo reconocer; la alta aguja, con la punta nevada, de una montaña. Aunque esta, a diferencia del gris rocoso contra las selvas verdes de mi hogar, es casi toda negra. A su alrededor, en su base y extendiéndose hasta donde alcanza la vista, no hay verde. Solo blancos y grises y azules y rojos. Solo edificios. Arqueándose y derrumbándose unos sobre otros, apilados y fusionándose. Divididos por largos tubos cilíndricos que los rodean y dividen como venas en una fronda de helecho.

El nudo en mi estómago crece hasta convertirse en pánico total. Porque ahora lo sé.

Este no es mi hogar.

La lanzadera desciende más. Nos deslizamos a lo largo de la montaña, y en los reflejos brillantes de los altos edificios puedo ver que aún nos siguen, perseguidos por las tres naves que nos encontraron sobre el cielo. Pero estas no son las únicas cosas que nos acompañan en el aire. Mientras que mis cielos estaban llenos de pájaros, estos están llenos de objetos de todos los tamaños. Zumban y se mueven por todas partes, llenando los espacios vacíos de la misma manera que la niebla o las langostas podrían hacerlo en casa. No entiendo cómo ninguno de ellos choca entre sí, e Ignos responde con una sola palabra:

Automático.

No sé lo que significa. No sé qué es nada de esto. No entiendo lo que veo al mirar dentro de los edificios que pasamos, llenos de extraños dispositivos, extrañas luces rosas y amarillas. Amplios pasillos con grupos de criaturas que nunca antes podría haber imaginado de pie o en movimiento. Hablando o, en algunos casos, pareciendo disparar extrañas armas como las que tenían los Oratus en el *Cobalt*.

Debajo de nosotros, los tubos parecen dividirlo todo, veo más formas, varias que se parecen a Coorvin, el guía peludo y de ojos grandes que dejamos en la estación. Un Flaum, creo que se llamaba.

Abajo, los viajeros pasan como cohetes en pequeñas cápsulas, sentados mientras son disparados hacia cualquier destino. Debajo de ellos, en la superficie, hay caminos delineados en rojo. Pavimentados en piedra. Ladrillo rojo que parece moldeado sin pliegues. Pies caminantes, garras, o cosas más extrañas cubren la superficie mientras hordas de criaturas deambulan de un lado a otro. Es una visión que debería llenarme de asombro pero que en cambio me retuerce de pavor.

—¿Dónde estamos? —dice Malo—. Esto no es casa.

No, no lo es.

Le pregunto a Ignos si me mintió.

Nunca lo hice. Te dejé asumir. Si volvieras a casa ahora, los Oratus simplemente te llevarían de nuevo. No puedo permitir que eso suceda. No puedo dejar que caigas en sus manos.

Lo que hago es mi elección.

No. Ya no.

La lanzadera da un giro brusco a la derecha, llevándonos sobre una avenida más amplia y por debajo de una serie de arcos que brillan en rojo cuando pasamos bajo ellos. Los de enfrente resplandecen en un amarillo pálido, el mismo que he visto en insectos que te advierten que no te acerques demasiado. Me doy cuenta de que estos arcos nos están guiando hacia abajo, hacia un amplio agujero que parece conducir al subsuelo.

—No sé qué te está diciendo esa cosa dentro de tu cabeza, Kaishi —dice Viera—. Pero no estoy inclinada a confiar en una palabra de lo que dice. Dondequiera que estemos, no es casa. Sean lo que sean estas cosas, apuesto a que no son nuestros amigos.

—No podemos hacer nada ahora —digo—. Mira y aprende. Intenta no entrar en pánico.

Puedes aceptarlo. Puedes entender que tu lugar en una galaxia más grande está aquí. Con nosotros.

Mi lugar está con mi gente.

Kaishi, no tienes gente. Todo lo que tienes soy yo. Todo lo que tienes es lo que los Sevora te darán.

Mientras miro hacia adelante, mientras nos sumergimos a través del último de los arcos y en una oscuridad que lo consume todo bajo tierra, lo único que rompe el shock paralizante es la fría humedad de las lágrimas.

CAPÍTULO 2

FLOTANDO LIBREMENTE

EL TIEMPO ES un concepto fluido. Al menos para Sax, la definición del paso de los eventos está en constante flujo. El tiempo local, medido por donde quiera que se encuentre. El tiempo galáctico, que hace mucho cambió a mediciones en ciclos, con grandes eventos marcando cambios en el poder y los objetivos de la civilización. Y, por supuesto, su propia biología. La tasa de deterioro y regeneración celular en sus músculos, tendones y órganos. Esto último es lo más evidente para él ahora, sentado apretujado con Bas, su pareja, y el viejo Flaum Coorvin de pelaje moteado en un módulo de evacuación que se precipita por el espacio.

Han estado ocupados, con Sax y Bas reclamando todos los ungüentos curativos del módulo. Coorvin, utilizando las habilidades aprendidas al cuidar de las múltiples necesidades de Dalachite, ha estado cosiendo a los dos Oratus, aplicando ungüentos en las quemaduras y eliminando lo que no sana por lo que puede sanar. El tiempo pasa en una bruma picante, con la fuerza de Sax volviendo lentamente, aunque no tiene dónde usarla, dónde probarse a sí mismo.

La perspectiva de haber llegado tan lejos y no tener forma de demostrarlo hace que su cola se agite.

—¿Sabes lo que significaría para nosotros morir aquí fuera? —sisea Sax de repente.

Lo hace más que nada para romper el silencio, uno que ha estado creciendo constantemente en la eternidad desde que despegaron de *Cobalt*. Desde que escaparon de una estación espacial que se precipitaba hacia su propia ruina, ya sea por un asteroide errante o por fallos de energía internos.

—Creo que, en un entorno como este, si nuestros cuerpos fallaran, flotaríamos, en gran parte preservados, durante mucho tiempo —reflexiona Coorvin, sus grandes ojos negros mirando al vacío—. No creo que haya suficiente materia biológica aquí para que nos descompongamos adecuadamente.

—Exactamente —dice Sax, aunque eso no es en absoluto lo que quería decir, pero de todos modos encaja—. Perderíamos nuestra oportunidad de honor. De victoria. De resolver el porqué.

—¿Por qué? —sisea Bas con un tono más ligero y limpio que el de Sax.

Como la mayoría de las cosas entre los dos, Bas es mejor, más hermosa.

—Porque aún no lo sabemos. No sabemos por qué a ese Amigga le importaban tanto los humanos. No sé por qué había fassoths en el planeta de los humanos o cómo llegó a existir la tecnología que vimos allí. Su relación con las estructuras primitivas es completamente errónea.

—¿Un Oratus inquisitivo? —dice Coorvin—. Pensé que todos los de tu especie eran brutos. Criados para la guerra y nada más.

—Lo era —dice Sax. Mira sus garras, las escamas grises

que se desvanecen desde puntas translúcidas rosadas y grises. Cuatro de ellas, un juego en cada brazo, y dos garras más en cada una de sus gruesas piernas, actualmente dobladas debajo de él junto con su cola—. Merezco estar en medio del enemigo, desgarrando y destrozando y cortando. Sin embargo, aquí estoy sentado en esta prisión estrecha esperando morir. Un espacio así te hace pensar. Te hace preguntarte.

—Evva nos lo dirá —dice Bas.

Está serena, con sus escamas rosa dorado, recostada contra el mamparo frontal del módulo. Este no tiene ventanas, aunque no hay nada que ver. Todo lo que están haciendo es precipitarse por el espacio. Un solo conjunto de balizas de emergencia destellando, pero quién sabe si hay algo cerca, quién sabe si alguna vez lo habrá. Podrían chocar contra un asteroide, un planeta, y no saberlo hasta que sucediera.

Esto no molesta a Sax en lo más mínimo: si va a morir una muerte insultante, prefiere que sea una sorpresa.

—¿Sabías que Dalachite pensaba que los Oratus eran lo peor de la galaxia? —dice Coorvin sobre el ahora muy muerto amo de *Cobalt,* y ahora su rostro de mechón blanco y pelaje negro se vuelve para mirarlos—. Un experimento fallido, os llamaba.

—¿Experimento? —Bas abre sus ojos, amarillos con pupilas verticales negras—. ¿Qué quería decir con eso?

—No lo sé —dice Coorvin—. Nunca lo explicó. No pregunté. No era mi lugar, ni mi interés.

—¿Cuál es tu interés? —Ahora Bas está tan ansiosa por llevar la conversación como Sax lo estaba por iniciarla.

—Encontrar la respuesta, por supuesto. La clave para la paz en la galaxia. Esa es toda la razón por la que se construyó *Cobalt.* Por qué todos nos inscribimos en el proyecto.

—¿Todos nosotros?

—La mayoría se fue antes de que ustedes llegaran —dijo Coorvin—. Tomaron posiciones en otros lugares cuando Dalachite cambió sus planes. Cuando se convenció de que la única forma de sobrevivir era eliminar todo lo demás.

—Fracasó —dice Sax.

—Estuvo más cerca de lo que crees —replica Coorvin.

Pero antes de que el Flaum pueda continuar, un zumbido estalla dentro del módulo; la matriz de comunicaciones cobra vida. Momentos después, una voz húmeda se derrama entre la estática. Aguda y empapada, como un río precipitándose a través de las palabras.

—Llamando al módulo, llamando al módulo. Parece que van en la dirección equivocada. ¿Les importaría decirnos por qué? Teniendo en cuenta que estamos aquí por *Cobalt* y *Cobalt* parece estar en un estado de, ¿puedo decir, desorden?

Los tres se miran entre sí. Luego Coorvin se apresura a responder.

—Aquí Coorvin, evacuamos la estación. Fallo crítico de energía. Solicitamos recogida.

Hay una ráfaga de estática y luego la voz vuelve. —¡Fallo de energía! Bueno, eso es simplemente malo. Supongo que tendremos que quedarnos con estos suministros entonces. Tal vez una entrega, venderlos. ¿Quién dijiste que está en ese módulo, solo tú, Coorvin?

—Un par más —responde Coorvin.

—Nos estamos acercando a su ubicación, nos gustaría saber un poco más sobre esos otros si no te importa, Coorvin. Ya sabes cómo me desagradan las sorpresas.

Coorvin soltó el pequeño botón del transpondedor. —Plake. Podría matarnos si le digo lo que son ustedes.

—¿Por qué lo haría? —dice Bas—. No le hemos hecho nada.

—Son Oratus. Ella es Vyphen.

Eso lo explica. Sax apoya la cabeza contra el mamparo. Ningún Vyphen rescataría voluntariamente a un Oratus. Es difícil tener mucha simpatía por la especie que llevó a la tuya a la ruina. Que eliminó su única razón de existir.

Pero entonces, los Vyphen no desaparecieron. Se dispersaron, volvieron a la civilización y encontraron un nuevo conjunto de necesidades y deseos. Hicieron lo que otras especies habían hecho durante ciclos: encontraron nuevos anhelos que requerían ciertos medios.

—¿Le gusta el dinero, verdad? —sisea Sax después de un momento.

—Es una fugitiva. Por supuesto.

—Entonces díselo. Dile que podemos pagarle más de lo que sabrá qué hacer con ello. Bas y yo somos respetados. Tenemos una alta posición en el Vincere. Pagarán por nuestro regreso.

El módulo de evacuación se sacude. Algo está acoplándose con ellos. El transpondedor vuelve a zumbar.

—Coorvin, como podrás notar a menos que ese Amigga te haya despojado de todos tus sentidos, nos hemos acoplado contigo. Vamos a abrir la puerta en un momento. Siempre y cuando, claro está, me digas por qué estás siendo tan reservado. Y, ya que estás en ello, quizás podrías explicarme por qué *Cobalt* decidió explotar. Los Amigga generalmente no permiten que los fallos de energía destruyan sus estaciones.

Coorvin mira a Bas y a Sax. Los Oratus asienten al Flaum, quien cierra los ojos con fuerza por un momento, luego presiona el botón del transpondedor.

—Son un par de Oratus, Plake. Sé lo que estás pensando. Sé que esto no es lo que esperabas, pero dicen que tienen dinero. Vinieron en una nave oficial, en una misión militar. Pueden pagarte.

Solo se oye un zumbido estático. Luego otro golpe seco, un golpe en la puerta.

—Entiendo por qué intentabas ocultarme ese hecho, Coorvin. De verdad. ¿Crees que voy a dejar que dos monstruos suban a mi nave? ¿De verdad lo crees?

Sax se estira por encima de Coorvin y presiona una garra sobre el botón. —Capitana Plake, soy Sax, del Vincere, tercer rango de letra. Nunca he hecho nada para lastimar a los Vyphen. Nunca he hecho nada para lastimarte a ti, a tu nave o a tu tripulación. Mi pareja y yo solo solicitamos transporte a la estación más cercana, y te pagaremos bien por ello. Si lo deseas, podemos quedarnos en tu bodega de carga. Fuera de tu camino. Cobrarás una buena suma por nuestra entrega.

Sax suelta el botón y se vuelve hacia Bas, ya que puede oír su divertida risa siseante.

—Nunca supe que podías ser tan diplomático —responde Bas.

—Cuando tengo que serlo.

—Interesante —burbujea Plake desde el sistema de comunicaciones—. Supongo que podría enterrar mi odio hacia ustedes por un tiempo. No estamos muy lejos de otra estación ahora, un lugar donde deberían poder asegurar un pasaje de vuelta a donde necesitan ir. Pero cuando abra la puerta, es mi nave y mis reglas. Las seguirán, o no dudaré en fundirlos hasta convertirlos en escoria. Nada me haría más feliz.

—Suena como una luchadora —dice Sax.

—Es eficiente y muy protectora con su nave —responde Coorvin.

Se oye un silbido de aire presurizándose, y de repente la

puerta exterior del compartimiento gira y se abre alejándose del módulo. Revela un trío de criaturas, todas sosteniendo mineros, y todas apuntando directamente a Sax y Bas.

—Coorvin, sal de ahí —un Flaum de pelaje negro como la noche, con un pequeño minero en una mano, hace un gesto a Coorvin.

Coorvin no espera tampoco, saliendo apresuradamente del módulo. Sax se siente ligeramente insultado, pero no es como si el Flaum les debiera algo a los Oratus. Es por ellos que ya no está en la estación, aunque eso signifique que Coorvin está fuera del alcance de Dalachite.

—Ustedes dos —zumba un Whelk rojo oscuro, una bestia similar a una babosa que se alza dos metros de altura, aunque sus brazos cortos y rechonchos no son rival para las garras de Sax.

Sostiene un arma grande, no, Sax ve ahora: el minero está fusionado a los lados del cuerpo del Whelk. No es la única modificación visible en la babosa; una especie de casco extraño con un visor cibernético descansa sobre la cabeza abovedada del Whelk. La piel del Whelk, de un carmesí viscoso, brilla cuando Sax la mira.

Sea lo que sea con lo que están tratando aquí, no es una nave mercante ordinaria.

—Es hora de salir, y lo van a hacer despacio. Como yo diga. —La voz del Whelk proviene de una hendidura que abre en su piel, y la mezcla de sonidos surge de ondulaciones profundas dentro de su cuerpo. Es un ruido extraño, pero funciona—. Primero el rosa. Lento y fácil.

Sax quiere protestar. Argumentar y exigir ir antes que su pareja, para poder alertar a Bas si van a enfrentarse a una ejecución sorpresa. Sin embargo, lo último que quiere hacer es antagonizar a sus potenciales rescatadores, así que Sax se mantiene en silencio mientras Bas trepa sobre él. Su cola, muy brevemente, se enrosca alrededor de la suya y le da un ligero apretón. Luego se ha ido, saliendo por el círculo y más allá del Whelk rojo. Sax ve al otro Flaum alejarse, la criatura de pelaje negro ya parloteando con Bas.

—Ahora tú. Eras el que habló, ¿verdad? ¿El que dijo efectivo por la entrega? —El Whelk suena presumido al decir esto.

Sax siente que sus garras se tensan. Las obliga a abrirse de nuevo. Mantiene sus brazos bajos. —Lo dije en serio. Entréganos, y tu capitana obtendrá su dinero.

—¿Cuánto crees que obtendrá por uno en lugar de dos? ¿O muertos en lugar de vivos?

—Tendrás un solo tiro —sisea Sax, dejando su boca abierta para que el Whelk pueda ver cuántos dientes están esperando para morder—. Tendrás un solo tiro, y luego te partiré por la mitad. Luego haré pedazos al resto de tu tripulación. Encontraré a tu capitana y la meteré de vuelta aquí con lo que quede de ti, y la dispararé al espacio. Un tiro. Será mejor que me mates o todos ustedes estarán muertos.

La piel debajo del casco del Whelk cambia, formándose una franja de azul pálido contra el carmesí en forma de una sonrisa desagradable. —Me alegro de que hayamos sacado las amenazas del camino. Al menos sé que eres realmente un Oratus. Ningún Sevora se molestaría con un discurso así. Vamos, sal de ahí. Puede que la capitana te odie, pero yo sé lo que haces. De un guerrero a otro, respeto.

Sax sigue el liderazgo del Whelk, sale del módulo de evacuación y entra en una amplia bodega de carga. Nota primero que esto no es un pequeño transbordador, es una nave seria. Un carguero de tamaño considerable, y uno que actualmente está transportando una tonelada de lo que parece ser alimentos. Las cajas se apilan a su alrededor, con las amplias puertas para descargar cerradas a su izquierda.

Debajo de él, Sax puede sentir el zumbido de los motores, las vibraciones del gas ionizado que impulsa la nave hacia adelante. Sin duda, pronto harían un salto.

Más allá de las cajas, el techo del carguero comienza a inclinarse hacia abajo y luego se extiende en tres portales separados que van recto, a la izquierda y a la derecha.

—No creas que recibirás el gran tour, sin embargo —dice el Whelk mientras Sax mira alrededor—. La capitana Plake quiere que estén restringidos al módulo de la derecha. Por suerte, es uno bueno. Cocina, entretenimiento. Mucho espacio para sus cuerpos grandes.

—Gracias —dice Sax.

—No me lo agradezcas a mí. Agradéceselo a ella.

El Whelk señala con su cañón fijo más allá de Sax, por encima de las cajas hacia el portal recto, que acababa de abrirse para revelar una criatura emplumada de piel lisa y amarillenta, con dos largas piernas y un par de brazos emplumados que se extienden hacia manos circulares y palmeadas con dedos rechonchos. Grandes ojos redondos, que se elevan sobre la parte superior de su cabeza, giran hacia Sax. Su boca se abre, y Sax puede ver, incluso desde esta distancia, el rizo doblado de su lengua.

—Agra-Red —anuncia Plake, su voz tan gorgoteante como sonaba a través del transpondedor—. Enciérralos. Quiero saltar fuera de este triste parche del espacio y echar a estos dos de mi nave antes de que decida matarlos.

—Plake es una maravilla, ¿verdad? —Agra-Red, el Bígaro, ríe y empuja a Sax hacia adelante con el borde de su minero.

Encantador.

CAPÍTULO 3

UN NUEVO MUNDO

VIMELIA.

Ignos me envía el nombre mientras la lanzadera pasa a una gran caverna bajo tierra. Ni siquiera puedo ver el final, ya que en el momento en que salimos del túnel, una luz brillante y blanca se abre sobre nosotros y sigue a la lanzadera, deslizándose justo delante y guiándonos hacia un espacio vacío. Es un resplandor cegador, y la luz lava cualquier cosa que pudiera ver afuera. Los motores reducen la velocidad y se detienen mientras la lanzadera desciende al suelo. Los soportes se extienden y toda la nave se asienta con el más leve de los golpes.

Vimelia es mi hogar.

—¿Esto significa que ya podemos salir? —dice Viera, y veo que su red ha desaparecido.

Las correas que sujetan los pies de Viera al suelo se retraen y en un segundo las mías también. Un chasquido corto y rápido, y luego tropiezo hacia adelante, repentinamente libre. Mis piernas están rígidas, mis rodillas duelen, pero puedo moverme.

Los Sevora no comenzaron aquí, pero es donde hemos ido. Donde vivimos.

Me agarro a las terminales, las pantallas que antes mostraban un mapa de la galaxia, ahora muertas y en blanco. No lo entiendo. Esta lanzadera pertenecía a los Oratus. A Sax y Bas. ¿Por qué vino aquí?

Porque tú se lo dijiste. Una vez que llegó, mis amigos la guiaron hacia abajo. No tengas miedo, Kaishi.

—¿Sabes dónde estamos? —me pregunta Malo, y mientras dice las palabras, pone su mano en mi hombro.

Ese es el primer contacto que he tenido desde que nos fuimos. Desde que supe que llevé a mis dos amigos a un lugar tan lejano de casa que ni siquiera existe en nuestra imaginación. Casi me derrumbo en ese momento. Casi colapso ante la idea de que hemos llegado tan lejos y aún así estamos muy lejos de donde necesitamos ir.

Díselo.

—Aquí es donde vive Ignos, donde vive su especie —digo, aunque no puedo obligarme a girar y mirar a Malo y Viera mientras hablo—. Cuando me dijo qué números presionar, envió la lanzadera aquí.

—La criatura nos engañó —dice Viera—. Parece que deberíamos sacarlo de tu cabeza y ponerlo bajo mi bota.

—Por una vez, estoy de acuerdo con la Lunare —la voz de Malo es enojada, resignada—. Te ha traicionado, Kaishi. Ya no podemos confiar en él.

—No teníamos elección —digo—. No sabemos cómo pilotar esta cosa. No sabíamos a dónde ir...

Quiero seguir, derramar mis frustraciones una tras otra, cuando un sonido de roce desde atrás, hacia el medio de la lanzadera, me distrae. Cierra mi boca. Viera y Malo no dudan, sin embargo. La Lunare retrocede, cerca de mí, y levanta sus puños cerrados cerca de su cara. Malo hace su propia versión, agachándose y manteniendo sus ojos fijos al frente.

Entonces lo veo. Algo que se parece mucho a lo que dejamos atrás. Solo que en lugar de gris o dorado rosado, estas escamas son de un extraño amarillo desvaído, y muchas tienen negro alrededor de los bordes, algunas incluso faltan. El Oratus todavía se mantiene alto, y está flanqueado por un par de Flaum muy reales, no peludos, que entran pisando fuerte en la lanzadera detrás de él. Mientras que Sax y Bas no parecían llevar ropa, este lleva extrañas piezas de metal negro. Brazaletes alrededor de sus muñecas y tobillos. Cuando me mira, con ojos verdes ardientes, tengo la sensación de que ve posibilidades.

—Por favor, tranquilícense —dice el Oratus—. Soy Nasiya, líder de los Sevora. ¿Cuál de ustedes es el maestro?

—Yo lo soy —digo, poniéndome delante de Viera y Malo.

No tiene sentido que ellos carguen con la culpa, que salgan heridos si hay un ataque.

—¿Tú ingresaste el código para venir aquí? —responde Nasiya con la voz sibilante y áspera que tienen los Oratus.

—Ignos me dijo qué ingresar —respondo.

Esto solo parece confundir a la criatura, y sus ojos se estrechan.

—¿Te lo dijo? —El Oratus no se da la vuelta, pero puedo decir que no me está hablando a mí cuando dice—: Confirmamos que no hay armas en la nave, ¿verdad?

—Por supuesto —responde un Flaum de pelaje marrón—. El escaneo mostró que, aunque esta es una nave Vincere, hay al menos una criatura huésped entre estos.

El Oratus centra sus ojos en mí de nuevo. —Una criatura huésped. Veo tres. Aunque, para mi pesar, no sé qué son ustedes.

Respóndele.

No sé qué decir. Una parte de mí no quiere decir nada. Quiere resistirse, exigir que nos lleven a casa. Una parte de mí quiere luchar, resistir. Pero hemos estado luchando durante tanto tiempo. Se siente como una eternidad desde que dejamos la ciudad, Damantum, en marcha para detener a los invasores Oratus. En realidad, no sé cuánto tiempo ha pasado.

Sé que estoy cansada. Me duele la cabeza y mis huesos están débiles. Necesito comida, dormir. Y lo último que puedo hacer ahora es luchar.

—Somos humanos —digo—. De un planeta llamado Tierra. Ignos vino a mí y ahora vive dentro de mí.

Las cosas suceden rápidamente. Nasiya activa alguna señal invisible. Su forma, esas escamas amarillo pálido, se difuminan y luego desaparecen por completo. Apenas proceso esto antes de que los dos Flaum nos hagan señas para que avancemos y nos empujen a los tres fuera de la lanzadera.

Al bajar por la rampa, veo una docena de criaturas parecidas a babosas de pie a la derecha, sosteniendo lo que Ignos llama instrumentos. Suben por la rampa después de que la dejamos, y los sonidos de metal rasgándose, cajas moviéndose y fuertes gritos llegan hasta nosotros.

Ahora que estoy en la bahía, tengo una mejor vista del gigantesco espacio y noto que está lleno de otras naves, algunas llegando y saliendo, con esas luces apareciendo para guiarlas. Los Flaum nos conducen a través de la oscuridad, aunque no estoy segura de cómo los anfitriones Sevora pueden ver a dónde van, hasta que empiezo a caminar por el suelo. Aparecen círculos verdes tenues —parece que el suelo mismo cambia de color— indicándome por dónde ir.

Me lee, Kaishi. Vimelia se conecta conmigo de la misma manera que yo me conecto contigo.

Los tres seguimos a los Flaum, con más caminando detrás. Si llevan algún tipo de arma, no puedo verla, y una vez que la amenaza de nuestra ejecución se desvanece y mi corazón palpitante se calma, realmente empiezo a mirar alrededor. Pasamos de la gran caverna a hermosos pasillos. O al menos, así me lo parecen. Las paredes están codificadas en ondas de color cambiante que se transforman a medida que pasamos. Una sección puede comenzar con franjas de azul brillante y transformarse con una ola de verde que se desvanece en rosa y amarillo mientras la dejamos atrás. Le pregunto a Ignos qué significa.

Así como ustedes tienen sus pinturas, los Sevora tenemos las nuestras. Gran parte de nuestra historia se cuenta a través de patrones de luz y cómo cambian. Es un lenguaje, es una historia. Una que te contaré algún día si quieres.

El pasillo termina en una larga cámara con una pared llena de puertas circulares. Filas de especies se paran frente a ellas, entrando por esas aberturas mientras otros salen. Vamos a la más grande, en el extremo derecho. Es la única sin fila, y también la única con una línea roja alrededor del marco. Entre cada uno de los círculos, las pantallas muestran mensajes advirtiendo sobre cierres, retrasos y noticias llenas de términos que no entiendo.

—Cuando se abra —anuncia el Flaum líder con su voz chillona—, ustedes tres entrarán primero. Tomarán sus asientos en el lado más alejado lo mejor que puedan. Nosotros los seguiremos, y cuando estemos asegurados, procederemos.

Como si esperara a que terminara su discurso, tan pronto como el Flaum se calla, la puerta circular se abre y revela un extraño disco perlado esperándonos. Los tres

Flaum frente a mí se apartan y nos hacen señas para que pasemos.

—¿Supongo que vamos a montar esta cosa? —pregunta Viera.

—Eso parece —digo—. No creo que tengamos opción.

—¿Quieres decir que somos prisioneros de nuevo? —replica Viera, y no puedo evitar sonreír ante su sarcasmo.

El humor es como un vaso de agua fría en este momento; refrescante y vital.

—Haremos lo que hemos hecho antes —dice Malo, y noto que ha cambiado al idioma Charre.

Funciona aquí, como lo hizo en el *Cobalt*. Los Flaum que nos escoltan se miran entre sí, confundidos. No saben lo que dijo Malo. Tenemos nuestro secreto, y sacudo ligeramente la cabeza para advertirles que no lo usen. No aquí.

Yo voy primero, camino a través de la puerta circular —advirtiendo a Malo que tenga cuidado con su cabeza— y piso el disco blanco. A nuestro alrededor hay un tubo transparente de tono cerúleo. De vez en cuando, líneas negras marcan las uniones entre las piezas, los sellos que las mantienen unidas. Puedo ver frente a mí que el tubo se curva hacia arriba y ligeramente hacia la derecha. Alejándose de la bahía.

Estoy a punto de preguntar dónde están los asientos cuando el disco se estremece y, pareciendo surgir de la nada, tres sillas individuales se moldean desde la superficie. Apenas son lo suficientemente anchas para que quepa, y Viera y Malo se aprietan en las suyas, todos dispuestos en línea, en ángulos extraños. Tan pronto como nos sentamos, como las correas en la lanzadera, más material perlado se filtra desde el suelo y se envuelve alrededor de nuestros brazos y piernas. Tres Flaum entran detrás de nosotros, y esta vez veo que las sillas realmente están fluyendo desde el disco, haciendo que la plataforma misma se encoja en el proceso. Material amorfo, formándose según las necesidades de los pasajeros.

—Mientras estemos en ruta, traten de no hablar —nos advierte el Flaum líder, aunque no explica por qué.

No hay señal, no hay indicio. En un momento estamos sentados en la plataforma en nuestras sillas apretadas y al siguiente estamos disparados hacia arriba a través del tubo. Ascendiendo a una velocidad que nunca antes había sentido. Mucho más rápido que correr entre los árboles. El viento sopla mi cabello hacia adelante, mechones oscuros azotando mi rostro. Cierro los ojos.

No. Mantenlos abiertos. Mira.

Lo hago, entonces. Y me alegro. Lo que veo a mi alrededor está más allá de cualquier cosa que haya visto antes. Desde la lanzadera, allá arriba, la ciudad parecía falsa de alguna manera. Irreal. No podía extender la mano y tocarla, no estaba al nivel de los edificios y las estructuras ondulantes y serpenteantes. Pero aquí, mientras el tubo nos dispara fuera de la caverna y hacia el día, me quedo atónita ante una belleza construida que rivaliza con las flores de la jungla de mi hogar.

Estructuras relucientes de todas las alturas y todos los colores se elevan a nuestro alrededor. Algunas se asemejan a formas que he visto en la Tierra: cuadrados o torres altas. Otras se alzan como triángulos o cúpulas inclinadas. Delgadas agujas que conducen a cubos elevados en el aire.

Junto a nosotros, a ambos lados, otros tubos se elevan y se deslizan en paralelo, luego se desvían o suben o bajan. Nuevos se unen a nuestra pista. Nos desplazamos, aunque realmente no lo siento aparte de un ligero sobresalto en el paisaje. Todo lo que sé es que nos estamos moviendo. Yendo a algún lado.

Los Flaum frente a nosotros no parecen reaccionar. Sus ojos se clavan en mí, Malo y Viera. Son tan serios. No sé por qué, dado que estamos rodeados de maravillas.

En las leyendas de Solare, hablamos de las grandes ciudades de los dioses; oro, plata y jade por todas partes. Palacios enteros construidos con gemas que brillaban con un resplandor infinito. Si pudiera haber elegido un lugar que describiera esos cuentos, Vimelia sería ese.

Los Sevora no podemos elegir las cualidades de las especies que tomamos, pero podemos elegir lo que creamos. Expresarnos a través de los mundos que hacemos. Lo que deseamos ver a nuestro alrededor. Vimelia es una representación de lo que deseamos ser.

Más allá de los edificios veo un cielo color canela abarrotado de motas en movimiento y formas cambiantes. Todas las formas, desde las cosas angulares y enojadas que nos escoltaron, hasta barcazas flotantes más grandes que se deslizan por el aire. Otras se disparan desde la superficie, chillando hacia el cielo antes de desaparecer. Hay tanto movimiento en todas partes que casi me marea. La jungla, aparte de los insectos zumbando, a menudo estaba quieta.

Intento tomar aire, para preguntarle a Viera y Malo qué piensan, qué ven, pero cuando empujo el aire fuera de mis pulmones no quiere salir. Las palabras emergen y mueren instantáneamente. Chillidos en medio del constante rugido del viento. Por eso nos advirtieron que no habláramos.

La plataforma gira y se retuerce a través de una serie de puertas entrelazadas y siento una caída repentina, aunque no la veo, y desaceleramos hasta arrastrarnos mientras pasamos por debajo de una serie de grandes bucles metálicos. El cielo desaparece por un largo momento y nos sumergimos en la oscuridad.

Una estación de conmutación.

Luego salimos de nuevo, esta vez moviéndonos en una línea más recta. Puedo ver la estación de conmutación detrás de nosotros, y desde el exterior, se parece al Amigga; tantos tubos entrelazándose desde todas partes. Las plataformas entran disparadas desde todos los ángulos y lados y luego salen de nuevo en diferentes direcciones.

Ya casi llegamos. Debes saber que Nasiya y los demás quieren ayudarte. Ayudarnos. Tienes que confiar en ellos.

Ignos arruina la magia del momento trayendo de vuelta la realidad. ¿Cómo puedo confiar en ellos? ¿Cómo puedo confiar en alguna de estas cosas?

Porque no tienes otra opción. Porque estás lejos de casa y la única manera de volver depende de que nosotros te la demos, Kaishi. No eres una Emperatriz, no eres una joven con la protección de su tribu o su padre. Estás sola y en peligro. Así que déjanos ayudarte.

No respondo. No directamente, al menos. Ignos puede leer mis emociones, escanear mis pensamientos. No puedo ocultarle nada a la criatura, pero al menos puedo ignorar sus respuestas. Así que lo hago, y observo el movimiento hasta que la plataforma comienza a disminuir la velocidad. Hasta que el cielo se oscurece y nos movemos bajo un toldo blanco. Entonces nuestro viaje llega a su fin. Una vez que los Flaum se levantan, sus asientos vuelven a fluir hacia la plataforma. Como una vela derritiéndose.

Las tres criaturas se mueven hacia la puerta circular, que se abre al acercarse. Dos criaturas más parecidas a babosas al otro lado, de un color verde brillante y sosteniendo mineros propios.

—No necesitamos más escoltas —dice el Flaum líder, lo suficientemente alto para que yo lo escuche.

—Ha habido una alerta —dice una de las babosas, su voz

un zumbido staccato—. El Amanecer de la Claridad. Nasiya quiere que estos tres sean protegidos. Fuertemente.

¿El Amanecer de la Claridad? No sé qué significa eso.

No es algo de lo que debas preocuparte.

—Eso fue lo más loco que he visto en mi vida —dice Viera mientras nos ponemos de pie. Casi me caigo cuando la silla desaparece debajo de mí, pero Malo me agarra del brazo y me sostiene.

—Es asombroso —digo—. ¿Viste todas esas cosas volando por el aire? Podríamos hacer eso algún día. De vuelta en casa.

—Ustedes dos, dejen de hablar —gruñe el Flaum líder, volviéndose hacia nosotros—. Sigan, por favor. Y manténganse en silencio. Habrá tiempo suficiente para hablar más tarde.

—No hay necesidad de ponerse brusco —murmura Viera, pero el Flaum no la escucha.

Los seguimos, saliendo del tubo hacia otra plataforma. Esta no está tan abarrotada, pero mientras que las especies en la caverna venían de todo tipo y ropa, desde harapos hasta armaduras y metal y más allá, estos parecen lucir la misma ropa verde anaranjada. Muchos de ellos, ya sea sobre pelaje, piel lisa o algo completamente diferente, llevan una simple insignia cuadrada con un círculo naranja superpuesto sobre una superficie verde pálido.

El símbolo de mi gente. El naranja somos nosotros, una línea fuerte contra los forasteros. Protegiendo la vida contenida en el interior.

Más allá del área de carga, entramos en un salón alto y ancho con lados inclinados que llegan hasta un techo abovedado. Me recuerda al Vaos, el gran templo en Damantum, aunque en su material y diseño este edificio Sevora no se parece en nada. Más bien, siento la misma grandeza, un pulso de poder que resuena aquí, al igual que en casa.

Mientras caminamos, siento los ojos de mil cosas observándome. Algunos amistosos, curiosos. Otros enojados o amenazados.

—¿Crees que nos quieren aquí? —pregunto—. Algunos nos miran como si fuéramos enemigos.

—Eso espero, considerando que nos trajeron aquí. Considerando que fue tu amigo quien puso el código en la lanzadera. —Viera está escaneando la multitud, y veo que sus manos se dirigen hacia su cinturón, aunque no hay arma allí.

—Ella no tuvo elección, Viera. Ninguno de nosotros la tuvo. Ninguno de nosotros la tiene.

Malo, siempre defendiéndome. Incluso cuando no lo merezco.

Al escuchar las palabras de mi amigo, el líder Flaum gira bruscamente la cabeza hacia nosotros y chasquea sus dedos peludos. Habiendo hecho su punto, Malo se calla y yo no digo nada. En su lugar, observamos y caminamos a través de una habitación fascinante tras otra hasta que por fin nos encontramos en lo que parece ser la cima.

Es una habitación cerrada, con paredes transparentes alrededor. El suelo parece estar hecho completamente del mismo material blanco que la plataforma en la que viajamos. Los Flaum nos dirigen al centro de la habitación donde, mientras nos paramos, se eleva una mesa. Solo que esto no es un rectángulo o un cuadrado, es un círculo que se forma a nuestro alrededor. Atrapándonos dentro. Pequeñas sillas crecen debajo de nosotros, obligándonos a sentarnos.

Los Flaum retroceden hacia la puerta por la que entramos, y luego se van por completo.

—Creo que podría saltar sobre esto —dice Viera.

—Debe haber una razón por la que estamos aquí —digo—. Así que no hagas nada estúpido.

—Te está hablando a ti, Viera —dice Malo.

—Les estoy hablando a todos nosotros, incluyéndome a mí misma.

Hay un parpadeo. La borrosidad, y luego nuevamente aparece el Oratus amarillo pálido cerca de la ventana trasera. Nos mira a los tres por un momento, pasando su mirada de uno a otro.

—Bienvenidos a Vimelia. Bienvenidos a su nuevo hogar.

Hay un momento de silencio, y luego Viera dice lo que todos estamos pensando: —¿Hogar? Este no es nuestro hogar.

Nasiya mira a mi amiga. Extiende sus dientes en una sonrisa. —Estás sin anfitrión, ¿verdad?

—Si te refieres a que no tengo una de esas cosas babosas en mi cabeza como Kaishi aquí, sí. Estoy sin anfitrión.

—Entonces aún no lo has entendido. Pronto verás que Vimelia es tuya. Todos ustedes lo verán. Estoy muy emocionado de que hayan venido. Muy emocionado de que hayan decidido unirse a nosotros.

—No decidimos nada —digo—. Nos engañaron. No queríamos venir aquí.

—La fortuna a veces llega a aquellos que no la esperan. —Nasiya descarta mi comentario—. En un momento, llegarán sus comidas. Luego, se les mostrarán sus habitaciones. Mañana, comenzará su verdadero recorrido por Vimelia.

No tenemos la oportunidad de hacerle preguntas; Nasiya se difumina y desaparece, dejándonos solos en la habitación blanca.

Nasiya nunca ha sido muy dado a las palabras. Prefiere la acción, como verás.

Niego con la cabeza. No me importa Nasiya. Lo que sí me importa es salir de este planeta. Volver a casa.

Pero incluso esas preocupaciones se desvanecen cuando la puerta detrás de nosotros se abre y los Flaum vuelven a entrar, nuestros guardias seguidos por otros Flaum que empuñan bandejas en lugar de armas. Sobre las bandejas de plata hay cosas que reconozco del *Cobalt*. Las mismas extrañas pastas que Bas me sirvió en aquella fría estación metálica.

Cuando los Flaum entran en la habitación, la mesa y las sillas que nos rodean se funden con el suelo. Otras nuevas se elevan, espaciadas más adecuadamente para una comida. Una gran superficie plana y redonda, con tocones redondeados como sillas cuyos asientos son lo suficientemente grandes para que nos sentemos. Cuando no hacemos un movimiento inmediato, el Flaum líder, el de pelaje negro que nos ha estado guiando todo el camino, hace un gesto con su rifle hacia la disposición.

No es difícil interpretar lo que quieren.

Mientras nos sentamos, los otros Flaum colocan las bandejas de pasta frente a cada uno de nosotros. Luego, cuencos marrones con manchas azules se colocan junto a ellas, llenos de un líquido transparente. Parece agua, pero ninguno de nosotros la toca hasta que uno de los Flaum que sirve pantomima un gesto de beber.

—¿Crees que está envenenada? —dice Viera, en nuestra lengua secreta Charre, mientras recogemos los cuencos.

—Tienen formas más fáciles de matarnos —responde Malo, y luego toma un largo trago.

Ambos observamos. Podría ahogarse y colapsar. Ponerse morado. O, por lo que sé, brotarle pelo y transformarse en un Flaum.

Ridículo. Es solo agua.

Como si confiara en Ignos ahora. Pero después de unas respiraciones, y de que Malo tome un segundo trago, decido seguirle. Mi garganta ha estado seca y rasposa durante mucho tiempo —no es que tuviéramos muchos descansos en el *Cobalt*— y el agua fresca se siente deliciosa y sedosa en mi garganta. Más pesada que los ríos de casa.

El agua de Vimelia proviene de las profundidades de su superficie. Lo que pruebas es el sabor propio del planeta.

—¿Cómo saben qué podemos beber y comer? —pregunta Viera después de su propio sorbo—. ¿O es que todos funcionan con agua y cerdo asado?

—Esta habitación —dice el Flaum líder— escanea lo que son. Las escamas de su piel, el aliento que exhalan, el calor de sus cuerpos. Formamos un compuesto químico, una estimación de lo que requieren para sobrevivir, y proporcionamos nuestra mejor conjetura.

—¿Conjetura? ¿Entonces existe la posibilidad de que puedan matarnos?

—Siempre hay riesgos con nuevas especies —el chirrido del Flaum se vuelve bajo—. Normalmente se necesitan algunos accidentes para obtener una calibración perfecta.

—Intentaré ayudar... ¿tienen alguna carne real aquí? —Viera toca la papilla nutritiva con su dedo. El limo amarillo tiembla ante su toque.

—¿Carne? —El Flaum mira a Viera—. Solo un gusano incivilizado comería proteínas animales crudas.

—¿Me estás llamando gusano?

Antes de que el Flaum pueda aclarar, un cuadrado negro en su cinturón cambia a un color verde brillante y emite un solo timbre agudo. Sin decir una palabra más, él y los otros Flaum se dan la vuelta y nos dejan solos en la habitación. La puerta se cierra tras ellos, y nos quedamos solos.

Pruebo una bola azul-verde de la bandeja. Es mayormente insípida, con un toque de menta, pero siento que lo que estoy comiendo es increíblemente saludable. Mi estómago se emociona mientras trago los bocados. Sin embargo, no me gusta la textura, la falta de naturalidad en la bola. No es de casa.

Pero vives. Que es, después de todo, lo más importante.

Viera y Malo luchan como yo, con el deseo del hambre empujándonos a través de los movimientos. Usamos nuestras manos; metemos la comida en nuestras bocas. No me sorprende que no nos dieran utensilios. Cosas que podrían usarse como armas.

—Sabe a tierra —dice Viera.

—Estoy de acuerdo —responde Malo—. Esperaba que hubiéramos visto lo último de esto en la estación.

—Comería cualquier cosa de casa otra vez —digo—. Incluso esos pimientos que me diste parecen milagros ahora.

Sonrío ante el recuerdo y a dónde me lleva; la idea de que, algún día, estaría comiendo otra tortilla de pescado, esparciendo esos pimientos sobre la suave carne blanca y dando un mordisco lento. Sintiendo ese calor subiendo y bajando por mi garganta.

Verdaderamente, solo cuando dejas tu hogar lo aprecias completamente. Sin embargo, encontrarás mucho que te gustará aquí. Dale tiempo.

Apenas terminamos las bandejas antes de que los Flaum vuelvan a entrar. Esta vez no hay conversación mientras nos hacen levantarnos, y el Flaum líder ignora las preguntas sobre adónde vamos. Nos dirige de vuelta a los tubos. Allí abordamos otra plataforma, que nos lleva en un viaje vertiginoso por la ciudad. Los cielos han pasado de un beige brillante a un suave naranja, y puedo distinguir un orbe grande y brillante en el horizonte lejano que se extiende como una montaña.

Esto es lo más bajo que llegará nuestra estrella. Tenemos una órbita extraña aquí, y no hay una noche verdadera a menos que vayas bajo la superficie.

El calor de un día en la jungla pasa por mi mente ante la idea de luz interminable y no entiendo cómo Vimelia no se está derritiendo.

Debido a lo que esparcimos por toda la atmósfera. El polvo reflectante se acumula y repele la luz y el calor. Cuidadosamente controlado. Antes de eso, todo lo que ves vivía bajo tierra. En la fresca oscuridad.

La plataforma se detiene en un edificio largo y alto que parece esmeralda esculpida. Me pregunto por qué por un segundo hasta que recuerdo las insignias. La vida.

Sí. Estos son los alojamientos donde te quedarás hasta que te unas a nosotros.

No quiero saber qué significa eso. Seguimos a los Flaum fuera de la plataforma y a través de un breve recorrido hasta una cámara larga y ancha. A ambos lados, subiendo muchos pisos, hay largos pasillos con puertas, unas con barras metálicas y sin cortinas.

—Esto es una prisión —dice Viera.

—No sabemos eso —respondo.

—Incluso si lo es, no tenemos elección —Malo termina la conversación.

Los Flaum nos llevan por una escalera en espiral hasta el tercer nivel y luego a un rellano. Desde aquí puedo distinguir que muchas de las celdas están ocupadas. Detrás de las barras, acechan formas, y algunas presionan sus caras, sus hocicos, sus tentáculos oculares hacia nosotros.

Más Flaum recorren los pasillos mirando a sus prisioneros. Dos o tres en cada nivel caminando de un lado a otro. Algunos llevan comida u otras cosas que pasan a través de los barrotes al destinatario previsto. Es como una pequeña ciudad, aunque está claro que hay una cosa que no se ofrece aquí; libertad.

La obtendrás cuando tus amigos sean alojados, cuando aceptes ayudarnos.

Llegamos a tres celdas en línea. Están vacías, y lo único que hay dentro es el mismo suelo blanco que en cualquier otro lugar.

El Flaum líder golpea su garra derecha en el costado de la puerta. Cuando me doy cuenta de lo que está pasando, intento contar la secuencia, pero es demasiado larga y rápida. Los barrotes se elevan hacia el techo, y otro Flaum me empuja hacia adentro. Los barrotes bajan, y luego los otros Flaum empujan a Malo y a Viera hacia la siguiente celda.

Mientras se alejan, Malo me lanza una mirada preocupada y trato de responder con una confianza que no siento. Me digo a mí misma que no hay nada que podamos hacer aquí ahora, es mejor seguir la corriente. Mejor esperar otra oportunidad.

—Esta celda se está sintonizando contigo —me dice el Flaum líder a través de los barrotes. Al terminar sus palabras, el suelo blanco destella en azul por un momento antes de volver a su color perlado—. Está diseñada para crear muebles. Piensa en lo que quieres, y te dará lo que necesites. No te dará armas, herramientas u otros medios de escape. Recomiendo dormir, si tu especie lo necesita.

El Flaum se da la vuelta y se aleja, dejándome sola en la celda.

Adelante. Úsala.

Siguiendo las instrucciones de Ignos, pienso en un banco, una simple silla allí en la esquina cerca de la puerta. En un segundo, algo se eleva y forma la construcción de bambú —aunque mantiene el color alabastro— en el suelo.

Parece adecuada para mí. Así que me siento en ella. Fuerte y sólida. Imagino mi pequeña cama de mi palacio. Se forma en la esquina trasera, incluso aparecen mantas, aunque cuando paso mis manos sobre ellas, se sienten más falsas, artificiales de lo que estoy acostumbrada. No es lana real.

Cuando pongo mis manos sobre la cama, recuerdo el brazalete en mi muñeca. El Cache. Antes de que Ignos pueda detenerme, lo abro y me sumerjo profundamente en busca de respuestas.

Y encuentro muchas.

EL WHELK CARMESÍ se desliza sin patas frente a Sax a través de las bahías. Guía a Sax y Bas por el laberinto de carga hacia el frente de la nave y las tres puertas diferentes que apuntan a módulos separados. Agra-Red parece feliz de hablar sobre la tripulación y la nave, y Sax está más que contento de dejarlo. Conviene aprender sobre tus enemigos.

—Así que ves este lugar, construido cortesía de la propia Plake. Se llevó la nave como premio cuando su capitán se retiró y los demás lucharon por ella. Ninguno de ellos queda —el tono de orgullo en la voz de Agra-Red no es difícil de captar—. A partir de ahí, formó su tripulación de la manera habitual.

Agra-Red hace una pausa, esperando intencionadamente una pregunta. Así que Bas hace una.

—¿Y cuál es esa? —sisea Bas.

—Ve a los pilotos más inútiles que puedas encontrar, contrátalos, espera a que te roben y luego ve a buscar a los correctos —Agra-Red sacude la cabeza mientras dice esto, la falta de huesos hace que el movimiento haga ondular a toda la criatura—. He estado haciendo esto durante mucho tiempo, y no creerías la cantidad de historias tristes que he escuchado de capitanes que sienten que de alguna manera han sido engañados. Si contratas mal, te irá mal.

Esto continúa hasta que llegan al frente, y entonces Agra-Red señala hacia una escalera a la derecha, que asciende desde el módulo de carga al resto de la nave. Agra-Red, y los Whelks en general, no pueden trepar, así que se acomoda en una pequeña plataforma de color moho. Cuando Agra-Red se sube, la plataforma se eleva más rápido de lo que el Oratus puede trepar.

La velocidad es importante en una nave cuando unos segundos de más jugando con los peldaños podrían significar la diferencia entre una descompresión explosiva o una reparación estable.

—Desde entonces, hemos estado transportando chatarra, suministros de alimentos y más a todos los lugares que podemos encontrar. Porque, y no creo que ustedes los Oratus sepan esto, no queda mucho en la galaxia estos días excepto enviar carga.

—¿Qué quieres decir? —pregunta Sax—. La mayor parte de la galaxia está a salvo. La mayoría está habitada.

—¿Habitada por qué? —responde Agra-Red—. ¿Gente aburrida y normal? ¿Aquellos contentos con vivir en la tierra en lugar de surcar el cielo? No. Ustedes los Oratus se llevaron la guerra, le quitaron el significado a mi vida. A la de todos nosotros. Ahora tienes dos opciones. Te contratas como yo, transportas carga y cuentas tus monedas esperando una vida mejor. O te desesperas, capturas un poco de emoción jugando a ser pirata hasta que tu vida te alcanza y terminas fundido, flotando sobre algún planeta para siempre.

—Tienes una visión sombría de la galaxia —dice Bas.

—¿Sabes mi nombre? ¿Agra-Red?

Los Oratus asienten.

—Mi hogar y mi color. Yo sigo aquí, pero Agra en sí... Bombardeada hasta la nada. Los Sevora establecieron un punto de apoyo y ahora simplemente ya no existe. No he encontrado a un solo amigo o familiar que haya sobrevivido. ¿Serías feliz cultivando la tierra o atendiendo un bar si eso le pasara a tu hogar? —Cuando Sax y Bas no tienen respuesta, Agra-Red se ríe, una cosa enfermiza con más que su parte de pesadumbre en ella—. Ah, olvido que ustedes, monstruos, no tienen hogar.

Sax podría corregir al Whelk, pero no lo hace. De todos modos no importaría.

Agra-Red los guía por un corto pasillo que se abre a una amplia y espectacularmente sucia cocina. Cosas como paquetes de nutrientes a medio comer, cajas, bolsas y pedazos de papel y otra basura yacen por todas partes, con un delgado cilindro en el centro de todo, como si alguien hubiera estado intentando y fallando en lanzar la basura dentro de él.

—Bienvenidos a su espacio —dice Agra-Red—. Oh sí, esa de ahí es Engee. Ella hace estos desastres.

Sax no ve a lo que Agra-Red está señalando hasta que se mueve. Sax piensa que el cilindro es un bote de basura, pero ahora ve que es un Teven, solo que en lugar de la habitual concha color arena, esta es metálica. Negra y plateada. Con un montón de cosas que confunde con basura colgando de los diversos agujeros de la concha.

—¿Me están echando? —exclama Engee, los sonidos saliendo huecos a través de los agujeros, como un silbido—. Pero estoy en medio de algo.

—Ya no —dice Agra-Red—. Recogimos refugiados. Necesitan un lugar para quedarse. Y es el tuyo.

—¿Plake les dio esto?

—Órdenes del capitán. Sal de aquí.

—Al menos podrías ser amable al respecto —responde Engee, y entonces el bote de basura se mueve. Se tambalea cerca de Sax. No puede distinguir al Teven mismo dentro, al menos hasta que un pequeño brazo sale disparado de uno de los agujeros hacia una de las herramientas que cuelgan del costado y la levanta. Sax nota que las cosas colgantes no son solo basura, sino que son una especie de accesorio. El Teven se lo acerca y Sax ve un extraño ojo rojo, uno que rápidamente parpadea en verde—. No están infectados. No hay Sevora en ninguno de ellos.

—Qué lástima. Aquí pensé que iba a tener un par de Oratus asados —dice Agra-Red con sarcasmo.

—¿Esperas que nos quedemos en toda esta basura? —le dice Bas al Whelk.

—No es mi problema —responde Agra-Red—. Plake dice que saltaremos pronto, así que si quieren un viaje cómodo, yo buscaría un asiento.

Agra-Red y Engee salen de la habitación, golpeando un panel en la pared que cierra una puerta. Los dos Oratus están solos, atrapados en una zona de desastre. Sax recorre con la mirada el desorden. Enterrados bajo algunos montones de envoltorios parece haber algunos viejos asientos de impacto. Cosas que podrían usarse, si fuera necesario, para soportar un salto.

—Me pregunto adónde habrá ido Coorvin —dice Bas mientras empieza a hurgar entre los desechos.

La mayoría parece chatarra; piezas arrancadas de otras cosas recolectadas aquí en un enorme revoltijo. Algunas están apartadas, encima de la mesa donde estaba sentado el Teven cuando entraron. El comienzo de un proyecto, algo largo y cilíndrico. Un arma, o tal vez un motor. A Sax no le interesan mucho los artilugios a menos que los esté usando.

—Ese Flaum se lo llevó —responde Sax—. Parece que Coorvin los conoce.

Bas barre con su cola, limpia el revoltijo de la mesa y mueve el desorden al suelo. Cae rápido, lo que le indica a Sax que la nave está usando gravedad magnética. Una carga eléctrica que corre a través de imanes en la base de la nave. Mantiene las cosas atraídas hacia el centro. No funciona tan bien en criaturas vivas, pero entonces, Sax y Bas están acostumbrados a mantenerse estables en lugares inestables.

—¿Cuánto tiempo crees que vivió Coorvin con los Amigga? —sisea Bas mientras ella y Sax despejan la basura de sus asientos.

Hay una red en la parte trasera de los anchos asientos, y cada uno se la pone. Deslizan sus garras por los huecos y observan las estrellas girar desde la pequeña pantalla de visualización en la pared.

—El suficiente para volverse loco, creo —dice Sax—. O casi. No huele normal.

Lo que, para los Flaum, significaba miedo. Nerviosismo. Sudor y pelo cayéndose. Al menos cuando los Oratus se acercan.

—¿Cómo deberíamos volver a Evva? —pregunta Bas.

—Podríamos tomar esta nave si quisiéramos —responde Sax—. Excepto que no he visto evidencia de un crimen. Necesitaríamos declararlo una necesidad militar. O hacer que cometan algo criminal.

—Eso no debería ser muy difícil.

—Entonces la confiscamos, pilotamos esta nave a donde necesitemos ir.

—¿Y dónde es eso? —dice Bas—. ¿Al centro? ¿Directamente al Coro y a la flota principal de los Vincere?

La pregunta toma a Sax por sorpresa. ¿Por qué no irían de vuelta a los Vincere? ¿Por qué no se unirían de nuevo a la guerra contra los Sevora?

—¿Estás sugiriendo que hay otro lugar al que deberíamos ir?

—Acabamos de matar a un Amigga, Sax —responde Bas—. Sí, fue en defensa propia, pero el Coro no ve con buenos ojos a aquellos que matan a los suyos. Volver podría simplemente ponernos en una celda.

Sax espera. No es propio de Bas comenzar una explicación perfectamente lógica sin seguirla con algo más interesante. Además, la defensa propia sería bien recibida. ¿Un Amigga enloquecido, dejado solo en el borde de la galaxia, vuelto loco con sus propios experimentos, intentó matar a Sax, Bas y tres especímenes que podrían significar el fin del conflicto más sangriento en la historia registrada?

Sax siente que tiene un buen argumento.

—Pero lo más importante —concluye Bas—. No creo que Evva esté allí.

Sax está a punto de preguntar por qué, cuando la voz de Plake retumba por el intercomunicador de la nave. Un anuncio, una llamada para decir que la nave está a punto de saltar y que todos deberían prepararse. A partir de ahí es una cuenta regresiva rápida. Sax respira profundamente con sus conductos. Es extraño no estar en el puente, extraño estar rodeado de toda esta basura aleatoria mientras el universo se inclina de lado y él gira a través de la cascada de sensaciones que vienen con el salto. Que vienen con el desgarro y la reparación de su estructura atómica.

Al menos es rápido. Meros momentos y luego Sax parpadea de una parte de la galaxia a otra. Es un costo físico, y uno mental, pero hasta ahora Sax no ha tenido efectos duraderos y ha hecho cientos de estas cosas. Mientras sepas a dónde vas, saltar no es tan malo.

En segundos, ambos Oratus están fuera de sus redes. Unos pocos más después y ambos están de pie junto a la puerta. Esperando.

—No sé si se están haciendo ideas —la voz de Plake suena por el intercomunicador—. No los dejaremos salir de ahí hasta que estemos acoplados. No me gusta tener desconocidos corriendo por mi nave en el mejor de los casos, y estos no lo son. Quédense quietos. Nos estamos acercando a la *Estación Desguazadora*, y una vez que lleguemos allí pueden bajarse y dejarme en paz.

—Tanto odio por la especie que protege sus vidas —gruñe Sax, aunque no cree que el intercomunicador esté enviando nada de vuelta al capitán.

—No es odio, Sax. Es precaución —dice Bas—. La *Estación Desguazadora* no es un lugar civilizado. No vamos aquí porque ella quiera entregarnos a los Vincere.

El Whelk, Agra-Red, tiene razón en una cosa: cuando los Oratus impusieron su versión del orden sobre los Vincere, desplazaron al desorganizado grupo de especies que habían generado generaciones sirviendo a la gran visión de esos doce Amiggas que formaban el Coro. Expulsados y descuidados, la repentina afluencia de pilotos, mecánicos, soldados y personal de apoyo comenzó a forjar sus propios destinos en una galaxia que, siempre y cuando no fueran demasiado violentos, no les prestaba atención.

Sax no ha estado en muchos de estos puestos avanzados —los que ha visitado son aquellos que cayeron ante las incursiones Sevora, y dejó la mayoría de esas ruinas a la deriva— y no está entusiasmado por visitar otro. La sucia habitación en la que están ahora sirve como una impresión precisa de lo que encontrarán en la *Estación Desguazadora*; basura, tanto física como mental.

—Si la Vyphen nos traiciona, nos aseguraremos de que se arrepienta —dice Sax, tomando posición justo fuera de la puerta y mirando hacia Bas, quien parece contenta de holgazanear en su silla.

—El asesinato no queda impune, Sax.

Las palabras retuercen a Sax por un momento. Ha sido un asesino sancionado durante toda su existencia, con permiso para hacer lo que sea necesario para avanzar en la agenda de los Vincere, del Coro. Las especies en esta nave, en la estación, no son Sevora. No son agentes enemigos. A menos que Sax sienta que su propia vida está amenazada, no tiene ningún motivo para masacrar a Plake y su tripulación.

—Ya no me gusta esto —suspira Sax a través de sus conductos.

—Recordarás que sugerí matar a los humanos cuando dejamos la Tierra —responde Bas—. Podríamos haberlos dejado a Dalachite, partir del *Cobalt* y no estaríamos aquí ahora.

—Esa perversión merecía su fin.

La nave se estremece al comenzar su fase de atraque. La gravedad magnética disminuye para evitar interferencias con los sistemas de la *Estación Scrapper*, y Bas, con un movimiento de su cola, envía flotando por el aire un montón de azulejos de metal gris.

—Encontraremos la manera de contactar a Evva desde la estación —dice Bas, siguiendo con la mirada los chips—. Ella sabrá cómo llevarnos de vuelta a casa.

Los dos comparten el espacio por un rato más, sintiendo cada parte del proceso de atraque en las sacudidas del carguero. Toma mucho más tiempo atracar una nave de este tamaño que la lanzadera que Sax y Bas solían pilotar; el carguero es demasiado grande para simplemente encajar en una bahía. En su lugar, la *Estación Scrapper* utiliza una serie de brazos para "atrapar" la nave, una vez que el carguero iguala la velocidad de la estación, y luego extiende un largo tubo hasta la esclusa de aire de pasajeros.

Cuando ese tubo se conecta, la puerta de la habitación del Oratus se abre de golpe, y por primera vez Sax se encuentra cara a cara con Plake. La Vyphen mide la mitad de la altura de Sax, y su piel roja brilla bajo las gruesas plumas blancas y amarillas que recorren su espalda y brazos. En baja gravedad, y en el pequeño mundo que la Vyphen llamaba hogar, Plake podría volar.

No es que eso le ayudara a escapar de las garras de Sax en espacios reducidos como estos. Por sus ojos, entrecerrados y de un verde profundo, Plake lo sabe. Pero no se agacha, ni se estremece, ni aprieta sus manos palmeadas cuando Sax la mira fijamente.

Plake tiene el respeto de su tripulación, y Sax empieza a entender por qué.

Agra-Red y uno de los Flaum de pelaje negro están detrás de Plake, ambos con mineros apuntando al Oratus. Respaldando el coraje de su comandante con la potencia de fuego que merece.

—Me seguirás —dice Plake—. Ellos te seguirán a ti. Vamos.

Mientras salen de la habitación, Sax oye el ruido de trituración, golpes y movimiento de la descarga de carga. Echa un vistazo por encima de la barandilla y de vuelta a la profunda bahía. Luces blancas brillantes atraviesan la suave iluminación amarilla del carguero, mostrando dónde están trabajando los robo-esquifes. Agarran cajas con sus brazos magnéticos, flotan con ellas hacia la esclusa de carga de la bahía, donde, una vez drenada la presión, los esquifes llevarían sus productos a través de un corto espacio hasta la estación.

—Pensé que esos estaban destinados al *Cobalt* —dice Sax a la espalda de Plake mientras se mueven.

—El *Cobalt* ya no existe —responde Plake sin girar la cabeza—. Supongo que eso los convierte en míos para vender.

—¿Está de acuerdo el Coro?

—¿Quién se lo va a decir? ¿Tú?

Sax enseña los dientes, aunque la Vyphen no puede verlo. Esta vez no necesita el toque de la cola de Bas para mantener la boca cerrada.

El tubo de conexión no les ofrece mucho más que una vista, a través de un grueso cristal, de la estación. Es suficiente para que Sax entienda por qué la *Estación Scrapper* tiene ese nombre: construida después de una intensa batalla Vincere-Sevora, la *Estación Scrapper* parece como si alguien hubiera barrido un montón de chatarra y la hubiera pegado toda junta. No hay apariencia de organización, ni planificación; la estación se extiende en todas direcciones, con puntos y nodos sobresalientes que se proyectan hacia el espacio.

No hay ningún planeta cerca de aquí, lo que significa que no hay gravedad que atraiga todas estas partes desgarbadas. Solo asteroides, cargados de valiosos metales y la razón de la pelea en primer lugar. Mientras caminan, Sax puede ver pequeñas naves mineras volando hacia y desde diminutas bahías, extrayendo platino y oro de rocas giratorias y regresando. Una gran nave refinadora, como el carguero de Plake, está realizando su propio procedimiento de atraque. Tiene forma de cilindro, y el mineral en bruto se cargará en un extremo, se refinará durante el viaje, y el producto limpio estará listo para su entrega a los artesanos que lo deseen.

—Hay más aquí de lo que esperaba —dice Bas.

—Ninguno de ustedes sabe lo que está pasando en la galaxia que están tratando de proteger —responde Plake—. ¿Ven a todos esos pequeños? ¿Los que están extrayendo los metales? Ellos les están suministrando todas sus armas. Un viaje a la vez.

—¿Preferirías que nos centráramos en esta estación en lugar de los Sevora? —interviene Sax—. Te estamos manteniendo con vida.

—¿Destruyendo el *Cobalt*? No pensé que fuera el enemigo.

Sax no tiene respuesta para eso. Sería fácil decir que Dalachite intentó matarlos, que estaba realizando extraños y reprobables experimentos, pero la galaxia depende de su jerarquía y los Amigga están en la cima. Socavar su autoridad va en contra de todo lo que Sax, y aquellos que luchan en el Vincere, defienden.

Así que marcha en silencio hasta que pasan por el tubo, atravesando una puerta abollada —evidencia, quizás, de algunos intentos desesperados de entrada— y entran en una de las áreas de llegada de la *Estación Scrapper*.

En lugar del grupo de especies mezclándose de un lado a otro, negociando en promesas tanto físicas como no, la amplia sala se encuentra desierta excepto por un trío. Dos de ellos, Lutos como peñascos, sostienen grandes mineros en sus brazos de tierra negra. Los monstruos de un solo ojo, cubiertos de barro, no hablan mucho, y Sax se sorprende de ver a alguno de ellos fuera de su planeta natal, un charco de lava.

—Tal como prometiste, Plake —la voz proviene del tercero, la única especie capaz de hablar, un montículo amarillo con un par de ojos bulbosos sobre tallos—. Me los llevaré.

El Ooblot pronuncia las palabras. Sax está listo para esquivar, pero el fuego no viene de frente, de los Lutos. No, el dolor abrasador, la conmoción entumecedora que derriba al Oratus en la oscuridad, golpea desde atrás.

CAPÍTULO 5

DE UNA PRISIÓN

EL CACHÉ me revela el pasado de Vimelia, y me sorprende lo similar que es al nuestro. Ignos daba la impresión de que su gente era ordenada, que estaba *por encima* de nosotros los humanos, pero luchan y sufren tanto como nosotros, aunque hayan cambiado lanzas por palabras y vidas sentenciadas a la oscuridad por nuestros sacrificios en lo alto de nuestros Niveles.

También descubro que están perdiendo.

La masacre de los Sevora a manos de los Vincere y sus Oratus —recuerdo a Sax y Bas y no quisiera ser el objetivo de sus garras mortales, mucho menos de un ejército de ellos — es una saga que parece no tener fin. Acabo apartándome de la letanía de batallas que el Caché reproduce en mi mente por temor a perderme entre las naves giratorias que explotan en mini novas.

El cambio me lleva al Coro, y el Caché comienza a luchar; rozar los límites de su conocimiento se siente como agarrar un recuerdo que se desvanece: hay tentadores vestigios de posibilidades, pero nada concreto. Nada más allá de la certeza de más Amigga y su poder sobre todo.

Y odio. Tal sensación de odio que me enfado. No estoy *conmigo misma* y, sin embargo, mi corazón tronante compite con mis pulmones en una carrera hacia el agotamiento. Estas cosas, estos terribles Amigga son la razón por la que la galaxia sufre tanto, la razón de toda la muerte, destrucción y guerra que está desgarrando especie tras especie.

—¡Kaishi!

Esta vez no es Ignos quien rompe el control del Caché sobre mí, sino una voz real. Una que reconozco mientras la niebla de conocimiento implacable se disipa.

—Tenemos que irnos, Emperatriz —ahora entiendo las palabras de Malo y me doy la vuelta hacia los barrotes.

Lo que veo no encaja con la realidad que dejé atrás. La iluminación está toda mal, para empezar. Me había sumergido en el Caché con un resplandor naranja broncíneo filtrándose por la parte superior de la prisión, pero ahora es un blanco más brillante. Aunque eso solo sirve de telón de fondo para los personajes que me miran desde fuera:

Malo y Viera son los protagonistas, ambos luciendo casi como los vi por última vez, aunque Malo lleva una advertencia en su rostro, mientras Viera sacude la cabeza y parece confundida. Al mirar más allá de ellos, no es difícil ver por qué.

Una criatura azul verdosa acecha entre los dos, encorvada y vistiendo algo que solo puedo llamar una capa, aunque por la forma en que atrapa y refleja la luz, haciendo que la criatura parpadee, es claramente más que cualquier cosa que mi padre usara en nuestras ceremonias. En sus manos hay un par de pequeños mineros, ambos ligeramente inclinados hacia Malo y Viera. Sus ojos verde pantano, sin embargo, están fijos en mí. Para cuando su boca se abre y la larga lengua rosa en su interior tiembla, ya me estoy moviendo hacia lo que está sucediendo detrás.

¿Dónde están los guardias?

Ignos hace eco de mi propia pregunta, y me pregunto si los constantes destellos azules y rojos detrás de mis amigos tienen algo que ver con la ausencia conspicua. Las explosiones provienen de abajo y de arriba, acompañadas de ocasionales gritos de dolor o aullidos de palabras que no entiendo.

—Kaishi. Concéntrate. —La orden de Malo me devuelve a la realidad.

—Estoy aquí. —Me muevo hacia los barrotes, aunque siguen cerrados.

Sigo atrapada.

No lo hagas. Pretenden destruirte. Arruinar cualquier oportunidad que tengas de paz.

Lo cual no significa mucho para mí. Ignos tiene que trabajar en sus tácticas: he sido arrancada de mi familia, mi imperio y todo lo que he conocido, y expuesta a cosas que nunca podría haber imaginado. La paz no es más que una broma para mí ahora.

Llego a los barrotes y, al hacerlo, veo cómo la lengua de la criatura se desenrolla de su boca. El baboso tentáculo rosa se enrosca alrededor de dos de los barrotes y, mientras observo, tiembla. La criatura se tensa.

Kaishi, debes escucharme. Quieren hacerte daño. ¡Estos no son tus amigos!

Se oye un crujido y los dos barrotes centrales de mi celda se doblan hacia adentro y luego se parten en dos. No es mucho espacio para pasar, y las puntas afiladas de los extremos rotos de los barrotes me obligan a ser cuidadosa, pero logro salir al balcón.

Y contemplo el caos.

Lo que era, cuando entramos, un conjunto ordenado de rutinas es ahora una cascada de paredes reventadas, frenéticos tiroteos y más de un enfrentamiento cuerpo a cuerpo entre cosas que no puedo nombrar. Incluso Ignos está demasiado aturdido para responder.

Entonces siento que la criatura me toca el brazo. Es una sensación fría y resbaladiza, como agarrar una liana de la selva cubierta de rocío matutino. Me estremezco y me agarra con fuerza.

—Ya has tardado demasiado —dice la criatura, y su voz es un arroyo burbujeante, un río impetuoso—. Mis amigos mueren ahora por tu retraso. Nos vamos.

Es una orden, no una pregunta, y la cosa me aleja del conflicto que se desarrolla en otra parte. Tropiezo cuando me tira, pero mis pies están bien versados en correr y encuentran rápidamente sus pasos. Malo y Viera nos siguen, aunque la criatura no les presta atención; una de sus pupilas negras está fija en mí, la otra hacia adelante, hacia peligros desconocidos.

Algunos gritos acosan nuestra carrera mientras pasamos junto a celdas sin abrir; aquellos demasiado desafortunados para formar parte de la fuga. La criatura no les presta atención, y yo no puedo permitírmelo ya que ahora estamos corriendo. Todavía llevo puesta la máscara del *Cobalt*, y cubre mis pies mientras pisan el suelo duro y liso.

¡Lucha! ¡Correr con este ser significa la muerte!

No puedo evitar dudar ante las palabras de Ignos. Después de todo, el parásito nunca ha intentado matarme, incluso mientras perseguía sus propios fines.

La criatura siente mi tirón, se gira y me mira fijamente. Su boca forma una punta, y me doy cuenta de que tiene un conjunto de cuatro pequeños orificios nasales sobre ella, que ahora se dilatan hacia mí, cubriendo mi rostro con aire caliente y pegajoso. Luego inclina la cabeza hacia un lado, como si escuchara un sonido que yo no puedo oír.

—Eres la que alberga uno —dice la criatura.

—Sí, hay uno dentro de mí —respondo, aunque la criatura no parece necesitar la confirmación.

Ignos me grita que corra, se agita en mi cabeza lo suficiente como para hacerme estremecer. Un gesto que la criatura nota.

—Por el momento —la criatura hurga en uno de los muchos bolsillos de plumas que cubren su cuerpo y saca algo que reconozco: un tenedor largo y delgado de metal.

—Sujetadla —dice la criatura a mis amigos.

Apenas tengo tiempo de reaccionar antes de que Malo y Viera me agarren cada uno de un brazo. Me sujetan contra ellos.

—Lo siento, Kaishi, pero ninguno de nosotros siente aprecio por esa cosa que llevas contigo —dice Viera.

Usaron mis milagros igual que tú.

—Mentiste —digo las palabras en voz alta sin darme cuenta.

La criatura que levanta el tenedor hace una pausa, luego me da un parpadeo antes de continuar. Su brazo emplumado se extiende hacia mi cabeza y cierro los ojos, tomándome un momento para escapar de lo que está a punto de suceder. Ignos no me lo permite. Se agita. Hace cosquillas y rasguña mi mente.

¡Soy tu amigo, Kaishi! No olvides que te quiero, que quiero que tu especie sobreviva. No-

La conexión se rompe como una rama seca: un chasquido y luego Ignos desaparece de mi mente. Sin embargo, lo siento; atrapado por el tenedor y extraído de mi oído y, con un chapoteo húmedo, cae al suelo junto a mí. La criatura no pierde un instante; su lengua sale disparada, se envuelve alrededor de la cáscara gris fantasmal de Ignos y lleva al parásito a su boca.

—No —digo mientras Malo y Viera dejan caer mis brazos—. Me ha ayudado. Nos trajo aquí.

—No vendrá con nosotros —responde la criatura, y mete un poco más su lengua en la boca—. Estas cosas no tienen derecho a vivir.

—Este sí —meto la mano en la boca de la criatura, y mientras agarro a Ignos, la criatura relaja su lengua.

Libero a Ignos; se siente a la vez frágil y blando en mis manos, como un melón suave, y sostengo al Sevora. Ignos no intenta trepar por mis brazos ni escapar de mis manos. La vida de la criatura que me engañó, que me empujó a un destino que no deseaba, tiembla en mis palmas.

—Le dio libertad a nuestra gente —dice Malo detrás de mí—. Por lo que sea que haya hecho, la criatura merece misericordia por eso.

Asiento. Luego miro la gran extensión de un lado a otro de las celdas. Las luchas aún continúan, aunque noto que las cosas se están moviendo hacia una retirada. Los guardias Sevora, esos peludos Flaum moviéndose en formación, están avanzando, haciendo retroceder a los variopintos escuadrones de especies que no puedo nombrar.

—Debemos irnos —dice la criatura, y por su tono deduzco que los segundos que le quedan de vida a Ignos se están agotando.

Así que me giro y lanzo la cosa que me ha traído aquí. Que rescató a mi tribu de una muerte segura y me llevó a las alturas del poder. Apunto con propósito, hacia un grupo de Flaum que avanzan dos pisos más abajo, mineros manteniendo un flujo constante de fuego. Veo lo suficiente para saber que Ignos cruza la brecha, pero antes de ver el resultado, mi parásito y salvador desaparece.

Cualquier oportunidad que tenga de reflexionar sobre el momento se esfuma cuando la criatura me jala de nuevo, gruñendo que se nos acaba el tiempo. El instinto se apodera de mí mientras mi mente divaga en mi cabeza repentinamente silenciosa mientras corremos por pasillos oscuros y bajamos escaleras.

Finalmente llegamos a un rellano cubierto de runas de brillo rojo que no puedo entender. La criatura parece pensar que hay otra escalera y da media vuelta, y la seguimos, solo para encontrar una puerta gruesa y sellada bloqueando nuestro camino. La única otra salida es una entrada ancha y amplia atravesada por cuatro arcos. Puedo ver el cielo beige brillante al otro lado, pero cuando doy un paso, la criatura me agarra del brazo y me tira hacia atrás.

—No hay nada por ahí más que muerte —gorjea la criatura, y luego se vuelve hacia la puerta—. Esto no debería estar cerrado.

—No sé cuál era tu plan —dice Viera—. Pero esa puerta no se va a mover. No creo que nos vaya a gustar estar en el otro extremo de esos mineros tampoco.

El Lunare se acerca a la criatura, inspeccionando la puerta, y yo aprovecho la oportunidad para retroceder cerca de Malo.

—Se ha ido, Malo —digo, y el guerrero sabe de qué estoy hablando.

—Mejor que así sea.

—¿Tú crees? —Levanto la mirada hacia su rostro y veo que está fijado en esa expresión demasiado seria que tiene Malo. Como si estuviera a punto de enfrentarse a un cataclismo de proporciones terribles, y solo la expresión más estoica pudiera ayudarlo a superarlo—. Ignos nos ayudó mucho.

—Una fruta, cuando está madura, es deliciosa. Cuando

está podrida, venenosa. Ignos solo te ayudó, creo, porque se ayudaba a sí mismo al mismo tiempo.

Un estruendo recorre la caja de escaleras, desde arriba. La criatura deja de mirar fijamente la puerta, sacude la cabeza y se vuelve, mirando más allá de Malo y de mí hacia los arcos y el aire abierto más allá.

—Vamos a intentarlo —dice la criatura—. Me vais a seguir, rápido. No os detengáis por nada, incluso cuando vuestro cuerpo os diga que va a morir. O moriréis.

Malo se pone delante de mí, pero me aparto de él y me acerco a la criatura. Sus ojos verde oscuro y negros se encuentran con los míos, y cuando extiendo mi mano, su cálido agarre gomoso la encuentra. Las brillantes plumas que caen por el brazo de la criatura forman una bonita ala, aunque me pregunto si es lo suficientemente grande para volar. Ciertamente, el cuerpo de la criatura es mucho más grande que el de las águilas que conozco en casa.

—Vamos juntos —le digo a la criatura, y a Malo—. Vamos, vosotros dos.

El arco está dividido en secciones por delgadas bandas de roca oscura; solo puedo ver dónde terminan esas bandas porque las piezas intermedias empiezan a brillar con un amarillo intenso. Al verlo, la criatura se lanza hacia adelante y hacemos lo posible por seguirle el paso. Pasa bajo el arco, sus pies acolchados golpeando contra el suelo y yo, con mis manos sobre las de Malo y Viera, la sigo. Mientras pasamos bajo el arco, noto que los otros tres se están iluminando como el primero.

—¡No os detengáis! —grita la criatura.

No veo nada que vaya a impedírmelo; no hay pared, ni cuerda alrededor de mis tobillos, ni guardia armado. Pero hay, al pasar bajo el arco, una sensación de hormigueo que recorre mi piel. Como si me arañaran ligeramente con espinas por todo el cuerpo. Creo que la máscara que llevo puesta atenúa la sensación, pero no la detiene.

No nos detenemos.

Al otro lado del arco, la sensación desaparece. El segundo arco, aparentemente activado, cambia su brillo de amarillo a un naranja enfermizo, como un atardecer luchando por atravesar las nubes. La criatura no se detiene, sino que sigue avanzando.

—No me gustó eso —dice Viera mientras seguimos a la criatura.

—No estuvo tan mal —respondo.

—Entonces, ¿por qué tenerlo?

No puedo responder a eso, porque estamos atravesando el segundo arco y el resplandor naranja se hace notar de inmediato. Como sumergirse en un baño caliente, es un cambio instantáneo del aire fresco del pasillo a un ardor que recorre mi cuerpo. Me siento como cuando era joven y me retaron a saltar sobre el fuego, pero mi salto no me llevó lo suficientemente lejos: las llamas me lamieron entonces como parecen hacerlo ahora.

No veo fuego. Lo siento. La piel se me encoge, el aire que respiro me quema la garganta. La máscara me permite obtener lo justo para seguir adelante, evitando que me desmaye.

Nos movemos, los tres, y luego lo atravesamos. Siento que Malo empieza a ceder, me siento tragar bocanadas de aire, y sé que en ese momento daría cualquier cosa por un poco de agua.

—¡No pueden detenerse! —es la criatura, y sigue moviéndose hacia el siguiente arco, que brilla de un rojo carmesí.

—Esta cosa ha perdido la cabeza —dice Malo—. Quiere que muramos.

—No tenemos opción. —Me sobrepongo al dolor en mis piernas y me obligo a seguir adelante.

Cuando la criatura entra en el tercer arco, hay un estallido de luz y me toma un momento darme cuenta de que sus plumas están realmente en llamas. Las puntas arden mientras se mueve, y su piel azul verdosa brilla mientras se endurece y se carboniza.

Luego no veo nada porque mis propias pestañas se encienden. Mi cabello arde, junto con las túnicas que llevo puestas, aunque solo noto esto como una curiosa ocurrencia tardía, una especie de añadido al puro caos de mis propios nervios mientras la máscara apenas evita que mi piel se derrita. Sin embargo, por muy caliente que sea esto, por muy abrasador y brutal, mi mente vuelve a la interminable serie de luchas que he enfrentado para llegar aquí. Todos los peligros, todas las casi muertes. Un poco de fuego no va a detenerme. No ahora.

Mi mano derecha, cantando de dolor, me informa cuando Viera cae. No puedo ver —he cerrado los ojos para evitar que el calor los derrita—, pero alcanzo y siento a la Lunare en el suelo. Agarro su hombro ardiente y tiro. Siento a Malo jalándome hacia adelante.

Cuando mi brazo izquierdo sale del arco, es como caer en el océano frío. Hielo inmediato, reconfortante y fresco. Cada parte de mí que sigue es un éxtasis, una felicidad que no vuelve al dolor punzante hasta que todo mi cuerpo está fuera, hasta que he arrastrado el cuerpo ardiente de Viera al espacio entre los arcos.

Empiezo a darle palmadas a la Lunare inmediatamente, golpeándola con lo que queda de mi ropa y la suya, y luego un par de manos palmeadas se unen al esfuerzo, y apagamos los pequeños fuegos rápidamente. Viera todavía está consciente, pero tiembla mientras se pone de pie.

—No puedo hacer eso otra vez —dice, y su voz suena rasposa y áspera.

—No necesitarás hacerlo —responde la criatura.

Saca el pequeño minero que le había visto sostener antes. Luego saca el otro. El último arco brilla con un tono morado oscuro. No puedo imaginar qué podría ser peor que lo que ya hemos experimentado, y la idea de enfrentar algo más me hace estremecer.

La cosa lanza uno de sus mineros hacia el último arco. Cuando el arma alcanza una de las secciones brillantes, la criatura apunta y dispara su otro minero. El disparo golpea el arma lanzada cuando se acerca a la parte superior del arco, haciendo explotar el proyectil en una ráfaga de destellos blancos y verdes brillantes. La parte superior del arco se desmorona y cruje con un estruendo, y trozos caen al suelo frente a nosotros. Chispas saltan y chisporrotean de los restos cortados.

—¿No podías haber hecho eso antes? —dice Viera.

—Solo tengo dos mineros —responde la criatura, soportando sus nuevas cicatrices sin quejarse—. Tenía que guardarlos para el último arco. El que los habría matado si hubieran intentado atravesarlo.

—Casi nos mata de todos modos —murmura Viera mientras la criatura pasa por encima de los escombros y atraviesa el arco aparentemente seguro.

La seguimos, y las gruesas puertas hacia el exterior retroceden como un abanico, presionándose hacia atrás una contra otra hasta los lados a medida que nos acercamos. El pasillo se abre a un vasto patio; una extensión de baldosas marcada por grandes parches lisos donde, no es difícil imaginar, algunas de las muchas naves que surcan el cielo podrían aterrizar.

La criatura nos hace señas para que avancemos, y

dejamos la entrada, dando apenas cinco pasos antes de notar las formas presionadas contra el edificio detrás de nosotros. Flaum, diez de ellos, en toda clase de marrones, negros, blancos y grises. Sostienen mineros y los apuntan hacia nosotros, aunque la mayoría apunta a la criatura. Se parecen exactamente a los Flaum de Nasiya, nuestros guardias de antes, excepto por una cosa: las insignias en sus pechos. No el círculo verde y negro, sino una mezcla de azul y amarillo. Colores que se entrelazan como pinturas derramadas sobre una piedra.

Mis ojos vuelven a la criatura, y está dudando. Su mano está sobre el único minero que le queda, pero no creo que vaya a luchar. Sería estúpido, imposible. Si lo intentara, no dudo que seríamos reducidos a cenizas.

—No disparen —digo—. Nadie necesita morir aquí.

Un poco de la Emperatriz aún queda en mí, incluso sin Ignos. Todavía estoy tratando de salvar las vidas de mis súbditos, todos dos.

—Si el Amanecer se va, entonces no necesitaremos dispararle a nadie —dice uno de los Flaum, uno moteado de blanco y negro.

Su minero, un rifle grueso y largo, apunta directamente a la criatura, que procede a atender la advertencia, dejando caer su propia arma sobre la piedra con un fuerte estrépito.

—Son suyos, entonces —dice la criatura—. Espero un agradecimiento.

—Lo obtendrás, cuando hayamos terminado con ellos.

El Flaum nunca se inmuta. Nunca aparta el minero. No hasta que la criatura, sin mirarnos, se aleja saltando a través de la piedra y desaparece por una amplia puerta en un muro exterior.

Me doy cuenta de que uno de los otros Flaum está tecleando algo en un brazalete en su muñeca. Mantengo mis ojos en él, incluso mientras el resto de los Flaum se despliegan a nuestro alrededor. Nos rodean y apuntan sus armas hacia afuera.

—De una prisión a otra —dice Viera.

—Encontraremos la manera de salir de la siguiente también —digo—. Solo necesitamos permanecer juntos.

Malo aprieta mi mano, fuerte. Tranquilo. Lo que necesito que sea ahora mismo. El vacío en mi cabeza sigue siendo un vacío aterrador, y desearía poder preguntarle a Ignos qué significan estas insignias. Quiénes son estas cosas. Ignos, sin embargo, no está aquí. Podría estar muerto, y no me atrevo a sumergirme en el conocimiento nocaut del Cache ahora.

Siento el aire antes de oír el sonido. Una ráfaga de viento que trae consigo olores que no reconozco. Antinaturales; productos químicos y cosas quemadas. Sigo las miradas de los Flaum y alzo la vista a tiempo para ver una elegante y extraña nave descendiendo hacia nosotros. Es una superficie larga y plana curvada en los lados y en la parte inferior; un óvalo poco profundo. Al igual que las insignias, también está pintada con brillantes azules y amarillos, además de rojos y negros, todos mezclándose como si la cosa simplemente hubiera explotado de un arcoíris.

—Tenéis un sentido del estilo muy peculiar —le dice Viera al único Flaum que ha hablado, el moteado.

—Nos mantenemos fieles a nuestros principios —responde el Flaum—. Todas las cosas juntas, todas las cosas inseparables.

—¿Qué queréis de nosotros? —intento preguntar, pero el Flaum me ignora.

No, el Sevora que lo controla me ignora. No puedo olvidar que estamos en un mundo de parásitos. Que todas estas cosas tienen, como Ignos, un monstruo controlador dentro de ellas.

No tenemos elección, así que seguimos a los Flaum por la rampa hasta el interior de la nave. Los suelos son blancos, del mismo tono perlado que los tubos y otros lugares, y no tarda mucho en moldearse alrededor de nuestros pies. Nos mantiene anclados al suelo y estabilizados. Lo mismo ocurre con los Flaum, aunque la mayoría logra mantener sus armas apuntando hacia nosotros mientras la nave asciende de vuelta al cielo. A medida que se mueve, las paredes y el techo lisos se desvanecen, volviéndose translúcidos, como si estuviera mirando a través de un cristal empañado.

El frenético movimiento exterior mantiene mi atención mientras nos alejamos volando de la prisión. Naves más grandes se dirigen hacia donde acabamos de salir, y veo más de una pequeña nave deslizarse tentativamente hacia la nuestra antes de desviarse. Pequeños puntos que supongo son más tropas descienden de las naves más grandes y cuadradas, y se dirigen en masa hacia la prisión como hormigas.

Una parte de mí espera que la criatura escape, la otra parte no está segura.

La nave se arquea sobre la ciudad, subiendo cada vez más alto pero sin llegar del todo a la negrura del espacio. Siento cómo la nave acelera, se mueve rápido y se aleja bruscamente de donde estábamos.

—¿Adónde vamos? —le grito al Flaum moteado, ya que ninguno de los otros ha mostrado interés en hablar.

—A un lugar seguro —responde el Flaum—. A otra parte de Vimelia, donde Nasiya no podrá encontraros.

Así que Nasiya no sabe de esto. Interesante.

De vuelta en la Tierra, en Damantum, había tenido algo de experiencia jugando a la política. En las semanas después de la muerte del Emperador, tras mi propio ascenso, había llegado a conocer las diversas facciones de la ciudad. Había llegado a probar sus rencillas y a irritarme con sus interminables demandas, la mayoría de las cuales tenían poco que ver con ayudar a su gente y mucho más con herir a aquellos a quienes temían. O creían que eran sus enemigos.

Hay algo más que aprendí en esas semanas: que las divisiones y el tumulto pueden ser explotados.

El vuelo no dura mucho. Aunque es difícil calcular el tiempo en un planeta que no parece tener una noche verdadera, creo que es menos de una hora. Justo cuando mis pies empiezan a doler y mis rodillas tiemblan por permanecer en la misma posición, descendemos. Es una caída en picado que lleva a un suave aterrizaje en una amplia plataforma, como la de la prisión. Sin embargo, a diferencia de las construcciones metálicas y los edificios bulliciosos de la ciudad en la que estábamos, este lugar es exuberante y verde.

No es difícil ver por qué: pequeños discos cubiertos de boquillas zumban alrededor de cada metro de espacio abierto, enviando largos arcos de lo que parece ser agua sobre arboledas de flores, árboles y hierbas. Largos y delgados tubos se extienden desde los discos hasta algún depósito subterráneo. Es un jardín más grande y maravilloso que cualquier cosa que haya visto jamás. Las plantas, o al menos eso creo que son, se elevan en espiral y crecen en todas direcciones. Algunas parecen ser de vidrio sólido, mientras que otras parecen pulsar, como un corazón poco después de ser liberado de su prisión humana. Una arboleda junto a mí lanza troncos plateados directamente hacia arriba, subiendo varios pisos, antes de estallar en la cima en una nova acampanada de flores rosas y rojas. Otras, con forma de cúpula, se abren cada pocos segundos y liberan una espray azul que produce un cosquilleo en el aire. Mientras caminamos, escoltados por los Flaum, atrapo un poco y pienso en menta y jazmín.

También hay música aquí, aunque no estoy segura de dónde proviene. O si, realmente, es música en absoluto. Es casi como un cántico, un ritmo bajo que, no obstante, sube y baja según un compás y una medida que solo el intérprete conoce. Descubro que mis pies se acompasan a sus ecos mientras avanzamos por un amplio camino de grava blanca hacia lo que creo que es un edificio demasiado pequeño para una exhibición tan magnífica.

Es una torre singular, aunque no mucho más alta que el Nivel de mi aldea. Ni mucho más ancha tampoco. Cuando nos acercamos, el Flaum moteado levanta una mano y todos nos detenemos. Ya he aprendido esa señal. El Flaum hace un gesto frente a nosotros hacia la torre y, mientras lo hace, veo el aire alrededor de la torre titilar. Como si se desprendiera un velo, la torre se alarga y se ensancha cada vez más hasta alcanzar la anchura que el jardín me permite ver y quizás más. Crece en altura hasta ser más alta que los árboles de mi jungla. Más alta que varios de ellos apilados uno encima de otro.

—Mantenemos nuestra fuerza oculta —ofrece el Flaum moteado sin que se lo preguntemos.

La puerta, sin embargo, permanece del mismo tamaño y así, con tres Flaum delante y tres detrás, entramos en fila. Lo que encontramos no es un lugar de poder como la sala del trono de mi antiguo palacio, sino un caos resonante. Un caos de voces que gritan, una multitud de Flaum y otras especies de todo tipo y nombres que no conozco, que se gritan y chillan y zumban unos a otros. De vez en cuando veo algo volar por el aire; pequeñas piedras dirigidas a alguien al otro lado de la amplia sala.

El suelo desciende suavemente de modo que quien es objeto de todos los gritos se encuentra en el centro. Arriba, los balcones rodean el vasto espacio, y aún más especies se inclinan sobre los bordes, arengan con sus voces estridentes. Nunca había oído tal estruendo, tanta colisión de lenguas, y mi primer pensamiento es llevarme las manos a los oídos y presionar, cerrando los ojos. Para silenciar, aunque sea por un momento, el ruido.

Al principio pienso que he sido demasiado efectiva. Los gritos se apagan, y luego no oigo nada. Solo cuando abro los ojos me doy cuenta de que rostros de todas las formas y colores miran hacia mí, Malo y Viera. Como si interpretara una señal, el Flaum moteado nos hace avanzar, señala el estrado en el centro, sobre el que se alza una gran babosa naranja moteada. A diferencia de las cosas viscosas de mi hogar, esta tiene brazos, esta viste ropa, y esta me sonríe con un orgullo desdentado mientras me abro paso entre la multitud hacia ella.

—Aquí tenemos nuestro premio —gorgotea la cosa babosa cuando nos acercamos—. Lo mismo que Nasiya intentaba ocultarnos. La prueba de nuestra posición, de la necesidad de paz.

BAS NO ESTÁ AQUÍ. Es lo primero que nota Sax, es en lo que se enfoca. Un par encuentra a su par.

La habitación es circular, y él no está en el centro sino arrinconado en uno de los lados. Un par de criaturas parecidas al barro están sentadas en el centro, jugando algún tipo de juego sobre una mesa. Miran hacia Sax cuando este empieza a moverse.

—¿Despiertas? Casi demasiado tarde —dice el que habla con voz de grava, de color arcilla; el otro es de un tono marrón fangoso—. El jefe dijo que te matáramos en una hora.

—Los Oratus son demasiado raros para matarlos. El jefe estaba bromeando —el de barro se levanta bruscamente del asiento, dejando trozos de sí mismo pegados.

Trozos que volverán a crecer.

Sax parpadea varias veces. Reajusta su visión. Fuerza sus conductos para inhalar y probar el aire; limpio, pero no tan puro como en la nave. Las estaciones espaciales, incluso las que tienen los mejores recicladores, tienen demasiado aire y demasiado olor para manejar para obtener la misma calidad que una nave pequeña. Y la *Estación Desguazadora* no tiene piezas de primera calidad. Lo que Sax percibe es el aroma del alcohol, de productos químicos y sudor. Y más que un poco de sangre. Hace que sus garras hormigueen. Hace que quieran añadir más.

Pero si hay algo contra lo que no quiere luchar, es contra estos dos. Cualquier cuerpo que yace bajo ese exterior rocoso va a costar mucho atravesar, y hay más que una pequeña posibilidad de que sus garras se rompan mientras Sax intenta cavar a través de esa piel gruesa. Así que Sax se sienta en su lugar. Echa un vistazo al arte sencillo de la habitación; vistas sacadas de varios planetas y pegadas alrededor, sin ningún tema o propósito unificador. Como si alguien simplemente hubiera agarrado lo que pudo encontrar y lo hubiera arrojado contra la pared. Como la propia *Estación Desguazadora*.

—¿Dónde está Bas? —sisea Sax.

No hay dolor de cabeza. Ni dolor persistente. Le dieron medicamentos, se aseguraron de que el Oratus no estuviera muy malherido. Lo que significa que no están pensando que será un cautivo por mucho tiempo. Quieren usarlo.

—Bien —dice el de arcilla—. Despierta. Trabajando.

—¿Haciendo qué?

—Negocios —dice Marrón—. Tu trabajo también. Mantener a la gente honesta.

—Somos parte de los Vincere —responde Sax—. No somos sus herramientas. No somos sus peones, sus empleados, sus guardias. Nos dejarán ir, o cuando llegue el resto de los Vincere, los harán pedazos tan pequeños que nada en este lugar podrá aprovecharlos.

Se ríen; un rumor bajo, como rocas cayendo y chocando entre sí. Quizás, piensa Sax, eso es porque es lo que es. Roca y tierra triturándose entre sí. Sax está empezando a creer, sin embargo, que sus amenazas están perdiendo poder. No ha logrado que ninguna funcione últimamente. Dalachite en *Cobalto* ciertamente no le importó, tampoco los Lunare en la Tierra, ni siquiera los Sevora en esa nave semilla. Los Oratus ya no son lo que solían ser.

—Guarda amenazas para jefe —retumba el de arcilla—. Tú, nosotros, lo mismo. Atrapados.

Sax no puede evitar preguntarse si esto es por lo que han estado luchando. Todos esos Oratus que se han entregado, todos los Flaum y Whelk que los apoyan, por estos montones de roca que no pueden hacer nada más que soltar tonterías nihilistas. Atrapados.

No por mucho tiempo más.

—Llevadme con ese jefe —dice Sax, sin molestarse en abordar los comentarios del de arcilla—. Supongo que querrá verme.

Esta vez es el marrón el que toma la iniciativa.

—Nosotros dar tour, primero.

Sax hace un gesto con la garra. No se opone. Bien podría ver si hay algo que valga la pena saber sobre la *Estación Desguazadora* antes de destrozarla.

Los dos Lutos guían a Sax fuera de la habitación, y en lugar de otro largo pasillo sin características, la habitación se abre directamente a un amplio piso. Es un gran espacio, conectado a otros por paredes a medio cerrar con puertas inclinadas. Espejos cubren esas paredes, devolviendo reflejos de mesas de juego y pantallas de video. Y aquellos atrapados por ellos. Los sonidos de risas y maldiciones, vítores y abucheos hacen eco. Sax está en un lugar que desprecia, un lugar que prospera con el azar y haciendo apuestas contra aquellos que eligen participar. Es la antítesis de lo que creen los Oratus; que la preparación puede hacer que la victoria sea segura.

Como un imán para sus ojos, Sax siente que su mirada se desliza hacia la derecha, hacia un grupo de mesas de bola rodante, donde los concursantes se turnan para lanzar esferas de colores contra un vasto tablero objetivo. Las puntuaciones cambian dependiendo de dónde aterrizan las bolas, y quien se encuentre con la más alta gana mientras los demás pierden y, por supuesto, la casa se lleva una parte. Un poco de habilidad, mucha suerte, y Bas parece que ya ha tenido suficiente. La pareja de Sax se cierne sobre el grupo de Whelk que juega en las mesas. Sus cuerpos líquidos lanzan las bolas una tras otra, y Sax se siente obligado a ir allí, pero los monstruos de roca lo agarran por los brazos y lo guían.

—Después —retumba el de arcilla—. Ustedes dos quedarse, de todos modos.

Bas le da a Sax un ligero asentimiento, y eso es todo lo que Sax necesita saber. Está a salvo, aburrida pero bien. Lo que significa que puede concentrarse en sus dos escoltas y hacia dónde lo están llevando.

Resulta que la sala de juegos no es tan grande. Una pequeña habitación más y salen de vuelta al interior básico de la estación destartalada. Sax aún puede ver todas las marcas donde se soldaron diferentes placas, piezas rescatadas de varios naufragios forzadas a encajar. Un hábitat hecho con los fantasmas de otros. El núcleo de la *Estación Desguazadora* es un gran espacio abierto salpicado de mesas, bancos, gente pregonando mercancías y un interminable enjambre de especies en transición de esperanzadas a desesperadas y viceversa.

La gravedad aquí proviene de la rotación, y Sax puede sentirla en sus garras mientras se aferran al metal. Un ligero cambio, como si su estómago estuviera en un túnel de viento. Aquí, fuera de la sala de juegos, están en el centro, donde la gravedad es más fuerte. Los radios se extienden desde este núcleo en todas direcciones.

—¿Cuántos viven aquí? —pregunta Sax para hacerlos hablar, revelando algo, quizás, que pueda usar.

—Un millar —dice Clay—. Más libres aquí que trabajando para Amigga.

—Bah —responde Brown—. Tu idea de venir aquí. Ahora estamos atrapados. Cuidando al bebé Oratus.

—¿Bebé? —sisea Sax.

Los Lutos no responden y la conversación termina.

Dan un paseo por el núcleo, con los monstruos de roca señalando el camino hacia los radios residenciales, bares, restaurantes, muelles de atraque y el grupo de otros servicios. Médicos, residuos y manufactura están todos agrupados en sus propios radios. La *Estación Desguazadora* parece un poco demasiado bien organizada para un lugar tan alejado, sin un Amigga que la dirija.

—Los Ooblots gestionan las cosas —dice el de arcilla—. Hermanas de los jefes.

Eso lo explica entonces. Los Ooblots siempre son organizados, dedicados. Débiles y cobardes. Sax nunca ha conocido a uno, sin contar hace solo unas horas. Nunca quiso hacerlo.

Ahora los Lutos le dicen que es hora. De vuelta a la sala de juegos, a través de una puerta en el extremo más alejado. Sax intenta echar otro vistazo a Bas, pero ella no está mirando; ocupada con alguna disputa. Sus garras listas. Sax quiere observar, tanto por si necesita ayudar como porque hay algo cautivador en ver trabajar a su pareja. Pero no tiene la oportunidad. Lo empujan a través y esta vez hay un corto pasillo. A la derecha y a la izquierda Sax puede ver las habitaciones donde la seguridad está monitoreando todo. Al fondo está lo que esperaba; el lujoso lujo por el que los Ooblots son conocidos.

Hay un par de tallos oculares sobresaliendo de la criatura mientras se sienta en un sofá de terciopelo rojo. Como un Whelk con una porción extra de liquidez, el Ooblot se encharca alrededor de la superficie. La piel que Sax pensaba que era amarilla es, al inspeccionarla, más cercana al gris con abundantes manchas doradas por la radiación: demasiado tiempo en la *Estación Desguazadora* y su casco mal blindado.

—Sax, ¿verdad? Soy D'Arscale, ¿qué opinas de mi pequeña empresa? —dice el Ooblot, y su voz es un chapoteo de golpes líquidos mientras endurece y ablanda su cuerpo, lanzando partes contra sí mismo para formar las palabras.

—Es un montón de basura —responde Sax y muestra los dientes, solo un poco.

—Honestidad. Puedo apreciar eso. Todos podemos, especialmente en un lugar como este, donde las mentiras a menudo viajan más lejos que la verdad —D'Arscale no se levanta, no hace señas para que Sax se mueva a ningún lado.

Solo lo mira fijamente con esos dos grandes ojos redondos colocados en esos tallos.

Un largo aliento de silencio. Los dos Lutos aún tienen sujetos los brazos de Sax, y el agarre es más fuerte ahora que fuera. Creen que va a atacar. Que va a entrar en algún tipo de furia. Sax quiere hacerlo, pero su pareja está ahí fuera. No le haría ningún favor a Bas si lo matan aquí.

—¿Te lo dijeron? —pregunta D'Arscale.

—No tengo tiempo para juegos —dice Sax—. No tengo tiempo para trabajar para ti. Un Oratus no es un guardia de seguridad, un conserje o lo que sea que tengas en mente. Somos guerreros, pertenecemos al frente. Llamarás a los

Vincere y nos dejarás ir hasta que lleguen. A cambio, serás recompensado.

El Ooblot extiende un tentáculo y, como por arte de magia, un pequeño robot de servicio se acerca y le entrega a D'Arscale una pequeña bebida. El Ooblot coloca su apéndice recién formado sobre el borde, y desde el centro de su "mano" emerge un tubo en forma de conducto y desciende hacia el líquido, succionándolo con un ruido sorbente.

Sax mira fijamente la bebida. Lo último que ha comido o bebido fue en el *Cobalt*. Estaba demasiado distraído en la nave de Plake, y ahora su cuerpo, sintiendo una oportunidad de alimentarse, despierta.

—Parece que sí necesitas algo —dice D'Arscale, su ojo izquierdo rotando en su tallo para enfocarse en el rostro de Sax. No, debajo de sus labios, donde, Sax se da cuenta, un poco de saliva se ha escapado y está haciendo su huida final hacia el suelo.

Sax atrapa la gota en su garra media derecha. No es un animal.

—Tus Vincere, si eres tan necesario como afirmas, sin duda vendrán por ti —continúa D'Arscale—. Hasta que lleguen, podemos llegar a un acuerdo. Tú trabajas para mí, yo te alimento. —Una pausa menguante—. Tu pareja estuvo de acuerdo.

—Mentiroso. —Bas nunca aceptaría algo así. Nunca aceptaría la servidumbre, sin importar el precio.

—Ella mencionó que podrías reaccionar así. Pero aquí está la verdad, Oratus. Estás atrapado aquí y tienes dos opciones: o trabajas para mí, haces lo que digo y cosechas los beneficios, o hago que estos dos te arrojen por una escotilla de aire para que tengas la muerte que tan obviamente deseas.

—¿Soy yo quien desea la muerte? —sisea Sax y luego se

lanza hacia adelante, embistiendo con sus garras delanteras y deslizando sus bordes afilados bajo el cuerpo resbaladizo del Ooblot. Con su cola golpeando hacia atrás a los dos monstruos de roca, Sax levanta a la criatura por encima de su cabeza, luego inclina su boca hacia arriba y la abre de par en par, para que D'Arscale pueda ver cuántos dientes lo cortarán.

Pero el Ooblot parece imperturbable. D'Arscale toma otro trago del vaso, aún sostenido en su mano succionadora.

—Por esto es que encajarías tan bien aquí —dice el Ooblot. Si estar a una pulgada de la muerte tiene algún efecto en la criatura, Sax no lo ve ahora—. De hecho...

Hay un grito, luego otro y un estruendo desde fuera de la habitación. De vuelta hacia el piso del casino. De vuelta hacia Bas.

Sax no duda; deja caer a D'Arscale de vuelta en el sofá, se da la vuelta y se abre paso a empujones por la puerta. Baja el corto pasillo y sale a un piso de casino que se ha sumido en el caos. Las mesas están volcadas, las especies corren descontroladamente, y Bas en medio de todo, su cola rosa dorada golpeando lo que parece ser uno de los Whelks lejos de ella y enviándolo a volar. Dos criaturas babosas más intentan derribarla mientras otra arranca el extremo de una silla de bar y comienza a acercarse.

Comienza.

Sax proporciona el final.

Da dos largos pasos y luego presiona sus garras contra el suelo y se lanza sobre la gran barra en medio del piso. Golpea algunas botellas, derriba unos cuantos vasos, pero el Oratus logra cruzar a tiempo para atrapar al Whelk que avanza en pleno movimiento. Sus garras se hunden en la superficie gelatinosa de la piel de la criatura-babosa, excavando y agarrando, y luego lanza al Whelk lejos.

Lo que habría sido una herida mortal para la mayoría de las especies apenas afecta al Whelk, que se atrapa en el suelo, rueda y luego se retuerce hasta ponerse en pie. Para matar a un Whelk, hay que perforarle un órgano o cortarlo completamente por la mitad.

Este, sin embargo, con su piel verde amarillenta y ojos salvajes, no vuelve a cargar. Vacila, y en ese momento Bas inclina aún más las probabilidades en contra de las babosas. Arroja a las dos cosas que tiene encima —ambas golpeándose contra la pared junto a las mesas de rollerball— y se levanta detrás de Sax. Ahora, enfrentados a dos Oratus listos y enojados, los cuatro Whelk deciden que ya han perdido suficiente y huyen de la habitación.

—Quiero que los prohíban —dice D'Arscale, su voz resonando mientras se desliza en la habitación—. Esta es la tercera vez que esos cuatro deciden terminar su noche dañando mi piso. Miren cuánto negocio he perdido. Si no fuera por ustedes dos, podría haber sido aún peor.

Sax está a punto de responder que solo estaba protegiendo a su pareja cuando D'Arscale levanta una mano plana. —No estoy pidiendo un compromiso en este momento. Tomen un respiro, cenen algo. Luego díganme si prefieren morir o trabajar. —El Ooblot hace un gesto hacia la habitación de la que acaba de salir; aparentemente ese es el refugio temporal de los Oratus.

Por mucho que Sax desee despedazar a D'Arscale, se da cuenta de una buena opción cuando la ve. Si él tiene hambre y está cansado, entonces Bas probablemente también lo está. Una oportunidad para hablar en privado, una oportunidad para estar lejos por un momento de las personas que los quieren en servidumbre, sería agradable.

—Acepta su oferta —sisea Bas en voz baja—. Por una vez, deja tu orgullo a un lado y danos un momento.

Bas lo decide. Sax no va a ir en contra de su pareja. Está demasiado cansado para eso.

Los Lutos no dicen una palabra mientras los dos Oratus se retiran al refugio de la habitación. El robot de servicio les trae agua y comida. Papilla nutritiva, pero también algunas verduras frescas. Sax mira fijamente las hojas verdes, probablemente producidas en hidropónicos aquí en la estación. Es una rareza tan grande que Sax pasa por alto su habitual disgusto por las cosas que no están sangrando y en su lugar se deleita con el sabor crujiente y fresco.

Solo después de haber consumido varios kilos de comida cada uno, los dos Oratus se recuestan en el sofá rojo y se miran. Ya no hay forma de evitarlo.

—No podemos quedarnos —dice Sax—. No trabajaré para él. No trabajaré para nadie.

—Hemos estado recibiendo órdenes toda nuestra vida, Sax —responde Bas—. ¿Qué importa si estamos recibiendo órdenes de un Ooblot en lugar de Evva?

—Tú misma lo acabas de decir. No es Evva. No son los Vincere. Esto no es lo que somos.

Bas gira su cabeza rosa dorada, mira las paredes espejadas. Hace clic con sus garras. —Somos armas, Sax. Y las armas son empuñadas. Solo hemos cambiado de manos, eso es todo.

Sax está a punto de responder. De gruñir y sugerir que se abran paso ahora mismo. Claramente, lo que Bas necesita es una pelea real, no el sacudón que tuvieron hace un momento. Algo que le recuerde quién es.

Un crepitar del intercomunicador interrumpe su ímpetu.

—Disculpen por molestarlos, pero creo que hay algo que deberían saber. Está llegando por las ondas amplias. —El Ooblot no dice nada más mientras una pantalla desciende del techo de la habitación. Se enciende para revelar un rostro familiar.

Evva. Escamas rojinegras. A su lado, una larga lista de aparentes crímenes.

Toma un tiempo para que llegue el sonido, para que la transmisión comience a reproducirse, y como con todo lo transmitido por los relés, es un sonido granuloso y simple. Pero Sax no necesita un audio sofisticado para discernir las palabras.

Evva, traidora de los Oratus, del Coro, conspiradora de crímenes peligrosos y difusora de falsos rumores, es declarada un peligro para la galaxia. Cualquiera que la vea debe tomar todas las precauciones y contactar a las autoridades más cercanas para asegurarse de que esta mancha en nuestra sociedad sea tratada.

# CAPÍTULO 7
FACCIONES Y GUERRAS

EL WHELK se hace llamar Jel, y nos escolta fuera de la cámara cuando los vítores se apagan dando paso a conversaciones aceleradas. Jel, sin embargo, mantiene su propia conversación con nosotros, gorjeando mientras serpenteamos por otro laberinto de pasillos. Debería sentirme claustrofóbica —la mayoría de los edificios de mi infancia eran estructuras abiertas sin estos estrechos corredores—, pero me impresiona el arte en exhibición.

Los Solare, mi tribu y parentela, usan pinturas de flores, frutas y rocas trituradas para ilustrar nuestra historia en nuestros imponentes Niveles, tatuajes en nuestra piel y tintes en las pieles y tejidos de musgo que componen nuestras ropas. Una forma de expresión que hemos refinado a lo largo de muchas generaciones. Una que encuentro hermosa.

Y sin embargo.

Estos pasillos *ondulan*. Es la única palabra que se me ocurre para describir cómo los riachuelos de color se lanzan y bailan unos con otros mientras caminamos. No son realmente imágenes, sino explosiones abstractas en constante movimiento, girando y mezclándose y salpicando sus brillantes rojos, amarillos y azules por todo el espacio. He visto pantallas ahora, tanto en la lanzadera como en la estación espacial *Cobalt*, y estas parecen más naturales, no el producto de luz brillante.

—Cada uno representa una raza en esta galaxia —cambia Jel repentinamente su discurso, girando su gran cabeza bulbosa hacia mí—. Su danza es la misma que realizamos ahora mismo, uniéndonos y separándonos de nuevo.

—Es hermoso —digo, y sé que las palabras son inadecuadas.

—¿Notas cómo nunca se rompen entre sí?

Estoy a punto de responder cuando Viera lo hace por mí:

—Eso es de lo que se trata todo esto, ¿verdad? ¿Sin guerra? ¿Todos se portan bien?

Jel asiente, o tal vez hace una reverencia; es difícil decirlo cuando la cabeza del Whelk esencialmente se funde con su cuerpo. Jel se desliza y nosotros lo seguimos. Esta vez, cuando el Whelk reanuda su discurso, intento escuchar.

La facción de Nasiya, dice Jel, se llama los Hasir. Ellos dirigen Vimelia, y su constante agitación por la independencia de los Sevora, la guerra y el orgullo es la fuente de su poder y del declive general de los Sevora. Los Wem, de los cuales Jel es el líder electo, buscarían tratados. Buscarían reconectarse con la galaxia en general.

Las palabras se convierten en un revoltijo mientras más especies y organizaciones salen de la boca de Jel y, a pesar de mí misma, dejo de prestar atención a Jel de nuevo y me concentro en las diferencias más viscerales que estoy viendo entre este lugar y los edificios de Nasiya. En primer lugar, los Wem parecen ser fanáticos de una luz más amarilla y suave. El resplandor lo impregna todo, aunque nunca estoy muy segura de dónde proviene. Mientras dejamos atrás las pinturas arremolinadas y entramos en lo que parece ser algún tipo de dormitorio, los ladrillos dorados que componen el lugar tienen su propia luminiscencia. Paso mi mano por una de las piedras brillantes y miro mis dedos; están cubiertos de un polvo fino que, como una estrella lejana, parpadea.

Cada respiración que tomo, además, trae consigo un perfume floral de los jardines exteriores, olores que me transportan de vuelta a la selva, y muy diferentes de la eficiencia estéril de los edificios Hasir. Una brisa constante y suave mantiene el aire en movimiento y la temperatura más fresca de lo que me gustaría, pero no tan fría como para sentirme incómoda. Viera parece estar como en casa, mientras que Malo, al igual que yo, se frota los brazos mientras avanzamos.

—No todos los Wem se quedan aquí —está diciendo Jel, señalando con un brazo verde y rechoncho las filas de habitaciones—. La mayoría de los que lo hacen usan esto como un refugio temporal, para alejarse del caos de la ciudad.

—¿O para esconderse de un crimen? —pregunta Viera.

Le lanzo una mirada severa a la Lunare, pero la risa de Jel corta cualquier vergüenza.

—Si es necesario —dice Jel—. Intentamos mantener la mayor parte de nuestro trabajo fuera de la suciedad, pero a veces el cambio requiere una mano astuta.

—Y una moral gris —añade Viera.

—Morirás de hambre con la virtud sola —reconoce Jel—. Aun así, no somos El Amanecer de la Claridad. No buscamos destruir, solo cambiar.

El título me hace cosquillas en la memoria, pero antes de que pueda hacer una pregunta, nos movemos de nuevo. Las habitaciones, a diferencia de las celdas en la prisión, se abren a balcones envueltos en enredaderas, y un par de cascadas gotean a ambos lados de una amplia plataforma color canela en la que subimos. A nivel del suelo a nuestro alrededor, se elevan árboles altos, luciendo largos zarcillos que terminan en brillantes flores rosadas. Tan pronto como Malo pisa la plataforma, Jel hace algo que no alcanzo a ver y la plataforma comienza a elevarse.

Viera atrapa a Jel en una conversación y aprovecho la oportunidad para acercarme a Malo y preguntarle qué piensa.

—En estos últimos días, Kaishi, he visto más maravillas de las que creía posibles —dice Malo, pero su voz lleva consigo precaución, y noto que está hablando en Charre, no en el llamado idioma común utilizado por todas las especies que hemos visto hasta ahora.

—¿Pero?

—Todos los que hemos conocido parecen querer usarnos para algo. No puedo creer que estos "Wem" sean diferentes.

Mastico eso por un segundo. Malo tiene razón, de eso no tengo ninguna duda. Nadie, ni siquiera mi padre y mi tribu, trataría a los visitantes con tanta hospitalidad a menos que hubiera algo que creyeran que obtendrían a cambio.

—Malo, estoy empezando a creer que así es nuestra vida —digo—. Cuando éramos jóvenes, teníamos que obedecer a nuestros mayores, a nuestros superiores y, por encima de ellos, a nuestros dioses. Esto no es tan diferente.

La plataforma continúa subiendo, pasando las habitaciones y aún más alto, por encima de la parte superior de la cámara y entrando en un túnel bordeado por todos lados por esos ladrillos brillantes.

—Hay una diferencia entre que te digan qué hacer tus padres, la gente en la que confías o los dioses que adoras.

Ellos, al menos, se preocupan por ti. ¿Estas cosas? Kaishi, siento que nos descartarían en un instante si no les fuéramos útiles.

—¿Crees que podrían descartarnos? ¿A ti? ¿Guerrero de los Charre?

Pretendo que las palabras fortalezcan el espíritu de Malo, que le traigan una risa o una sonrisa a su rostro, pero todo lo que obtengo es una mueca.

—No pude protegerte en la Tierra. No te salvé en el *Cobalt*. ¿Por qué pensar que puedo protegerte aquí?

—Porque me lo prometiste —respondo—. Y mi general no rompe sus promesas.

Eso, al menos, consigue una sonrisa irónica. Un pequeño gesto de agradecimiento.

El techo se abre sobre nosotros y la plataforma emerge al aire libre. Estamos en lo alto del enorme edificio, en una aguja que se eleva sobre el tejado principal. El vidrio nos rodea, y puedo ver, alrededor del suelo arenoso, el jardín circular que se extiende alrededor de la estructura. Más allá del verde, los edificios se alzan, aunque de forma más irregular que la concentrada metrópolis donde aterrizamos inicialmente.

—La ciudad de Vimelia nunca termina realmente —dice Jel mientras contemplamos la vista—. Pero de vez en cuando se aquieta. Elegimos este lugar precisamente porque está más allá del bullicio, porque nos obliga a ver la belleza natural. Nos recuerda que luchamos por la armonía de la naturaleza, no por una estructura forzada.

—¿Cómo? —pregunto—. Hablan de tomar el control de los Sevora, de cambiar su especie, pero ¿cómo? Los Hasir, y Nasiya, parecen tener mucho más que ustedes.

—Los Sevora se mueven como una hoja en este viento eterno —responde Jel—. Una fuerte ráfaga en nuestra dirección podría, de un solo golpe, darnos el planeta. Espero que esa ráfaga seas tú.

—Nunca he sido una ráfaga antes —dice Viera—. ¿Agito los brazos así?

La Lunare mueve las manos de lado a lado y yo pongo los ojos en blanco. Malo aparta la mirada, sacudiendo la cabeza. Jel, sin embargo, no dice nada, y Viera, al ver que nadie aprecia su broma, se hunde en un resoplido.

—No, hay algo que debe ocurrir antes de que vayamos más lejos —dice Jel, y por el repentino peso en su tono, puedo notar que nuestro alegre recorrido ha llegado a su fin—. Tenemos miembros que se han ganado la oportunidad de marcar la diferencia. Se han ganado la oportunidad de intentarlo. Se han ganado un huésped como ustedes.

Hay un pesado silencio.

Uno que yo rompo.

—Quieren infectarnos.

—Este es el hogar de los Sevora, humana —dice Jel—. Para estar aquí, debes ser uno de nosotros.

—Ignos no pudo controlarme —respondo, el pensamiento de otra criatura en mi cabeza inyecta ácido en mi voz—. Tus Sevora no conseguirán lo que quieren.

—Una prueba no hace un experimento exhaustivo —replica Jel, y noto ahora que sus dos manos se han deslizado bajo su extraña túnica. No es difícil imaginar un minero o dos escondidos bajo esos pliegues—. O bien demostraremos que no eres todo lo que dices ser, y ganaremos una nueva especie huésped, o tendremos las guías necesarias para asegurarnos de que sepas qué decir y cuándo decirlo.

—No va a pasar —digo. Malo se mueve detrás de mí, preparándose. Viera, también, se enfrenta a Jel, con las manos sueltas—. No voy a dejar que ninguno de ustedes entre en mi cabeza nunca más.

No tengo idea si Jel entiende mis palabras; el Whelk se queda allí, su masa gelatinosa moviéndose como una línea de savia de árbol goteante. Malo y Viera toman posiciones a cada lado de mí, y ahora somos nosotros tres a un lado de la plataforma, y Jel al otro. Viera, que hace un momento parecía ser la mejor amiga de Jel, lleva la expresión más dura de nosotros; el puro desprecio se graba en su rostro y me alegro mucho de que la Lunare esté conmigo en lugar de al revés.

—¿De nuevo? —pregunta Jel—. No sabía que alguno de ustedes había tenido la alegría de ser huésped antes.

—No fue intencional —respondo.

La plataforma se estremece, luego comienza a descender de vuelta al edificio. Por un momento, pienso que nuestra oportunidad de escapar se desvanece con esas paredes de vidrio, pero de todos modos no tenemos herramientas para romperlas.

—Y ahora están *sin huésped*, —Jel dice la palabra de la misma manera que yo diría "enfermos".

—Somos libres, si a eso te refieres —interviene Viera—. Y vamos a seguir así. Así que encuentra otra manera de probar tu punto, o déjanos ir.

Los ladrillos brillantes nos rodean de nuevo, encerrando la tensión en esa pequeña plataforma.

—Los Sevora nunca escucharán a alguien que no sea parte de nosotros —dice Jel, y mete los brazos de nuevo bajo la túnica—. No tendría que ser una situación permanente, pero al principio, será necesario.

Jel tiene cierta lógica; no creo que las tribus Solare o Charre en la Tierra escucharan a Viera sin que yo o Malo la respaldáramos. Pero hay un gran abismo entre apoyar a alguien y dejar que una criatura infeste tu mente.

—Necesario para ti —digo—. Nosotros no tenemos nada

que ver en tu lucha. Todo lo que queremos es una nave para salir de este planeta y volver al nuestro.

Viera me lanza una mirada y me doy cuenta de que he cometido un error. He revelado algo que necesitamos, y por la forma en que Jel se estremece —un movimiento que me revuelve el estómago—, el Whelk lo ha captado.

—Las naves se pueden conseguir —responde Jel lentamente—. Sin embargo, nuestro planeta está involucrado en una guerra larga y costosa. Destinar una nave para llevarlos a casa requeriría recursos. Necesitaría un pago. Creo que saben cómo proporcionarlo.

La plataforma sigue moviéndose y los escenarios se desarrollan como relámpagos en mi mente; si acepto lo que dice la criatura, nos sometemos, y ellos meten a sus amigos dentro de nosotros. Si las cosas salen bien, y la facción de Jel consigue lo que quiere, ¿por qué se molestarían en dejarnos ir? Si sale mal, entonces Nasiya nos mata a todos o nos llena con sus propios Sevora.

No necesito mirar a Malo y Viera para saber que han llegado a la misma conclusión.

—Tómalo —digo en la lengua Charre—. Jel es nuestra única salida de aquí.

Malo se mueve más rápido de lo que creo posible; se lanza hacia adelante, su hombro golpeando la masa de Jel mientras sus manos luchan por sus brazos, tratando de evitar que saque lo que sea que el Whelk tiene en sus bolsillos. Jel emite un gorjeo sorprendido cuando golpea los ladrillos que pasan, y casi libera su brazo izquierdo antes de que Viera llegue. La Lunare arranca el pequeño minero del agarre de Jel y coloca el arma cerca de su enorme cabeza.

—O —digo—. Puedes dárnoslo por amabilidad. Eso es lo que hacen los amigos, ¿no?

La plataforma se hunde bajo los ladrillos y vuelve al

gran dormitorio. La primera oportunidad que tendremos de ser descubiertos, y es una oportunidad que inmediatamente perdemos: hay muchas criaturas caminando por los balcones, esperando la plataforma o charlando entre sí. Solo hace falta un fuerte burbujeo de Jel para que muchos tipos de ojos se vuelvan hacia nosotros.

—Creo que vamos a tener que correr de esta —dice Viera.

—Usemos al rehén. —Malo ajusta su agarre y sus manos se hunden más profundamente en la piel aparentemente blanda de Jel.

—Solo estás lastimando a mi huésped —dice Jel, su voz de repente tensa, y me pregunto si Malo está apretando la cosa que permite al Whelk hablar—. Solo matarás al Whelk. No tienes ventaja, excepto rendirte.

—Tíralo —digo.

La plataforma está casi en el piso más alto del dormitorio, el que tiene menos mirones. Estaremos muertos o capturados si nos quedamos aquí al descubierto; aprendí eso en la jungla.

Malo obedece, dando a Viera un momento para volver a mi lado, y luego, con Jel protestando, empuja al Whelk hacia adelante contra la barandilla de la plataforma. El guerrero Charre gruñe, se agacha y comienza a levantar a Jel por encima mientras la plataforma se asienta en el tercer piso.

Se nos acaba el tiempo.

—¡Cúbrenos! —le grito a Viera, y me lanzo hacia adelante, plantando mis manos contra el cuerpo de Jel mientras Malo levanta al Whelk retorciéndose sobre la barandilla.

La piel de Jel está fría, pegajosa y completamente repugnante, como agarrar una fruta podrida de un charco, pero mi empujón es suficiente para hacer que Jel se tambalee sobre el borde, derribando al Whelk de la plataforma hacia el suelo. Cae con un chapoteo húmedo, y me aparto de la carnicería. Una parte de mí nota que acabo de matar a otra especie por primera vez, y aplasto cualquier pensamiento de culpa recordándome que el Whelk se perdió en los Sevora hace mucho tiempo.

—Dad un paso más y os dispararé. A ti. Y a ti. Varias veces —las amenazas de Viera nos acompañan a Malo y a mí fuera de la plataforma y hacia el amplio balcón que rodea el nivel.

Un par de Flaum confundidos, con las manos vacías y vistiendo la misma túnica que Jel, nos enfrentan. Esas insignias también están ahí, las pintadas. Si estos Flaum, o mejor dicho, los Sevora que los controlan, tienen algo de valor, este se desvanece cuando miran abajo para ver qué ha sido de su líder. Ambos se deslizan contra la pared y nos dejan pasar con un gesto.

Avanzamos.

No tenemos un plan, ni idea de cómo salir, pero nos movemos. Mis pies golpean contra el duro suelo y lanzo miradas a cada habitación por la que pasamos corriendo, buscando alguna forma de bajar o salir. En su mayoría, no tengo idea de lo que estoy viendo. Una tiene una serie de redes colgando del techo. Otra, una piscina de tinta morada-negra en el suelo, y la tercera parece un jardín de flores en miniatura, aunque muchos de los capullos han sido comidos.

—¿Qué son estas cosas? —digo sin darme cuenta.

—Ni idea —jadea Viera delante de mí—. ¿Es malo que en parte quiera quedarme aquí y averiguarlo?

—Es tu decisión —responde Malo desde atrás.

Ahora nos persiguen gritos desde abajo, y no tengo duda

de que la plataforma está bajando al suelo para recoger a alguien armado con algo más que miedo. Estamos casi al final de este lado, y espero que aparezca algo pronto o este intento de escape va a ser de muy corta duración. Ya, mirando hacia atrás, veo a media docena de Flaum saliendo de la plataforma y empezando a perseguirnos.

Llegamos a la pared trasera del nivel y no hay nada allí. Otra habitación a nuestra derecha, y el balcón continúa en una larga U que solo nos llevará hacia la gente que estamos tratando de evitar. Oigo un pop, y veo que Malo también sostiene un minero ahora. Otro pequeño, justo como el de Viera. Su disparo pasa lejos de la fuerza que se acerca, pero se agachan para cubrirse.

—No están disparando de vuelta —dice Viera mientras me presiona hacia abajo detrás de la barandilla.

—Porque solo somos valiosos para ellos vivos —respondo, con mis ojos clavados en el minero de Malo.

Idea.

—Dame tu minero —le digo a Viera, y la Lunare duda—. He dicho que me lo des.

Esta vez inyecto mi mejor tono de emperatriz, el que sugiere todo tipo de cosas terribles si no consigo lo que quiero. Viera lo entiende y me entrega su arma sin quejarse. Tan pronto como tengo mis dedos alrededor de la empuñadura, me giro y, gritando el nombre de Malo, lanzo el minero a través del espacio entre nosotros y los guardias Wem.

Malo lo entiende.

Apunta.

Dispara.

Todos están mirando el minero que lancé, los guardias con incredulidad confusa, y así todos ven cómo el disparo de Malo falla y se entierra en la pared lateral dividiendo un par de habitaciones. Estoy a punto de entrar en pánico cuando uno de los guardias atrapa el minero con su peluda mano Flaum, lo apunta de vuelta hacia nosotros-

Malo dispara de nuevo.

Puedo decir que no falla porque todo destella en blanco staccato por un momento y hay un sonido ondulante, como un enorme pergamino de papel siendo rasgado una y otra vez. El calor me golpea en oleadas mientras caigo de espaldas contra la pared, lejos del balcón. Mi nariz pica, quién sabe qué estoy respirando, pero no es natural.

Cuando el fuego no muere de inmediato, cuando las explosiones nos golpean en oleadas, me doy cuenta de que esto no es lo que esperaba. Había lanzado un minero, pero todo nuestro nivel está temblando.

Oh, espera. Los guardias. Deben haber estado llevando sus propias armas.

Abro los ojos lentamente. Parpadeo para alejar el humo. Miro hacia donde estaban los guardias hace un momento y solo hay restos carbonizados de un balcón allí. Una hendidura cóncava divide el espacio, esos ladrillos brillantes ahora se ven terriblemente negros. No puedo ver ninguna señal de los guardias y no miro demasiado porque ya voy a tener suficientes pesadillas como está.

—Vamos —dice Viera, y estoy más que feliz de ponerme de pie de un salto, pero dudo cuando ella regresa junto a Malo, hacia la brecha.

—¿Dirección equivocada? —aventuro.

—Acabas de darnos nuestras escaleras —señala Viera y aunque yo no llegaría tan lejos como para llamar a los escombros 'escaleras', definitivamente hay una pila dentada y arruinada de escombros que conducen hacia el segundo nivel.

—Es un camino —acepta Malo, y en medio de gritos de

sorpresa de los sobrevivientes de abajo, nos ponemos en movimiento.

La escalera de Viera es una mezcla desordenada de ladrillos destrozados, barandilla retorcida del balcón y cosas desgarradas que, estoy segura, hace poco eran llevadas por seres vivos y respirantes,

Esclavos.

La palabra se cuela en mi cabeza y se queda allí. Ninguna de esas criaturas vino tras nosotros por su propia voluntad, ninguna de ellas controlaba sus brazos y piernas y colas o lo que tuvieran. Los matamos y ni siquiera había sido su elección estar allí.

Voy de apoyo en apoyo, humo y niebla efervescente flotando a mi alrededor, y me propongo no dejar nunca que un Sevora entre en mi mente otra vez.

—No creo que podamos hacer el mismo truco una segunda vez —dice Malo mientras nos reunimos en el segundo nivel.

Los escombros apilados nos bloquean de la plataforma, y no parece haber una escalera a la vista. Pero me doy cuenta de que no necesitamos una. Extendiéndose a nuestro alrededor hay cosas extrañas, parecidas a árboles; troncos verde oscuro curvados cubiertos de brillantes flores rosas. Comparado con un árbol de la jungla, escalar uno de estos sería fácil.

Abajo, los Wem que aún están en el dormitorio se dispersan, al parecer la amenaza de muerte significa más para los Sevora de lo que significa para nosotros.

—¡Justo como en casa, Malo! —grito, luego doy un paso y salto por el aire hacia un árbol.

Me agarro a una de las largas y gruesas ramas, e inmediatamente desciendo por una rama de material más blando que la madera, colocando una mano y un pie tras otro hacia el suelo. No puedo tomarme el tiempo para mirar atrás y ver si Viera y Malo me siguen, así que simplemente me muevo. Bajo al suelo. Esperándome cuando me alejo del rugoso azul-verde hay un par de Flaum de uniforme gris, que se lanzan miradas nerviosas entre sí mientras los enfrento.

Sin embargo, vienen hacia mí, sin sostener nada más que sus propias garras.

—No voy a ir con vosotros —les digo.

—No es tu elección —responde el de la izquierda—. Cómo vendrás con nosotros *sí lo es*. O ilesa, o de otra manera.

Me pongo en posición, extendiendo mi rodilla y brazo izquierdo hacia adelante. Espero. Se abalanzan sobre mí al mismo tiempo, separándose ligeramente. Me pregunto por qué no usan mineros, y luego asumo que todas sus armas fueron hechas pedazos junto con los guardias reales.

Esquivo y me muevo alrededor de sus golpes. Flashback a juegos en la jungla, a ejercicios con Malo y las otras tropas Charre. Me curvo alrededor de una garra, me deslizo bajo otra. Los golpes son lentos, torpes. Estos no son soldados, pero me concentro en evadir, en mantenerme con vida el tiempo suficiente para aprovechar alguna otra oportunidad que se presente.

Gritos resuenan detrás de mí; Malo y Viera haciendo el mismo recorrido que yo por el árbol, uniéndose a la refriega. Malo agarra a uno de los Flaum por detrás, le rodea el cuello con el brazo y luego lo voltea sobre su hombro, lanzando a la criatura al suelo. Viera tiene menos suerte, quizás no tan acostumbrada a pelear con manos y pies como Malo.

Así que cuando la Lunare intenta hacer lo mismo, no es lo suficientemente rápida y el Flaum tiene tiempo de reaccionar, se aparta de la Lunare y se mueve para arañar la cara de Viera con sus garras. Interrumpo con una patada en el centro de la espalda del Flaum. Una que envía a la criatura peluda directamente contra Viera y los derriba a ambos. Viera rueda mientras caen, y inmoviliza a la criatura debajo de ella, propinándole un par de golpes de nocaut cuando se asientan en el suelo.

Luego estamos corriendo de nuevo. Salimos por el dormitorio, hacia el pasillo. Después de diezmar a los guardias y a los dos Flaum, nadie más parece tener ganas de pelear. El pasillo está vacío, y al final, conduciendo de vuelta hacia la cámara donde todos habían estado gritando antes, veo desaparecer a algunas especies. Esta vez, apenas dedico una mirada a las pinturas arremolinadas que, minutos antes, tanto me habían encantado.

La gran cámara es cavernosa sin nadie en ella. Tan pronto como entramos, las puertas detrás de nosotros se cierran de golpe. De hecho, todas lo hacen excepto una. La puerta por donde la fuerza Flaum nos trajo inicialmente, la que conduce al jardín y las plataformas de aterrizaje.

—Me pregunto por dónde querrán que vayamos —dice Viera.

—Sugiero que la tomemos —dice Malo—. Cada segundo aquí es más tiempo para que preparen una trampa. O algo peor.

—Entonces, movamos —digo, y puntúo el comentario corriendo hacia la puerta.

Una vez más estamos bajo el cielo blanco-beige, corriendo hacia el jardín gigante. Mientras salimos, nuestra salida se cierra detrás de nosotros. Nos deja fuera de un lugar al que nunca quiero volver. Adelante, veo que la lanzadera que nos trajo aquí se ha ido, y ahora hay un patio de piedra liso y vacío que conduce al jardín. Lo cruzamos corriendo, sin perder un segundo en conversación. Todo nuestro aliento va a nuestros pulmones, a nuestros pies.

Se me ocurre que no tenemos ningún lugar adonde correr. Ningún lugar donde escondernos, ni adonde ir.

Hago señas a Viera y Malo para que se detengan tan pronto como nos adentramos un poco en el jardín, cuando estamos rodeados de plantas de aspecto extraño que, ahora, parecen más siniestras. Sus bordes dentados y extrañas flores se ciernen sobre nosotros, el suelo bajo nuestros pies es una especie de tierra pegajosa y espinosa. Una pelusa verde en lugar de hierba u hojas. Una oleada inclinada de nostalgia se infiltra en mi mente y la aparto, un acto en el que me estoy volviendo cada vez mejor a medida que el hogar se convierte en un lugar que nunca volveré a ver.

—No quiero seguir corriendo sin un plan —les digo a mis amigos.

Viera y Malo, por su parte, se mantienen razonablemente bien. Todos tenemos algunos rasguños, desgarros y cortes que recibimos de la pelea o de las espinas del jardín, pero estamos de pie, vivos.

—Alejarnos de aquí parece un plan bastante bueno —ofrece Viera.

—¿A dónde? ¿De vuelta a Nasiya? —digo—. Incluso si supiéramos cómo llegar allí, no estarán contentos. Terminaríamos de vuelta en esa misma prisión, o peor. Estoy segura de que no les importaría meternos un Sevora en la cabeza también.

—¿Podemos encontrar a la criatura? ¿La que nos sacó? —dice Malo.

—Oh sí, ¿la que nos entregó directamente a estos monstruos? —responde Viera—. ¿Crees que hará algo diferente la próxima vez?

—No, tenía que entregarnos —digo— Al menos intentó rescatarnos. Dame un momento e intentaré encontrar su grupo en el Cache. ¿Creo que lo llamaban "Dawn"?

—Este jardín no es el lugar para hacer tu búsqueda —dice Viera y mira hacia arriba.

No es que necesite la vista de la lanzadera para decirme que viene. Hay mucho ruido de quejidos y silbidos. Probablemente esa misma tripulación Flaum, regresando para poner fin a nuestros problemas.

Así que una vez más salimos corriendo. Corriendo a través de las plantas por lo que parece una eternidad. La persecución que hay, nunca la vemos. Simplemente vamos y vamos y vamos, y pierdo la noción de dónde estamos. Las plantas eventualmente dan paso a estructuras de metal oscuro, a calles amplias y miles de ojos, la mayoría de los cuales nos observan, su mirada empujándonos hacia callejones oscuros y rincones donde pensamos que podemos pelear.

Donde espero que podamos estar a salvo, aunque sé que no lo estamos.

CAPÍTULO 8

EL DESCANSO DEL DESGUACE

LO ÚNICO QUE queda por hacer es aceptar la oferta del Ooblot. D'Arscale no quiere que hagan nada más que deambular por el piso del casino, luciendo intimidantes. Sax descubre que un destello de sus dientes o una sola garra levantada es todo lo que se necesita para desactivar la mayoría de las peleas mucho antes de que comiencen. Cualquiera que no esté convencido solo necesita un golpe de su cola para entrar en razón.

La monotonía le da a Sax tiempo para reflexionar sobre la acusación de Evva. Tiempo para decidir qué ha salido mal, para saber en quién confiar, y se queda en blanco. No hay una razón real, piensa, por la que los Amigga se volverían contra una Oratus tan condecorada. No hay una razón real para tacharla de traidora y quererla muerta.

Por otro lado, ella ha escapado. Evva está huyendo, lo que significa que debió haber sabido que esto iba a suceder. ¿Es por eso que le dijo a Sax y Bas que protegieran a los humanos? ¿Que no confiaran en los Amigga?

Solo hay una certeza en todo esto: Sax y Bas no encontrarán nada en la *Estación Desguace*, así que necesitan una forma de salir.

Y se presenta una oportunidad cuando Coorvin entra al casino. El Flaum se ve notablemente más pesado que cuando estaba en el *Cobalt*, y su pelaje gris desaliñado es ahora de un plateado más completo. Sus ojos son más brillantes, y el Flaum no se encoge cuando Sax nota que está allí. No hace nada más que sonreír cuando Sax se acerca pesadamente para erguirse sobre él.

—Sigues aquí —dice Sax a modo de saludo.

—Plake decidió que su tripulación podía tomarse un descanso —responde Coorvin—. Y todavía tiene la mayor parte de la comida destinada al *Cobalt*. Tiene que encontrar un comprador, y va a haber más opciones aquí que volando al azar.

—¿Qué tan cerca está de encontrar uno?

Coorvin niega con la cabeza. —Soy el nuevo en la tripulación. No me dicen mucho y, después de tantos ciclos con los Amigga, estoy bien con que me dejen en paz.

—Escucha, Coorvin —dice Sax—. Necesitamos una forma de salir de esta estación. Hacia el Coro, o uno de los mundos más cercanos.

—¿Me estás pidiendo que te ayude a acercarte a los Amigga?

—Te lo estoy diciendo —sisea Sax—. Hay preocupaciones más grandes que tus sentimientos aquí.

Coorvin, sin embargo, entorna los ojos hacia Sax y cruza sus peludas garras frente a su pecho. —Sax, no soy yo a quien debes andar dando órdenes. He vuelto a una sociedad relativamente educada, y seré tratado como tal.

—No tengo tiempo para eso —dice Sax—. ¿Cómo podemos conseguir pasaje en tu nave?

—¿No hay opciones más fáciles?

—No tenemos dinero —responde Sax—. Lo que significa que necesitamos conexiones.

—¿Así que tu plan es intentar volver a bordo de la nave con la capitana que te vendió a esta posición en primer lugar?

—Mi plan es conseguir que esa capitana esté sola y usar mis garras para convencerla de la necesidad de mi posición. —Sax se inclina cerca de Coorvin—. Te salvé de ese monstruo, Coorvin. Todo lo que pido ahora es una oportunidad. Alguna información que nos permita a Bas y a mí intentar resolver nuestro problema.

Ante esto último, Coorvin cede. —Esto es lo que obtengo por querer tirar unos cuantos chits en las mesas. Si quieres iniciar un diálogo, ve al Descanso del Desguace: a Agra-Red y a un par de los otros les gusta ir allí después de que terminan sus turnos. Ponte de su lado, y tal vez Plake ceda.

—Gracias —responde Sax, luego se endereza y se aleja de Coorvin.

No sería inteligente dar pistas a demasiados sobre su relación con el Flaum. La *Estación Desguace* tendría a mucha gente interesada en lo que los Oratus estaban haciendo, y Sax no quiere tener nada que ver con sus intromisiones.

Ya tendrá suficiente sangre en sus garras.

D'Arscale los hace trabajar en turnos opuestos, para que siempre haya un Oratus presente en el piso. Al principio, el Ooblot pensó que podía confinar a Sax y Bas a sus habitaciones cuando no estuvieran trabajando, pero una muestra suficiente de los dientes de Sax convence al limo de lo contrario.

Así que no pasa mucho tiempo antes de que Sax tenga

su oportunidad de investigar el Descanso del Desguace y el resto de la estación.

Fuera del casino está el nexo de la *Estación Desguace*: la gran bola central de la que se desprende el resto de la estación en varios radios. Es más barato construir una estación así y hacerla girar para generar algo de gravedad que cualquier otro método. Incluso las estaciones en el borde de la civilización, como esta, tienen algunos estándares: cada radio está dominado por un tipo particular de propósito. Desde el Nexo, Sax cuenta siete de ellos, con dos designados explícitamente para áreas de vivienda. Dos más para muelles de atraque y envíos.

Lo que deja tres para el comercio general y el entretenimiento, junto con el espacio ya utilizado para el Nexo. La bola central consta de cuatro avenidas principales que se entrecruzan en la estructura, encontrándose en varios puntos. Sax camina hacia la más cercana, rastreando las especies que ve. Buscando aquellas que podrían estar dispuestas a un poco de relajación química y, por lo tanto, a un interrogatorio.

Eso resulta ser un desafío difícil: la *Estación Scrapper* está muy lejos de los dominios controlados por los Amigga a los que Sax está acostumbrado. La mayoría de la gente aquí, sin importar su especie, parece estar aferrándose a la vida. Muchos visten harapos variopintos o trozos de basura remendados. Aquellos que lucen mejor tienden a exhibir mineros y otras armas abiertamente. Sax no notó esto en el casino, donde los escáneres automáticos obligan a todos los que entran a desarmarse.

Es un lado de la galaxia que Sax no había visto antes.

Pero, a pesar de las apariencias, las especies se detienen en las diversas tiendas, ya sea comprando armas, chatarra o cualquier otra cantidad de productos. Incluyendo aquellos fuera de los límites de la legalidad, algo a lo que Sax habría reaccionado hasta que el poder de los Amigga perdió su control sobre él.

Eso, supone Sax, es la lección más evidente de esta inmersión en el resto de la galaxia. Nunca ha sentido mucho amor por los Amigga, por sus demandas distantes y aparentemente arbitrarias, pero puede entender el trabajar hacia la paz galáctica. Algún tipo de prosperidad. Pero ¿esto? Esto no puede ser el ideal. Por lo que los Oratus y los Vincere están luchando.

A su izquierda, Sax pasa junto a uno de los grandes elevadores que llevan a los radios residenciales. Tres ascensores separados diseñados para transportar a la gente por el radio y hacia los bordes, tirados por gruesos cables. Un grupo de Teven se reúne ahora frente a ellos, charlando sobre algún tipo de acuerdo comercial. A Sax no le importa, sigue adelante.

La primera señal que tiene del Descanso del Vertedero viene cortesía de un par de Vyphen, con aspecto demacrado y cansado, discutiendo sobre dónde parar para darse un esnifón. Sax no está familiarizado con el término, pero entre la lista de locales, escucha el nombre que está buscando. Al mismo tiempo, los Vyphen se dan cuenta de que está escuchando.

—¿Qué haces ahí parado, grandullón? —le pregunta el más cercano, una criatura azulada con plumas amarillas marchitas—. No estamos causando problemas.

—No estoy aquí por ustedes —responde Sax—. Pero estoy buscando el lugar del que hablan. El Descanso del Vertedero. Díganme dónde está.

Los dos Vyphen se miran entre sí, luego el azul se vuelve hacia él. —Sube por el tercer radio. Llévalo hasta el final. Es el único lugar que hay allí.

Sax les da un único asentimiento, luego sigue su camino. Ha visto el miedo en sus ojos, la tensión en sus músculos.

Eso le hace sonreír.

Sax detesta la baja gravedad que aumenta a medida que se aleja del Nexo. La sensación de que cuando levanta una garra no va a bajar de inmediato, que su pierna seguirá subiendo hasta que se esfuerce por detenerla. Aunque el aire está reciclado y purificado, Sax siente que tiene que esforzarse más para mantenerlo abajo, para maniobrar su cuerpo fuera del ascensor y hacia la única opción posible en el extremo más alejado del radio.

El Descanso del Vertedero.

La entrada es un cuadrado ancho y plano que parece haber sido utilizado, en algún momento, como salida de carga. Demasiado grande para la gente normal, el bar desde entonces lo ha llenado con hologramas brillantes que muestran los precios de varios especiales y elementos del menú.

Ninguno de los cuales interesa remotamente a Sax.

Para ayudar con la navegación, alrededor de todo este nivel y, Sax está seguro, dentro del bar también, hay postes que se elevan poco más de un metro. Usa sus garras para agarrar uno y propulsarse dentro del bar pasando junto a un par de nerviosos porteros Flaum. Como si alguna vez intentaran detener a un Oratus.

Dentro, el Descanso del Vertedero demuestra ser esclavo de su nombre, y Sax se pregunta si su diseño tiene tanto que ver con el bajo costo de, bueno, la chatarra. Mesas y sillas de todas las alturas están atornilladas al suelo y están hechas de partes aleatorias. Sax puede ver largos bancos tallados en las alas de viejos cazas, mientras que taburetes en forma de tortuga para los cuerpos fluidos de Whelk y Ooblots parecen haber sido hechos de toberas de cohetes.

Todo esto va con el bar también, en sí mismo un largo mostrador cubierto de chatarra pulida y atendido por brazos robóticos. Las cámaras proyectan opciones hacia abajo sobre las mesas, donde los clientes tocan el holograma de lo que quieren, y poco después les es llevado por drones de entrega.

Aparte de las conversaciones, el fondo alberga un pulso sintético bajo, el tipo de ruido que no causa efectos inestables para algunas de las especies más sensibles.

Y luego está el logro supremo del Descanso del Vertedero: una ventana gigante a lo largo del extremo del radio que da al campo de escombros flotantes alrededor de la *Estación Scrapper*. Iluminados por el reflejo del planeta circundante, los escombros sirven como entretenimiento interminable mientras rebotan y chocan entre sí, ocasionalmente interrumpidos por el paso de una nave.

Lo que Sax no ve, sin embargo, es su objetivo. Agra-Red no está aquí, y Sax está atrayendo miradas. Tendrá que hacer algo pronto, o el tipo equivocado de atención vendrá hacia él.

Así que, por primera vez en su vida, Sax se acerca a un bar.

Ni un alma viene a atenderlo. ¿Quién lo haría? Es un arma grande de escamas grises que todavía lleva muchas cicatrices de las quemaduras en *Cobalt* y cortes de tantas batallas anteriores que todas se mezclan para crear una historia horripilante.

No ayuda que Sax siga mostrando los dientes a cualquiera que lo mire. Hay un protocolo que seguir aquí, a saber, que la presa debe entender su lugar, y Sax considera a todos aquí como presas.

—¿Quieres algo? —dice una voz.

Sax busca la fuente y no la ve, solo fila tras fila de botellas, caja tras caja de estimulantes, y muchos paquetes inhalables.

—Estoy usando un altavoz —dice la voz, y entonces Sax ve los agujeros, justo allí en la superficie del mostrador frente a él—. Si vas a pedir algo, usa el menú frente a ti. Si no, te pediría que... —Sax logra encontrar al hablante, un Flaum corpulento detrás de la barra, que encuentra la mirada de Sax y traga saliva con dificultad—. Que, eh, te tomes todo el tiempo que necesites.

Sax se vuelve hacia el menú, una letanía de opciones proyectadas en la superficie frente a él. La mayoría de ellas son poco atractivas: inyecciones destinadas a nadar por todo el cuerpo de un Whelk, dirigidas a estimular y adormecer varios centros nerviosos, recubrimientos que, deslizados por el núcleo central de un Teven, llevarían a la criatura a un éxtasis inconsciente.

Sax se desplaza por las opciones, descartando cada una por turno. No está aquí para distorsionar su mente, la mera idea le da náuseas. Por fin llega al final de la lista, poblada con cosas menos peligrosas como agua y papilla nutritiva. Elige ambas.

Detrás de él, Sax siente que un taburete comienza a elevarse del suelo y, con su pierna izquierda, lo patea hasta que su cerebro mecánico capta la idea de que Sax no tiene deseos de sentarse.

Luego reanuda su observación. Aún no hay señales del Whelk, aunque Sax sabe que solo lleva unos minutos en el bar.

Esos minutos se alargan, y Sax pide un vaso de agua tras otro, consume varias comidas ligeras de papilla nutritiva, y nota un área despejada cada vez mayor a su alrededor, ya que los clientes deciden que el peligro potencial de estar cerca de un Oratus no vale la pena por una mirada de cerca.

No es que a Sax le importe.

Observa la basura girar en el espacio, traza las estelas de las naves que entran y salen del sistema. Es pacífico a su manera, y Sax empieza a entender por qué la gente podría preferir este tipo de lugares. Una oportunidad para la nada meditativa en un universo abarrotado.

—No eres a quien esperaba encontrar aquí —dice una voz confundida, una que Sax reconoce.

Su cacería ha terminado.

Agra-Red está mirando a Sax, con una línea recta extendida por su amplio rostro carmesí, ensombrecido como siempre por su casco. El minero incrustado del Whelk aún está ahí, pero Sax nota que la batería que lo alimentaba ha desaparecido, una aparente concesión a las reglas del lugar. Detrás del Whelk está Engee, que asoma un solo ojo desde la parte superior de su caparazón y lo gira alrededor.

—Estoy aquí por ti —Sax no es fanático de la sutileza.

—¿En serio? —Agra-Red se acerca a la barra junto a Sax, luego se gira a medias hacia Engee—. Pide lo que quieras, yo invito.

—No tienes que hacerlo —responde Engee, pero de todos modos se une a él en la barra, sentándose a su izquierda.

—Ella modificó mi minero —dice Agra-Red a Sax—. Aumentó la potencia lo suficiente como para quemar incluso tus escamas.

Sax se mira a sí mismo. Las cicatrices. —Ya me ha pasado suficientes veces.

—Sigues vivo, así que obviamente no.

Agra-Red mira el vaso de agua en la barra frente a Sax, se ríe, y luego ingresa un pedido de alguna droga que Sax no conoce.

—Necesito tu nave —dice Sax.

—No es mi nave —responde Agra-Red, volviéndose hacia Engee—. ¿Ya pediste algo?

—¿Puedo confiar en que no me dejarás aquí?

—Te llevaré de vuelta. Siempre que este tipo no me haga pedazos.

—¿Vas a hacer pedazos a Agra-Red? —Engee asoma su tallo ocular alrededor del cuerpo baboso de Agra-Red.

—Aún no —responde Sax.

—¿Ves? Es amistoso —Uno de los diminutos brazos de Engee sale disparado de su caparazón y golpea algo en la barra frente a ella.

—Amistoso. ¿Alguna vez te han llamado así, Oratus? —dice Agra-Red, volviéndose hacia Sax.

—Mis amigos.

—¿Dónde están? —Agra-Red hace un espectáculo de mirar alrededor del bar—. ¿No están aquí?

—Trabajando. En el trabajo en el que nos vendiste.

—De nuevo, no fue mi decisión. Me estás confundiendo con Plake, Oratus. Lleva tus problemas con el capitán, no con la tripulación.

Sax dilata sus fosas nasales. Su larga lengua recorre la parte posterior de sus dientes dentro de su boca. Los Whelk son una comida terrible: son pegajosos y tienden a deshacerse en gelatina después de muertos. Aun así, no le importaría comerse hasta el último pedazo de este.

Pero eso no sacaría a Bas del casino. No los sacaría de esta estación, hacia Evva.

—Necesitamos un viaje, Agra. Pagaremos por ello.

—¿Con qué? Por lo que recuerdo, no tenías nada con qué pagar. ¿Por eso estás bebiendo agua?

Sax parpadea. Pago. Él... nunca había pagado realmente por nada en su vida. Siempre en misión de Vincere, siempre cubierto por sus contratos.

No tiene forma de pagar toda la comida que ha estado consumiendo.

—Conozco esa mirada —dice Agra-Red—. Estás perdido ahora. ¿Qué vas a hacer? ¿Asesinar a todos en el bar cuando vengan a cobrar la cuenta?

—Tú la pagarás por mí —dice Sax lentamente.

—¿Y qué me impulsaría a ser tan generoso?

—Le estás comprando una bebida a ella por arreglar tu arma —dice Sax, luego levanta sus garras delanteras—. Me estás comprando una comida por dejarte vivir.

En lugar de parecer asustado o amenazado, Agra-Red sacude su cuerpo y se ríe.

—Te concederé esto, Oratus, realmente crees que eres aterrador.

Sax siente que sus ojos se entrecierran, pero de nuevo Bas viene a su mente y se obliga a relajarse.

—Sin embargo —continúa Agra-Red, girando los ojos del Whelk hacia un cuenco de polvo que un brazo robótico coloca frente a él—, si realmente quieres un viaje, hay algo que podrías hacer para caerle bien a Plake.

—¿Qué?

Agra-Red se inclina sobre el cuenco, su boca expandiéndose para envolver los bordes de toda la cosa, y, con un sonido de succión, todo el polvo fluye fuera del cuenco y hacia el interior del Whelk.

—Hay un restaurante, Nova. Sector residencial dos. Plake tiene lo que ellos quieren, pero no quieren pagarle lo que necesita para que el viaje valga la pena —dice Agra-Red—. Haz que cambien de opinión, y te ayudaré a conseguir tu viaje. De todos modos vamos a volver hacia el Núcleo después de esto.

El Whelk está cambiando de su tono rojizo a un color púrpura mientras el polvo se extiende por las miles de venas en forma de telaraña que recorren la masa de la babosa. Las pupilas de Agra-Red se dilatan, su boca se afloja, y Sax supone que este trato está cerrado.

Nunca antes había jugado el papel de chantajista, pero últimamente su vida ha estado llena de primeras veces.

Sax se pone de pie, y cuando el único camarero mira desde su espacio seguro en el extremo opuesto, Sax señala a Agra-Red con su garra delantera izquierda. La deuda de la comida ha sido transferida.

Sax se da la vuelta, está a punto de salir del restaurante, cuando maldiciones, furiosas, brotan detrás de él.

No se habría dado la vuelta, no se habría molestado, excepto que las respuestas asustadas y arrastradas provienen de alguien que conoce.

Sax gira para ver a un par de Vyphen de pie sobre Engee, quien, dado su estado tambaleante, se ha aficionado duramente a su bebida de elección. Un par de otras bebidas, azul y verde, ahora esparcidas por el suelo al pie de la barra, cuentan toda la historia que Sax necesita.

Engee alterna entre disculparse y el tipo de risa incontrolable que muestra que está lejos de su estado normal.

Los Vyphen, sin embargo, no parecen interesados. Sus propios ojos elípticos están inyectados en sangre, y sus brazos emplumados alcanzan a la Teven, que cae mientras intenta retroceder.

Agra-Red, por su parte, está desplomado sobre la barra, inmóvil mientras su piel cambia entre tonos morados y rojos.

Podría haber más de una forma de conseguir un viaje en la nave de Plake.

Los Vyphen retroceden apresuradamente cuando Sax se mueve para pararse sobre Engee, cuyas diminutas piernas la hacen escabullirse debajo de él.

—¿Tienen algún problema con esta? —sisea Sax, en voz baja y con un solo labio levantado, lo suficiente para mostrar sus dientes.

Los Vyphen, sin embargo, aprovechan el momento para recuperarse y encontrar algo de columna que endurecer. Ambos enfrentan la mirada de Sax con sus caras gomosas, sus ojos bulbosos inclinados hacia la derecha como el Oratus. Sax se da cuenta de que son el mismo par del Nexus, los que le dieron las indicaciones para llegar aquí. Están tan divorciados de la realidad, sin embargo, que Sax no cree que se reconocerían a sí mismos en un espejo.

—Nada que te importe —dice el de la derecha, una criatura de aspecto azul y dorado cuyas plumas están recortadas ajustadamente—. Ella derramó nuestras bebidas, solo buscamos un poco de venganza.

—Sí —añade el de la izquierda, un moteado marrón y verde, cuyas propias plumas están experimentando con una variedad de ángulos.

—Entonces les sugiero que pidan su siguiente ronda, y que ella y su amiga la paguen —responde Sax.

Los Vyphen inclinan sus cabezas hacia él. Como si fuera una petición ridícula.

—No estás entendiendo lo que decimos —dice el Vyphen azul y dorado—. La *Estación Scrapper* no es una de tus bases militares. No seguimos tus leyes. Somos libres de hacer lo que queramos aquí, de obtener lo que se nos debe.

—Sí —secunda el otro.

Sax despliega sus cuatro garras, observa cómo los Vyphen siguen esas afiladas puntas con la mirada. Apuesta a que están imaginando cuán dolorosas podrían ser. Mejor dejar las consecuencias un poco más claras.

—Gracias por hacérmelo saber —dice Sax—. Esta Teven es mía. Si la lastiman, entonces me deberán a mí, y cobraré mi deuda de la misma manera que ustedes están cobrando la suya.

Los Vyphen se miran entre sí. Entonces el azul y dorado eriza sus plumas, las hace ponerse de punta como si fuera algún tipo de exhibición. Es un movimiento rápido y lo suficientemente grande que Sax no ve al segundo Vyphen sacar un pequeño minero de una funda oculta por sus salvajes plumas.

El arma sale, apunta hacia Sax, y entonces el Vyphen simplemente desaparece en un destello, uno rojo brillante que deja un montón fundido de carne y un grupo de plumas cayendo y ardiendo.

Sax rastrea el disparo de vuelta a la barra donde Agra-Red está sentado, todavía con aspecto decaído, pero con su pesado minero modificado apuntando hacia donde estaba el Vyphen.

—¡Realmente le dio un impulso! —se ríe Agra-Red, luego mira el arma—. Añadió justo la suficiente energía de reserva para un disparo sorpresa también. Lo convirtió en escoria. Excelente.

El Vyphen azul y dorado baila la mirada entre Sax y Agra-Red, luego sale corriendo hacia la salida. Nadie se molesta en seguirlo.

Sax avanza, olfatea y hurga en los restos del Vyphen, luego agarra el pequeño minero caído. Con su cola, impulsa a Engee para que se ponga de pie nuevamente.

—¡No se supone que se disparen mineros dentro! —está chillando el cantinero desde su escondite, pero es el tipo de advertencia a medias a la que nadie presta atención.

Al resto del bar ni siquiera parece importarle; después de un momento asegurándose de que no son el objetivo, Sax escucha que todas las conversaciones regresan, la música comienza a sonar de nuevo y la vida vuelve a la normalidad.

Una horda de pequeños robots sale apretujándose de algunos conductos y comienza a desmantelar el cuerpo del Vyphen, llevándose sus piezas a algún reciclador que, sin duda, lo convertirá en algún tipo de alimento o energía.

No se puede desperdiciar nada en el espacio.

Especialmente las oportunidades.

—¿No viste lo que acabo de hacer? —responde Agra-Red cuando Sax ofrece su defensa de Engee para el viaje—. Yo soy el que se encargó del problema. Tienes suerte de que pueda manejar mi rapé de grotto.

—Los habría cortado en pedazos.

—¿Después de que ese te hubiera disparado con el minero? Porque no te vi haciéndolo antes. Y dicen que los Oratus son tan aterradores. —Agra-Red se vuelve hacia la barra—. Haz que Nova compre la mercancía, entonces hablaremos.

CAPÍTULO 9

LA BESTIA

UN ENTRAMADO imposiblemente denso de líneas y círculos se extiende contra la nada negra frente a mí. Me concentro y caigo mientras las líneas se apresuran a mi alrededor. Se expanden y se acercan más y más, retorciéndose en formas diferentes y más específicas hasta que se fijan, con la esquina en la que estoy parado ocupando el lugar central. Entonces, con un pequeño empujón de mi mente, una línea azul brillante traza desde donde estamos hasta un enorme óvalo que empequeñece mi pequeño escondite.

—Kaishi, tenemos que movernos —la voz de Viera disipa el mapa del Cache, y parpadeo de vuelta a los edificios y al zumbido de las naves volando sobre nosotros.

Salir del Cache siempre es una experiencia desorientadora, como despertar de un sueño profundo. Me toma un minuto recuperar el control de mi cuerpo, y me doy cuenta de que tengo frío. No debería ser así —todavía llevo puesta mi máscara, y Vimelia no parece un planeta frío—, pero aun así, escalofríos recorren mis venas.

Me he sentido así antes, en Damantum, cuando tenía el medallón del sumo sacerdote Jakkan alrededor de mi cuello.

Cuando todos me observaban, preguntándose quién era yo y por qué había sido marcado así. No había forma de esconderse entonces, y tampoco la hay ahora.

—Se están acercando —dice Malo, asomándose por el borde del enorme contenedor detrás del cual estamos agachados.

Nos hemos movido de un hueco a otro, escondiéndonos de la vista cada vez que alguien empezaba a notarnos. Cualquiera aquí podría trabajar para la facción de la que acabamos de escapar, cualquiera podría trabajar para Nasiya. Tengo que seguir consultando el Cache para asegurarme de que seguimos en el camino correcto. Este contenedor —en realidad no sé si se abre— es un enorme rectángulo que sobresale del costado de un edificio de varios pisos con paredes de cobre esculpido y brillante.

Supongo que la razón por la que está aquí atrás, oculto de la calle, es que el contenedor es de un gris intenso, moteado y marcado solo por la enorme tubería que entra en él desde un puerto en la pared del edificio.

—¿Quién viene? —pregunto.

—Un par de esas criaturas babosas. Llevan los colores de nuestro enemigo —afirma Malo.

Sin preocupación, sin inquietud, solo hechos puros.

Nuestros enemigos. Supongo que eso es lo que son los Wem ahora. Dos facciones principales en este planeta, según Jel, y hemos antagonizado a ambas. Echo un vistazo hacia el otro lado de la L, que termina en otro callejón corto entre el edificio de cobre y una torre vecina de color marrón fangoso.

—Entonces vámonos —digo.

Formamos nuestra línea, con Viera al frente, Malo atrás y yo en el medio. Es así como nos hemos ido acercando cada vez más al puerto espacial, hacia donde nos guía el Cache.

Asumiendo, por supuesto, que podamos encontrar una nave como la que nos trajo aquí, y que podamos averiguar cómo volarla sin Ignos en mi cabeza. Una pregunta que tendremos que responder si llegamos tan lejos.

Por ahora, tener la esperanza es suficiente.

Atravesamos el pequeño callejón, que se curva hacia la derecha, de vuelta hacia la avenida principal. Un lugar en el que tratamos de pasar el menor tiempo posible. No hay mucha gente en las calles —la mayoría está en los tubos o en las naves que vuelan arriba—, pero hay tantas ventanas y tanto movimiento que es imposible saber cuándo alguien nos ha notado. Y, como los únicos humanos en el planeta, somos bastante notorios.

—¿Lo encontraste? —dice Viera mientras nos dirigimos hacia la calle principal.

—Siempre lo hago —respondo.

—¿Estamos más cerca?

—Cada vez más.

Llegamos al final y Viera se congela en el borde de los edificios. Ella sostiene nuestro único minero, que se ve pequeño en sus dos manos, pero puedo notar por la forma en que sus músculos se tensan que ha visto algo que no le gusta. Malo inmediatamente se aplasta contra la pared detrás de mí, colocando sus pies en posición para saltar, listo para lanzarse hacia las criaturas que nos persiguen.

—Están por todas partes —dice Viera—. Tienen una de esas naves grandes flotando allí en medio de la calle. Flaum saliendo en grupos.

No podemos luchar contra ellos. No podemos superarlos corriendo. Solo queda una opción.

—Necesitamos una distracción —digo.

—Puedo sacrificarme —se ofrece Malo—. Salgo allí, llamo su atención. Ustedes dos pueden correr.

—No —respondo—. Nadie se va a sacrificar aquí.

Hay movimiento de vuelta por donde vinimos. El sonido se propaga por el suelo de piedra resbaladiza. Chasquidos viscosos y burbujeantes. Algún lenguaje que no conozco. Pero, no obstante, me da una idea.

—¿Cuántos? —susurro a Malo y asiento hacia el camino por el que vinimos.

—Solo dos, y están distraídos —dice Malo.

—Entonces ahí está nuestra respuesta —digo—. Vamos a por ellos, y tal vez encontremos algo que podamos usar.

Nadie cuestiona el plan. Retrocedemos por el callejón, giramos a la izquierda y casi chocamos con los dos Whelk. Uno es de un amarillo brillante, como Jel, y el otro de un verde pútrido. Ninguno mira hacia adelante, ambos parecen estar en medio de una discusión. Se giran justo a tiempo para que Malo estrelle su puño contra la cara del verde, para que Viera, blandiendo el minero como un objeto contundente, golpee al amarillo. Yo, mientras tanto, agarro los mineros pegados a su piel. Las armas están parcialmente dentro de los Whelks, como si se hundieran a través de su exterior gelatinoso.

Los Whelks reciben los golpes y comienzan a reír. Al menos eso es lo que creo que significan esos ruidos burbujeantes, a juzgar por las expresiones desenfrenadas en sus rostros mientras Malo y Viera les propinan puñetazos y patadas. Cada impacto los sacude, ondulando a través de su piel gelatinosa sin dejar marca.

Clavo mis uñas y presiono mi mano contra la piel del amarillo, colocando mi dedo índice en el gatillo del minero. El Whelk se da cuenta de lo que estoy haciendo, y sus cortos brazos intentan alcanzarme, pero Viera agarra sus muñecas pegajosas y desvía el ataque.

Aprieto el gatillo y el minero dispara, con la mayor parte

aún dentro de la criatura. Su láser rojo brillante derrite al Whelk, convirtiendo su cuerpo viscoso en una ruina chisporroteante. No es lo que esperaba y retrocedo tambaleándome, mis manos aún sosteniendo el gatillo, pero logro mantener la composición lo suficiente para apuntar el minero hacia el segundo Whelk. Los rayos rojos continúan, atraviesan al verde y caen en cascada contra el costado del edificio de cobre, dejando trozos carbonizados y rotos que se esparcen por el suelo. Malo y Viera agarran los mineros de los Whelks una vez que dejo de disparar el mío, y ahora estamos armados.

Lo cual es bueno, porque podemos oír el ruido de pasos acercándose y los gritos de los refuerzos que vienen.

Estoy a punto de correr hacia la calle principal, una táctica que probablemente nos matará, cuando ese contenedor llama mi atención. La enorme tubería que entra en la parte superior tiene que conducir a algún lado; el contenedor es demasiado pequeño para albergar algo para una tubería casi tan ancha como yo de alto.

Tomo mi minero y disparo contra el costado del contenedor. Los rayos golpean las paredes, que se rompen como papel. Las quemaduras sobrecalentadas abren un gran agujero, y encuentro lo que esperaba.

Damantum tenía un sistema de alcantarillado rudimentario; una serie de canales de piedra que serpenteaban bajo la mayoría de los edificios hasta el mar. Parece plausible aquí, en esta ciudad increíblemente enorme, que necesitaran alguna forma de mover los desechos de las especies anfitrionas. Los Sevora, por lo que he visto, les gustan las cosas limpias. No he visto ni una mota de basura en ninguna parte, ni ninguno de los olores habituales de los seres vivos.

Ahora siento esos olores. Aromas horribles que queman

mi nariz y me hacen toser, pero se mezclan con esperanza. Porque hay un camino hacia abajo a través de la tubería recta. Una salida.

—No es ahí donde quiero ir —advierte Viera—. Y si nos quedamos atrapados allí abajo, nos atraparán de todos modos.

—Nos atraparán con certeza si nos quedamos aquí arriba —digo.

Malo pasa junto a mí antes de que pueda dirigirme hacia la tubería, que es oscura y ancha, aunque parece haber suficiente suciedad pegada a las paredes como para que no sea una escalada difícil.

Incluso con nuestras máscaras, la inmundicia se adhiere a nuestra ropa, nuestras manos y pies. Hay poca luz, y los rayos que se cuelan por el agujero de arriba se atenúan y desaparecen rápidamente. Pero seguimos moviéndonos, porque ¿qué otra opción tenemos?

La tubería comienza a curvarse, como una J inclinada hasta que se nivela horizontalmente. Aquí el lodo es lo suficientemente profundo como para llegarme a las rodillas. Avanzamos con dificultad de todos modos.

—Hacía mucho tiempo que no estaba tan ciega —murmura Viera—. Aunque no estoy segura de querer ver aquello por lo que estamos caminando.

—¿Esto te recuerda al bosque de noche? —me pregunta Malo mientras avanzamos con dificultad.

—El bosque está vivo, canta y llora —digo—. Esto, esto está silencioso y muerto.

Sin embargo, incluso mientras lo digo, sé que no es cierto. Las cosas se mueven en el lodo. Mi piel siente el temblor, y me pregunto si es como en casa. Si hay extraños insectos excavando profundamente, devorando lo que dejamos atrás. Parpadeo, aunque no haya nada que ver, porque tales pensamientos solo me distraen.

Muy por detrás de nosotros, se oye el ruido de alguien lo suficientemente valiente como para intentar escalar. Se mueven lentamente. Quienquiera que nos persiga no está muy entusiasmado con el camino que hemos elegido.

Eventualmente el tubo se ensancha, hasta que aparece una abertura mucho más grande, y veo, gracias a unas pocas líneas de luces amarillas bajas que proyectan su resplandor, que hemos llegado a una especie de cámara central. Otros tubos desembocan, como el nuestro, en este, vertiendo su cieno en lentos movimientos a borbotones.

—Una de las peores cosas que he visto jamás —dice Viera—. Y yo que pensaba que estábamos en la tierra de la grandeza. Donde los milagros estarían por todas partes. Y sin embargo, sigo rodeada de mierda.

—Esta es la verdadera naturaleza de este mundo —dice Malo.

—Más importante —digo—. Estamos vivos. Ahora solo tenemos que decidir a dónde ir.

Hemos llegado al borde de un tubo grande, uno que desciende demasiado profundo para que pueda ver.

—No sugieras que bajemos por esta cosa grande —dice Viera, asomándose al borde—. No puedo ver a dónde conduce y realmente no quiero saberlo.

—Hemos llegado hasta aquí. Seguiremos adelante. Lo que sea necesario para volver a casa —responde Malo.

—¿Tienes alguna emoción? —le responde Viera—. ¿Piensas si disfrutas algo o no? ¿Si te gusta la vida que llevas? Porque no puedo entenderte. Eres solo una estatua que...

—Viera, basta —la interrumpo—. ¿Crees que este, de todos los lugares, es el momento de tener esta conversación?

Viera se encoge de hombros, pero deja de hablar, lo que considero una victoria.

—Aunque estoy de acuerdo contigo —digo. Me uno a Viera en el borde y miro hacia abajo; es un abismo, profundo y oscuro—. Preferiría no saltar.

No hay luces, excepto un pequeño trío amarillo alrededor de un solo tubo en el lado opuesto. Uno que, como el nuestro, está vertiendo gradualmente lodo en su hermano mayor.

—¿Crees que es una señal? ¿Vamos por ahí? —Señalo las luces.

—Si seguimos esas luces, los Sevora que nos persiguen tomarán la ruta obvia también —dice Malo—. Pero entonces, realmente no tenemos otra forma de ir, ¿verdad?

—A menos que quieras dar un salto allá abajo. —Viera asiente hacia las profundidades.

Con nuestra dirección decidida, viene la parte difícil: ¿cómo llegamos al otro lado? No hay escaleras, asideros ni nada más que pueda ver que nos sirva para trepar y cruzar. Tendremos que encontrar algo, y es entonces cuando noto que Malo sostiene su minero.

—A veces —dice Malo—, tienes que crear tu propio camino.

Levanta el minero, se inclina sobre el borde y comienza a coser rayos rojos en el lateral cubierto de lodo del tubo central. Cada disparo del minero talla una pequeña repisa en el costado metálico del tubo, quemando el lodo y dejando una línea. El guerrero mantiene los rayos el tiempo suficiente para crear un apoyo para el pie, luego cambia, eventualmente agotando toda la energía de sus dos mineros. Cuando las armas se apagan, tenemos un semicírculo de metal negro y dentado y trozos carbonizados de mugre esperando para probar nuestro peso.

Viera va a dar el primer paso y la agarro del brazo, tirando de ella hacia atrás.

—Soy el más ligero —digo—. Deberías dejarme ir primero. Es más probable que las repisas me soporten.

—¿Y si no lo hacen? —dice Malo—. Te caerás. Tal vez mueras.

—Si no lo hago, todos lo haremos. Por una vez, déjame correr el riesgo —respondo.

Me miran como si estuviera diciendo tonterías, pero no entienden lo molesto que es ser retenido. Ser protegido todo el tiempo. Además, existe la posibilidad de que encuentre algo al otro lado para ayudarlos a cruzar. Tiene sentido que yo vaya primero. Tiene sentido que me arriesgue por el grupo.

La primera repisa, un labio de metal negro y curvado, se encuentra a medio metro por debajo de donde estamos. Con Malo sujetando mi brazo derecho, piso sobre ella. Balanceo mi pie en la muesca, probando su resistencia. Cuando no se rompe, doy un paso con la pierna derecha. Planto ambos pies. La repisa aguanta, por el momento.

—Suéltame —le digo a Malo, y él vacila—. Hazlo, Malo.

Mi amigo suelta mi muñeca, sus dedos se separan de los míos y quedo libre. Esa sensación por sí sola casi me hace caer de la repisa, que apenas es lo suficientemente grande para la punta de mis pies. Me inclino hacia adelante para caer contra la pared exterior del gran tubo. Mis manos se hunden en el lodo pegajoso, dándome algo de tracción a costa de saber en qué se están hundiendo mis dedos.

—La siguiente está ligeramente más arriba —me grita Viera, como si no lo supiera.

Echo un vistazo a la siguiente repisa y luego cuento el resto. Dieciocho acantilados quemados tallados por el minero de Malo a lo largo de la pared exterior del tubo central. Dieciocho saltos cuidadosos que hacer; manteniendo mis pies plantados, mi peso desplazado. Cualquier paso en falso me enviaría cayendo hacia algún negro infinito. Y, sabiendo por lo que hemos estado caminando, no estoy seguro de querer sobrevivir si me resbalara.

—Solo ve despacio —dice Viera, de nuevo dando el consejo obvio.

Alcanzo con mi brazo izquierdo y lo coloco contra la pared por encima de la siguiente repisa. No hay asideros, solo mugre. Pero es mejor que metal liso. Doblo mis piernas contra la repisa. Doy el pequeño salto, pero al hacerlo siento que la primera repisa debajo de mí se rompe, esos trozos carbonizados se desmoronan hacia el fondo. Y cuando aterrizo en esta, también comienza a doblarse y ceder.

Tengo que moverme.

Recuerdo la jungla, corriendo entre los árboles, y me muevo de la misma manera que solía hacerlo cuando era niño. Salto rápidamente, plantando y saltando, a menudo poniendo solo un pie en los bordes negros carbonizados. Oigo a Malo y Viera gritando, al principio, y luego se callan cuando me ven saltar de uno a otro. Cuando me ven sobrevivir.

Pie izquierdo empuja, pie derecho atrapa, mis manos empujando y estabilizando en igual medida. Ni siquiera cuento, toda mi concentración en el siguiente salto. Y entonces estoy aterrizando, antes de darme cuenta, en el tubo iluminado del lado opuesto.

Chapoteo a través de un montón de lodo y me detengo, arrodillado en él, pero respirando con dificultad y demasiado cansado para que me importe. Cada una de las plataformas voladas de Malo ha desaparecido. Cada una se desintegró en las profundidades.

—Nunca volveré a hacer eso —les grito al otro lado.

—Estoy contigo —responde Viera desde el otro extremo.

Nuestras voces resuenan alrededor del tubo y por un momento me pregunto si nos estamos delatando. Pero no ha habido un sonido desde atrás durante mucho tiempo. Lo que sea que nos persigue, o se rindió, o asumió que tomamos un camino diferente.

Hablando de eso, me giro y miro hacia donde me dirigí. Se ve igual que de donde vinimos. Sin equipo, sin una forma clara de que Malo y Viera crucen. Aunque tengo mineros, no vamos a intentar las repisas de nuevo. Así que me vuelvo hacia ellos y les digo que continuaré solo.

Hay una protesta inmediata. Malo advierte sobre mi seguridad, Viera, sobre la de ellos. Sobre quedarse sin lugar a donde ir. A lo que respondo: —Tenemos que encontrar alguna manera de que crucen hasta aquí. A menos que puedan volar, no veo otra opción.

Creo que todos lo sabemos, así que después de algunas quejas más, los dos se calman. Toman sus posiciones en el tubo y se instalan. Mientras yo me giro para enfrentar la oscuridad y comienzo a caminar. Esta es la primera vez que estoy solo, verdaderamente solo en mucho tiempo. Nada en mi cabeza, sin amigos ni protectores. Todo lo que hay aquí en este desecho maloliente soy yo y el lodo.

La sopa en el fondo del tubo succiona mis pies con cada paso. Cada respiración me dan ganas de ahogarme con los fuertes olores que se aferran a mi garganta. Golpes y retumbos resuenan a mi alrededor, y la única luz que tengo proviene de esos pequeños globos, pequeños puntos blancos proyectando círculos contra la oscuridad interminable.

Solo hay una dirección para ir, así que sigo adelante. Pienso en Viera y Malo, atrapados en el borde. Cualquier fuerza Sevora que los encuentre los tendría atrapados, y probablemente los tendría muertos o capturados.

Me sorprendo a mí mismo riendo ante la idea de Viera con un Sevora en su cabeza. Qué tipo de argumentos tendría, debates que tendría con la criatura. ¿Haría lo contrario de lo que quisiera solo para fastidiar a la cosa?

El sonido de mi propia risa resuena fuerte a través del túnel, y al principio estoy fascinado. Nunca he estado en un lugar con un verdadero eco, y este se extiende y se extiende.

Hasta que algo diferente regresa.

Es un gruñido áspero, un arrastre de algo grande y rígido apartando el lodo contra los lados metálicos del tubo. Y viene hacia mí.

Mis instintos me dicen que corra, que me esconda, pero no hay lugar para hacer ninguna de las dos cosas. Así que en su lugar espero, con los puños apretados y desafiante. Lo primero que noto es un nuevo resplandor. Uno que brilla más intensamente, con largas luces salpicando las paredes frente a mí. Se mueve, acercándose hasta que dobla una curva adelante y me golpea una fuerza cegadora de luz blanca.

Mis ojos intentan cerrarse, pero no soy lo suficientemente rápido. Retrocedo sin pensar y me resbalo en el líquido, cayendo y salpicando en el limo mientras la cosa se acerca. El blanco lo borra todo, y crece y crece y levanto las manos para proteger mis ojos, pero aun así los zarcillos de luz se cuelan entre mis dedos y perforan agujeros en mi visión. Puede que esté diciendo algo, pero no lo sé porque el rugido y el estruendo del monstruo son tan fuertes que dejan mis oídos inútiles.

Se detiene.

Ya no hay rugido ni chirrido. Solo el suave chapoteo del fango a mi alrededor mientras se agita con el asentamiento de la Bestia. Las luces se atenúan y se estrechan en un suave amarillo, dejando halos iridiscentes en mi visión, del mismo tipo que obtendría por mirar a Ignos durante demasiado tiempo.

—¿Qué se supone que eres? —las palabras tienen un timbre correoso, como el chapoteo de piel húmeda contra sí misma, como los instrumentos que una vez escuché en la selva, tocados golpeando palos contra cáscaras secas y cubiertas de melón.

Sin embargo, claramente dice palabras y, con la misma claridad, las dice en el mismo idioma común que todas estas criaturas parecen usar. Mi idioma.

—No lo sé —respondo—. Pero soy un humano.

—¿Humano? Nunca había escuchado ese nombre antes. Admito que no he salido de estos túneles en más de un ciclo. Parece plausible que las babosas de arriba hayan encontrado una o dos nuevas especies desde entonces.

—¿Babosas de arriba? —intento levantarme, pero todavía estoy un poco cegado, y cuando me incorporo, mi mano se resbala y vuelvo a salpicar en el barro.

—Aquí, pequeña cosa, déjame ayudarte. Quédate quieto.

Estoy solo, atrapado en el lodo, medio ciego y aterrorizado por el monstruo frente a mí, pero sin opciones, hago lo que dice la voz. Me quedo quieto. Hay un gemido metálico y siento, gracias a las gotas que caen desde arriba, que algo se desliza sobre mi cabeza, extendiéndose detrás de mí para asentarse en la sopa. El ruido comienza de nuevo después de una breve pausa y siento primero el líquido y luego algo duro presionando contra mi espalda y empujándome hacia adelante, de modo que me deslizo por el fondo del tubo. Grito, pregunto qué está pasando, pero todo lo que obtengo es una suave risa, una especie de risita ondulante.

—No te hará daño. Solo acomódate.

Mis piernas se deslizan por el suelo del tubo, y en un

momento estoy debajo de las luces delanteras. El lodo se desliza mientras me empujan por una pequeña rampa. La pieza de metal que me empuja se cierra en su lugar y me doy cuenta de que ya no estoy en el tubo. Al menos, no directamente. Se encienden luces rojas tenues, y sé que estoy en el vientre del monstruo.

A mi alrededor hay montones dispersos de chatarra. O al menos eso creo que son, ya que no estoy seguro de qué es nada de esto. Hay extremos enredados de redes y cuerdas. Tuberías rotas y cosas que parecen haber sido mineros alguna vez en una existencia distante, pero que ahora se han convertido en reliquias oxidadas. Aunque mi primer pensamiento es que este lugar es inmenso, descubro, a medida que mis ojos se adaptan, que es bastante pequeño. La mitad de alto que el tubo. Tal vez cuatro metros de ancho.

Un silbido deslizante desde arriba me dice que no estoy solo.

—Voy a bajar —dice la voz, y, como en el *Cobalt*, proviene de altavoces a mi alrededor.

Algo en la parte superior se abre, y un cuadrado de luz —el mismo amarillo que el rugiente monstruo brilla desde sus lámparas— se proyecta en el suelo y un momento después cae una criatura.

Es una cosa extraña, casi como una gota de agua tratando de mantener su forma. Una piel blanca lechosa, y dos largos tallos que, hacia sus puntas, forman grandes ojos de doble pupila. La criatura, sin embargo, es diminuta. Tal vez la mitad de alta que yo. Se mantiene en pie, si se le puede llamar así, en el pequeño espacio sin problemas.

Luego se mueve hacia mí agitando su piel una y otra vez. Como una serpiente de la selva de mi hogar, aunque esto no se parece a nada que haya visto en la Tierra.

—¿Nunca habías visto a alguien como yo? —dice la criatura, y confirmo que es la piel ondulante junta lo que está haciendo los ruidos, olas rompiendo a lo largo de su superficie cremosa.

—No —digo—. ¿Qué eres?

—Oh, bueno, soy un Ooblot. Ya sabes, las cosas que normalmente viajan en grupos de tres.

Niego con la cabeza.

—Bueno, supongo que no te conozco. Parece razonable que tú tampoco me conozcas. Pero entonces, tengo que preguntar, ¿qué estás haciendo aquí abajo?

Le cuento mi historia al Ooblot. La suelto porque el Ooblot parece contento de escuchar, y ahora mismo estoy desesperado por un amigo. Desesperado por encontrar alguna manera de rescatar a Viera y Malo. Este Ooblot podría ser mi respuesta.

—Menos mal que ya no estás hospedado —dice el Ooblot cuando termino—. La Bestia lo habría detectado, sabes. Estas luces brillan en rojo por una razón. Una frecuencia específica, hace que los ojos de un hospedado se contraigan. Los Sevora no pueden soportarlo.

—¿Y si hubiera estado hospedado? ¿Qué habrías hecho?

—La Bestia no es solo un recolector de chatarra. También es un incinerador. Dejo esa escotilla cerrada, acciono el interruptor, y entonces te fríes.

—Entonces me alegro de no estar hospedado.

—Todos nos alegramos. Aunque, El Amanecer de la Claridad no existiría si no hubiéramos tenido nuestro tiempo con las babosas. Hay que conocer a tu enemigo antes de poder luchar contra él, ¿verdad?

El nombre me suena familiar. Ignos me había advertido en su contra. Pero la otra cosa, la criatura emplumada y encapuchada que nos había salvado de la primera prisión aquí, había afirmado ser parte de El Amanecer de la Claridad. Así que tal vez no eran todos malos.

Además, el Ooblot afirmaba no estar hospedado. Eso, por ahora, tendría que ser suficiente.

—Necesito ayudar a mis amigos. Están atrapados al otro lado de ese gran cilindro detrás de nosotros —digo mientras los ojos del Ooblot examinan su tesoro de chatarra—. ¿Puedes llevarlos al otro lado?

—¿Llevarlos al otro lado del canal principal? ¿Con esta cosa? ¿Qué tan lejos puedes saltar?

Me encojo de hombros.

—Supongo que lo averiguaremos.

El Ooblot se aleja de mí, volviendo debajo del cuadrado de luz por donde cayó, y dice:

—Sígueme justo hacia arriba y nos pondremos a buscar a tus amigos.

El Ooblot se estremece y luego toda su masa corporal se contrae, expandiéndose en un charco con los dos tallos oculares, y luego se *estira* hacia arriba y se lanza a través del agujero.

—Vamos, puedes subir aquí —la voz alegre del Ooblot hace eco desde el nivel superior.

Parpadeo una o dos veces, confirmo que lo que acabo de ver no es ningún tipo de ilusión, y luego doy unos pasos tentativos. Es agradable caminar de nuevo sobre metal en lugar del espeso fango. Sin embargo, me doy cuenta de que lo que pensé que era óxido en los pedazos de chatarra a mi alrededor es en realidad tierra seca, el mismo barro del tubo. Parece que esta Bestia está destinada a recoger lo que sea que el Ooblot encuentre aquí abajo.

—¿Tienes un nombre? —grito mientras me acerco al agujero.

Miro hacia arriba, protegiéndome nuevamente los ojos

de la luz brillante, y un par de curiosos tallos oculares aparecen, devolviéndome la mirada.

—T'Oli —responde el Ooblot—. Así puedes llamarme.

—Yo soy Kaishi.

—Qué nombre tan genial. Mucho mejor que el mío. Pero bueno, nosotros los Ooblots no somos precisamente conocidos por nuestra creatividad. Si quieres procesos, sin embargo, somos tu especie.

Los tallos oculares desaparecen; T'Oli está esperando que suba. Me pongo de pie, extiendo los brazos hacia arriba y apenas logro alcanzar el borde del nivel superior con las puntas de los dedos, una mano en el lado izquierdo y otra en el derecho de la abertura cuadrada. No hay forma de que pueda subirme solo con las puntas de los dedos. Estoy a punto de decirlo cuando siento un guante suave y cálido que rodea los dedos de mi mano izquierda. El guante se endurece repentinamente, fijando mi mano izquierda en su lugar.

Doy un grito ahogado, e inmediatamente T'Oli vuelve balbuceando, sus tallos oculares apareciendo de nuevo.

—No te preocupes, soy solo yo. Nosotros los Ooblots tenemos lo que nos gusta llamar cierta finura. Una habilidad, digamos. Podemos endurecernos, tan rígidos como el metal si es necesario.

—¿Has atrapado mi mano?

—Difícilmente puede considerarse una trampa si estoy dispuesto a liberarte cuando lo pidas. Pensé que tener el agarre podría facilitarte subir aquí.

Lo intento, y aunque mi brazo izquierdo me levanta un poco, mi mano derecha se resbala del borde. —No creo que eso funcione.

—Balancea tu mano derecha hacia aquí entonces —dice T'Oli.

—¿Puedes soltarme un minuto? Necesito cambiar de posición.

El sello alrededor de mi mano se ablanda y me libero sin una pizca de pegajosidad. Me tomo un segundo para mirar mi mano izquierda, pero se ve normal. Sin cortes ni desgarros, sin manchas ni cambios de color. Parece que sea lo que sea que el Ooblot está haciendo, no me está haciendo daño.

Así que pongo ambas manos en el lado izquierdo de la abertura, un poco separadas. Como si estuviera trepando un árbol. Esta vez, T'Oli las cubre a ambas y me fija en su lugar. Todavía no tengo un gran agarre, pero puedo levantarme lo suficiente como para que mi cabeza sobrepase el borde. Pero no es suficiente; con mis manos atrapadas y T'Oli en el camino, no puedo inclinarme hacia adelante. Mis músculos están ardiendo y en un segundo van a ceder.

Antes de que pueda pedir ayuda, T'Oli rueda hacia adelante, deslizando su parte superior sobre la mitad inferior endurecida. Rueda hacia mi cara y cierro los ojos. Siento a T'Oli transformarse en roca, todo su cuerpo adhiriéndose a mis hombros, cara y cabello, y luego el Ooblot comienza a tirar.

Termino subiendo, luego pasando por encima del borde, boca abajo y descansando sobre el cuerpo de T'Oli todo el camino. Hasta que todo mi pecho está libre del agujero, y entonces T'Oli se licua y se desliza de debajo de mí, dejándome jadeando por aire contra el duro suelo.

—¿Qué fue eso? —dije después de unas cuantas respiraciones cautelosas.

—Un giro Ooblot —afirma T'Oli—. Me convierto en una palanca y tiro. En realidad, no es nada especial. Lo hago todo el tiempo.

—Claro... —Mi voz se desvanece mientras miro alrededor.

Donde estamos, en el segundo piso de la Bestia, se parece a la lanzadera que tomamos para alejarnos del *Cobalt*. Hay algunas cosas que los Oratus llamaban terminales; pantallas parpadeando con varios diagramas, barras y números. Datos que estoy seguro de que podría entender si tuviera tiempo para estudiarlos.

Mis ojos, sin embargo, son atraídos por otras cosas. Por un lado, lo que se proyecta en el techo sobre mí. Ahora que ambos estamos fuera, una rejilla metálica se desliza sobre el agujero hacia el nivel inferior y, mientras lo hace, la luz que brilla se atenúa y unas líneas se iluminan por todo el techo; azules y púrpuras neón, esbozando lo que es obviamente un mapa. La tenue luz ahora pulsa suavemente con el mismo resplandor rojo que las de abajo.

—El mapa es diseño mío —T'Oli tiembla—. Lo armé basándome en lo que he visto en algunas de esas pinturas que tienen por aquí. Las has visto, ¿verdad? ¿Las que tienen las paredes cambiantes? Este rastrea nuestra posición, la muestra en el techo. Es cierto, podría mostrarlo en la pantalla, pero eso no sería divertido.

—Pensé que los Ooblots no eran creativos.

—Quédate atrapado en esta cosa el tiempo suficiente y a cualquiera le darán ganas de hacer algo diferente.

No puedo discutir eso. Aunque solo he estado aquí unos minutos, los techos bajos y las paredes estrechas me están poniendo nervioso. Soy una criatura de aire libre: bosque de la jungla o llanuras de las colinas. El *Cobalt*, la lanzadera y todos los estrechos pasillos de Vimelia me hacen sentir más nostalgia que cualquier otra cosa.

—Entonces, ¿dónde estamos?

—¿Ves esa luz? Somos nosotros. Las líneas son el sistema de tubos de por aquí, y si observas mientras nos movemos, cambiarán.

La mención del movimiento me hace recordar que Viera y Malo han estado al borde de ese cilindro durante un buen rato. Podrían estar en problemas incluso mientras estamos aquí parados. T'Oli capta el pánico en mi rostro y, incluso cuando empiezo a preguntar por mis amigos, se desliza hacia las terminales y se presiona contra la pared. Todo el Ooblot se escurre en grietas y hendiduras, se endurece contra palancas y botones que ni siquiera noto que están allí hasta que T'Oli los está agarrando todos.

—¿Cómo? —susurro.

—Esto está diseñado solo para Ooblots. Ningún Sevora Flaum puede conducir esta cosa, puede presionar todo a la vez. Se necesitaría un ejército de esas criaturas y este lugar no es lo suficientemente grande para ellos. La mejor manera de asegurarse de que nadie lo robe —dice T'Oli.

—¿Hay ladrones aquí abajo?

El motor de la cosa se enciende y su rugido metálico comienza, y luego nos balanceamos hacia adelante.

—Algunos —dice T'Oli—. Donde El Amanecer de la Claridad está formado por aquellos de nosotros que escapamos de nuestros anfitriones y queremos hacer algo al respecto, hay muchos a quienes no les importa; los heridos, los que ningún Sevora quiere mantener. Ellos son descartados. Los peores, sin embargo, son los que quieren recuperar a sus amos. Que tratan de herirnos para demostrar que aún valen la pena mantener.

—¿Qué comen y beben aquí abajo?

—Todo depende de tus estándares —responde T'Oli—. Cuanto más bajos sean, más opciones tienes.

Con la mayor parte de su cuerpo sumergido en los controles, la única parte de T'Oli que me está hablando son dos pedúnculos oculares y un pequeño óvalo color crema aplastado contra la terminal central. Cuando T'Oli tiembla, la voz que produce ahora tiene un tono mucho más agudo que antes.

Me coloco al lado de T'Oli y miro hacia el tubo. Las luces brillantes de la Bestia están alumbrando y guiándonos. Ahora que puedo verlo realmente, el interior del tubo es de un gris metálico y está cubierto de lo que debieron ser temporadas y temporadas de mugre y suciedad. Quién sabe cuándo fue la última vez que lo limpiaron, o qué cosas asquerosas había estado pisando.

Intento pensar en otra cosa.

La Bestia se mueve rápido y en poco tiempo estamos de vuelta en el vasto cilindro central. Y allí, al otro lado, veo a Malo montando guardia mientras Viera, acurrucada lo más arriba posible para salir de la suciedad, aparentemente duerme.

—¿Podéis oírme? —digo.

Un momento después, una luz parpadea en verde en una de las terminales.

—Ahora pueden —gorjea T'Oli.

—No os preocupéis —digo, sin saber cómo anunciar el hecho de que esta gigantesca monstruosidad mecánica no es, de hecho, un enemigo—. Soy yo, Kaishi.

Puedo ver por sus miradas confusas —Viera se sobresalta y casi cae en el fango— que no lo entienden. Así que lo intento de nuevo.

—Estoy dentro de esta cosa, es como un edificio en movimiento. Como las naves en las que estuvimos antes.

—¿Estás bien? —grita Malo en respuesta.

—Bien, y he encontrado a un amigo. Vamos a ayudaros a cruzar.

—¿Es otro Sevora? —pregunta Viera.

—No existe tal cosa, y te agradecería que no me llamaras así —burbujea T'Oli.

Se oye un gran *chasquido* y la Bestia emite el mismo chirrido metálico que hizo cuando me atrapó. A través del cristal veo la rejilla metálica que debe haberme empujado hace poco extendiéndose hacia el tubo. Es ancha y plana, y tiene ranuras con agujeros. Como las redes que usamos en casa: lo suficientemente grandes para atrapar lo que T'Oli quiere sin arrastrar el lodo.

La rejilla se extiende metro tras metro y luego se detiene. Hay otro timbre rápido y la rejilla gira hasta quedar plana.

—Usamos esto como ascensor de vez en cuando —explica T'Oli—. El Amanecer de la Claridad no tiene muchas máquinas, así que sacamos el máximo provecho de lo que tenemos.

—Está demasiado lejos —digo.

Hay unos buenos tres metros desde el borde de la rejilla hasta donde están Viera y Malo.

—Ya te dije que tendrían que saltar —responde T'Oli.

—¡No puede acercarse más! —les grito a Malo y Viera—. ¿Creéis que podéis saltarlo?

—¡No! —grita Viera en respuesta.

Malo, sin embargo, se agacha y mira fijamente. Se endereza. —Creo que...

Hay un destello brillante detrás de ellos. Rojo, y hace eco a lo largo del tubo hasta que la luz inunda la cámara central principal, y luego sigue avanzando más allá de nosotros. Tras la luz viene un ruido retumbante que suena como un trueno.

—Bomba de eco —dice T'Oli—. Tenemos que movernos. Esa luz significa que los Sevora están haciendo rebotar sonidos por aquí, tratando de medir lo que golpea. Parece que vosotros tres sois realmente valiosos.

—¡Daos prisa! —grito.

Malo le dice algo a Viera que no puedo oír. Me inclino hacia adelante y observo cómo Viera discute, suspira y se encoge de hombros. Hay un estruendo cuando una segunda cascada de luz roja atraviesa el tubo y tanto Malo como Viera giran la cabeza para mirar hacia atrás. Las manos de Viera vuelven a buscar en su cintura los mineros que no están allí.

—¡Mantenedlo estable! —grita Malo hacia nosotros.

Malo retrocede, Viera se arrodilla y, negando con la cabeza, se inclina hacia adelante, hunde sus rodillas en el fango y apoya sus manos en el duro suelo del tubo justo en el borde.

Malo corre. Al principio pisa fuerte hacia el lado del tubo, cogiendo velocidad, luego vuelve al centro —levantando salpicaduras de lodo— y planta su pie izquierdo en la espalda de Viera. Se agacha y salta, volando hacia la rejilla metálica.

Capturo el momento: un segundo interminable de Malo, guerrero Charre, flotando en el aire con los brazos girando como aspas de molino, las piernas extendidas mientras vuela hacia la rejilla metálica. Mi respiración se detiene en mi garganta y sale de golpe cuando Malo choca contra el borde y, con sus dedos agarrándose a los agujeros, se sube. Malo se queda ahí tumbado durante un segundo antes de ponerse de pie de un salto.

—Tu turno, Viera —dice Malo.

Pero ella no tiene el impulso. No hay forma.

—¿Qué estás haciendo? —digo.

—Ser estúpida —responde Viera gritando.

Ahora la luz detrás de ellos es blanca. El mismo tipo de luz de funcionamiento que tiene la Bestia. Se les ha acabado el tiempo.

Viera da los pasos, corriendo con fuerza, corriendo

rápido, planta su pie en el borde del tubo, y resbala. Está saltando, pero no es lo suficientemente lejos. Su mano se estira y Malo se desliza hasta el borde de la rejilla y se inclina.

Y agarra la muñeca de Viera.

Malo está colgando ahí, sosteniéndose con su mano izquierda. Sus pies —cada dedo metido por los agujeros y aguantando— se apoyan mientras su mano derecha alcanza y araña para subir a Viera.

Entonces llegan los Sevora.

CAPÍTULO 10

TRATOS Y PELIGRO

SI EL DESCANSO del Depósito tiene toda la pinta de ser un bar de clase trabajadora, Nova fracasa en su intento de ser un restaurante elegante.

La experiencia de Sax con estos lugares es limitada —las naves Vincere no son conocidas por sus opciones gastronómicas de lujo—, pero no tiene que esforzarse mucho para ver las numerosas grietas en esta operación.

Nova está enclavado entre un radio residencial, rodeado por los delgados apartamentos que ofrece toda estación espacial. Sax supone, por los tamaños y el número de puertas, que este radio es el menor de los dos que ofrece la *Estación Desguazadora*.

Esa opinión se confirma por la iluminación, que se esfuerza por imitar el azul brillante de un planeta saludable, pero se conforma con una versión amarillenta y brumosa, como si alguien hubiera liberado una nube de mostaza en el cielo.

Nova se anuncia con un globo giratorio y parpadeante sobre su puerta principal, un diseño que proyecta bolas blancas y azul zafiro alternadas hacia los bordes exteriores de su espiral.

El espectáculo de luces continúa en el interior, donde mesas, sillas, fosos de comida y otros diseños destinados a especies específicas deslumbran los ojos de Sax con sus efectos constantes.

¿Cómo podría sobrevivir algo aquí sin volverse loco?

—¿Te interesa tomar asiento? —pregunta una joven Flaum, que parece completamente aburrida de todo, cuando Sax entra al lugar.

—Busco a la dueña —responde Sax.

—Está en la parte de atrás —dice la Flaum—. Pero si vas a entrar, querrás uno de estos.

La Flaum señala una cesta con lo que parecen ser pañuelos de goma.

—¿Eso es...?

—Es más fácil si simplemente te pruebas uno —la Flaum, que no muestra signos de miedo ante la vista del ser monstruoso, con garras y cicatrices que es Sax, le lanza uno de los objetos negros.

Sax lo atrapa con una garra. Lo mira fijamente. Parece simplemente una tira de tela.

—Tienes ojos, ¿no? —dice la Flaum—. Póntelo sobre ellos.

—¿Es una trampa?

—Qué va. Es parte del espectáculo. Twillo compró un contenedor entero de estos por capricho, por eso el restaurante se ve tan mal.

Sax duda, pero luego piensa que es poco probable que el restaurante tenga algún método para incapacitar a un Oratus justo en su entrada, esperándolo.

Así que se pone el pañuelo. La goma parece cobrar vida

cuando se desliza sobre su cabeza, creciendo para adaptarse a sus dimensiones y asentándose sobre sus ojos.

Lo cual lo cambia todo.

Ahora las luces resplandecientes no son cegadoras, son hipnóticas. No simplemente giran en los respaldos de mesas y sillas, sino que parecen despegarse y deslizarse por el espacio, y cuando Sax da un paso, es como si caminara a través de un mundo de estrellas.

—Bastante ingenioso, ¿verdad? —dice la Flaum—. Apuesto a que este lugar iría mejor si Twillo pudiera conseguir que la gente se pusiera esto primero.

—¿Cómo? —es lo único que Sax puede pensar en preguntar.

Más allá de las estrellas flotantes, Sax puede ver cometas que se deslizan, los ocasionales estallidos de luz, como si una de las estrellas acabara de convertirse en supernova.

—Diferentes espectros, proyecciones y espejos, creo —dice la Flaum—. En realidad no lo sé, pero es genial. —Duda mientras Sax echa otro largo vistazo al espacio—. Eh, ¿aún quieres ir a buscar a Twillo?

Sax asiente distraídamente. Puede que sea un arma asesina empeñada en salir de esta estación, pero se tomará un momento para apreciar algo hermoso.

La parte trasera de Nova no se parece en nada a su fachada: cambia el encanto y los efectos por la habitual y sucia monotonía gris de una cocina de estación espacial. Especies —principalmente Flaum— manejan vajillas y hornos, quemando la energía solar que la estación obtiene de los espejos refractantes en su casco. Le lanzan miradas a Sax, y él obtiene cierta satisfacción de sus espasmos, pero por lo demás, el personal se mantiene en sus tareas con notable determinación. Tendrá que decírselo a Twillo.

O al menos, ese es su plan hasta que realmente la ve, en una pequeña oficina escondida más allá de la cocina.

—Tienes una visita, Twillo —anuncia la Flaum, y luego desaparece.

Twillo, sin embargo, responde más como Sax esperaría. Tan pronto como la puerta se abre, tan pronto como Twillo ve a Sax, ve lo que Sax es, se lanza hacia arriba, recoge sus extremidades y se dispara hacia la esquina más lejana, sus diminutas alas aleteando furiosamente. Cuando llega a la esquina, sus cuatro extremidades se extienden de nuevo, sus dedos pegajosos se abren como telarañas contra los lados de la esquina y la fijan en su lugar.

—Ha pasado mucho tiempo desde que vi a una Quib —sisea Sax, y luego entra en la oficina.

Mira hacia arriba a Twillo, cuyo cuerpo redondo como una bola está cambiando de color rápidamente, tratando, sin duda, de encontrar el tono perfecto de gris metálico viejo para camuflarse.

—Puedo verte —continúa Sax, y luego levanta su garra delantera derecha, casi tocando a Twillo, quien se presiona hacia atrás—. Y podría tocarte, si quisiera.

Las palabras tienen un efecto desalentador en Twillo, que deja de aletear y cambia a un color amarillo apagado. A medida que se ralentizan, sus alas —tiras sólidas y delgadas de carne— se asientan contra sus costados como una manta en capas.

—Lo siento —es lo primero que dice Twillo, su voz aguda y vibrante, proveniente de la pequeña probóscide que se extiende entre sus cuatro diminutos ojos—. La última vez que vi a un Oratus, estaba destrozando mi hogar.

—Ya no era tuyo. El planeta natal de los Quib había sido invadido por los Sevora, y no hace mucho tiempo en escalas galácticas.

Solo había pasado un ciclo desde que los Oratus habían limpiado cada último vestigio de vida de ese planeta. Que los Quib aún existieran se debía a los que estaban fuera del planeta en ese momento, y a los que los Amigga habían cultivado después.

—No puedes perder tu hogar —responde Twillo—. Lo llevo conmigo, dondequiera que vaya.

—Encantador —dice Sax—. Pero no estoy aquí para hablar de tu hogar. Hay una Vyphen, Plake, que está intentando venderte comida. Quiero que la compres.

Twillo eriza sus alas. Mantiene sus extremidades tensas. —¿Por qué debería importarme lo que piensas?

—¿Porque esta garra puede cortarte en pedazos antes de que alguien pudiera, aunque quisiera, ayudarte?

Los cuatro ojillos de Twillo se dirigen a la garra delantera levantada de Sax.

—¿Qué importa eso? Tengo un restaurante en la *Estación Desguazadora*, uno de los peores lugares de la galaxia. Matarme sería hacerme un favor.

—¿Y la gente que trabaja para ti? ¿Qué harían?

—¿Un Oratus apelando a la compasión? —La risa de Twillo suena como un zumbido monótono.

—Entonces, ¿a qué puedo apelar? ¿Por qué no comprarás la comida?

—¡Porque no puedo! —responde Twillo bruscamente—. Los Ooblots controlan esta estación y ellos determinan a quién puedo comprar.

—¿No les gusta Plake?

—¡No lo sé! —dice Twillo—. Solo me dijeron que no podía conseguir nada de ella, sin importar lo bueno que parezca. ¿Has visto los nutrientes que tiene? ¡Creo que estaban destinados a un Amigga!

Sax se recuesta contra la puerta. Cierra los ojos por un

momento. Ha pasado con creces su punto de sueño para este turno, lo que significa que estará cansado mientras Bas esté libre. Y parece que aún no tendrá una respuesta para ella.

—¿No hay nada que puedas darme? —dice Sax, y odia la resignación en su voz.

—Si quieres ir con los Ooblots, será mejor que tengas algo que ofrecer —responde Twillo—. No regalan nada gratis. Nada.

Sax flexiona sus garras de nuevo. Los Ooblots son difíciles de matar, sin embargo. Tienen la desagradable costumbre de convertirse en rocas tan pronto como se sienten amenazados.

—Me gustan tus decoraciones —sisea Sax, luego se da la vuelta y se va antes de que Twillo pueda responder.

Con su tiempo casi agotado, Sax se dirige de vuelta al casino, sabiendo ya que necesitará bastante estimulante para sobrellevar este turno.

Los comentarios de Twillo, sin embargo, le dan un plan. La próxima vez que esté libre, después de dormir lo necesario, marchará hacia donde sea que esos Ooblots que dirigen la estación se hayan instalado y encontrará alguna manera de hacer que compren la comida de Plake.

Sax sisea ante la idea, provocando que algunas especies que pasan junto a él lo miren alarmadas. Hay demasiadas redes aquí, demasiadas conexiones. Debería ser sencillo: Sax proporciona un servicio, es decir, no borrar a Plake de la galaxia, y a cambio ella conserva su vida y recibe una pequeña recompensa de los Vincere o de Evva, a quien encuentren primero.

Sax le da vueltas a esto en su cabeza hasta que llega al casino, momento en el que todos los pensamientos sobre Plake, su nave o los Ooblots se desvanecen.

El casino en sí está abarrotado. Las especies se aprietan en cada rincón, algunas trepando sobre otras, solo tratando de echar un vistazo hacia el centro. Aun así, Sax no tiene muchos problemas para abrirse paso; nadie quiere molestar a algo con tantas garras.

Alrededor del bar central, salpicado de botellas rotas y nubes de polvo, están Bas enfrentándose a D'Arscale y dos de sus guardias Luto. A su alrededor, esparcidos por todo el casino, están los restos de una pelea: muebles rotos, salpicaduras de sangre y otras cosas. Las quemaduras reveladoras de los mineros.

Lo que Sax nota primero, sin embargo, lo que hace que sus ojos se estrechen en una neblina rojo pedernal, es que Bas está sangrando. Está cortada y golpeada, y aunque sus garras aún están listas, extendidas y afiladas, es evidente que está cansada, cautelosa.

—Aquí viene él, para añadir a este desastre —anuncia D'Arscale mientras Sax se abre paso—. Tal vez puedas hacer que tu pareja entre en razón.

—Ellos me atacaron primero —responde Bas.

—Aun así, no se tolerará la matanza en mi negocio —dice D'Arscale, luego el Ooblot gira un tallo ocular para abarcar a la multitud—. Aunque quizás esto sirva como lección para todos de que no se debe jugar con mi personal.

—Esto fue una emboscada —sisea Bas, apretando sus garras—. Querían verme muerta.

—Bienvenida a la *Estación Desguazadora*: aquí todos quieren ver muerto a alguien —responde D'Arscale—. Pero tenemos que aferrarnos a la apariencia de civilización de todos modos.

—¿Dónde están? —interrumpe Sax.

—Oh, tu pareja se encargó de ellos bastante bien. Esta

estación tiene cinco residentes menos hoy, todo gracias a ella.

Sax se acerca a Bas, se tocan las narices por un segundo. No huele miedo en ella, solo agotamiento, y Sax respira profundamente a través de sus conductos.

Calma.

—Quieren encarcelarme por defenderme —susurra Bas—. Aunque vinieron a por mí con cuchillos, me atacaron por la espalda, soy yo quien paga por ello.

—Creo que pagaron por ello lo suficiente —D'Arscale señala varias salpicaduras de sangre secándose—. Y puedes apostar a que reparar todo este daño me costará bastante también. Pensé que tener Oratus me ayudaría, me mantendría a salvo, pero ambos atraen más problemas de lo que valen.

El encarcelamiento en la *Estación Desguazadora* llevaría a una de dos cosas: ser vendidos fuera de la estación por un beneficio a quien los quisiera, o ser expulsados por una escotilla si no se encontraba comprador.

Ninguna es una opción atractiva.

D'Arscale espera, con sus guardias Luto, mientras la multitud murmurante observa.

Los Oratus toman su decisión con un toque de sus colas entre sí.

Llamar pelea a lo que sucede a continuación sería un insulto a la palabra: Sax y Bas saltan, juntos, sobre los guardias Luto y antes de que cualquiera pueda sacar un arma, ambos Oratus tienen sus colas firmemente envueltas alrededor de las cabezas de los Luto, sin dejar ilusiones sobre lo que sucedería si sus víctimas lucharan. Los Luto pueden ser de roca, pero si los golpeas entre sí, se romperán con facilidad.

Ocho garras y dos bocas cortantes se vuelven hacia

D'Arscale, que reacciona de la misma manera que todos los cobardes Ooblot: convirtiéndose en piedra casi sólida.

—Eso no te salvará —sisea Sax.

Le compraría a D'Arscale un poco de tiempo, el que le tome a Sax arrojar a su Luto, recoger al Ooblot con su cola y comenzar a golpearlo contra el suelo.

—Entonces negociemos —responde D'Arscale, las palabras agitadas saliendo de la diminuta sección de carne que ha dejado abierta para este propósito.

La voz del Ooblot es pequeña, mansa y patética.

—Nos amenazaste —responde Bas—. Bajo la ley del Coro, tal acto nos da el derecho de eliminarte a nuestra discreción.

—Aunque no discretamente —sisea Sax.

—Lo entiendo, lo entiendo —balbucea D'Arscale—. Pero ¿qué conseguiréis con eso? Pronto llegarán más guardias, ¿y lucharéis contra toda la estación? Ni siquiera vosotros dos podríais lograrlo, y si pudierais sin morir, ¿qué obtendríais?

—Libertad. —Sax y Bas rasgan la palabra al unísono.

—Sí, hasta que tu propio ejército venga a eliminarte. Hasta que alguien más aquí te apuñale por la espalda, te corte las escamas mientras duermes. Envenene tu próxima comida. Nadie quiere a un Oratus al mando.

—Entonces, ¿cuál es tu oferta? —pregunta Bas.

—Os dejaré ir. Os permitiré ver a mis hermanas, quienes pueden ayudaros a conseguir lo que realmente queréis.

Hay un momento en el que Sax considera si eliminar a este Ooblot realmente perjudicaría sus negociaciones con sus hermanas, pero la pura indefensión de la criatura está matando el impulso sanguinario de Sax.

—¿Cómo sabemos que cumplirás tu palabra? —dice Sax.

—Tenéis un montón de testigos.

Sax mira hacia atrás a la multitud, y varias docenas de pares de ojos le devuelven la mirada. Para asegurarse de que captan el mensaje, Sax hace un gesto con una garra hacia ellos, con los bordes hacia fuera.

—¿Nos respaldaréis? —pregunta Sax.

Su pregunta es respondida por un desfile de asentimientos.

—Entonces tenemos un trato —dice Bas.

Con la perspectiva de violencia desaparecida, la multitud se dispersa rápidamente, algunos incluso volviendo a las mesas y máquinas de juego, mientras la mezcla de robots y personal de D'Arscale limpia el desorden.

—Os llevaré yo mismo —anuncia D'Arscale, descongelándose.

Sax y Bas liberan a los Lutos, quienes retroceden tambaleándose, se masajean el cuello y se alisan el pelaje.

—Vosotros dos, matones inútiles, podéis quedaros aquí —les dice D'Arscale antes de rotar sus tallos oculares hacia el Oratus—. Seguidme.

El Ooblot rueda fuera del casino, con Sax y Bas siguiéndole. Si un Oratus atrajo la atención vagando por la estación, dos de ellos con uno de los Ooblots captan todas las miradas del lugar.

—Somos celebridades —bromea Bas mientras caminan —. Siempre he querido ser una estrella.

—¿Qué tan mal estás herida? —pregunta Sax.

—Sobreviviré a esto —sisea Bas—. Aunque me llevará algún tiempo recuperar mi rosa perfecto.

—Eso no me importa.

—A veces desearía que te importara —pero Bas se ríe,

luego, cuando D'Arscale envía un tallo para mirar, cambia a una mirada dura.

Sax, mientras tanto, parpadea. ¿Apariencia? ¿Por qué debería importarle eso? Bas es una asesina gloriosa que puede manejar las palabras tan bien como sus garras. El color o la condición de sus escamas significa tan poco...

Sax todavía está dándole vueltas al comentario cuando llegan a otro banco de ascensores en medio del Nexo. Solo que no son múltiples, sino una gran plataforma, con solo una opción aparente.

D'Arscale se acerca a las grandes puertas de cristal, y estas permanecen cerradas mientras se aproxima. Entonces, abruptamente, aparece otra cara, una que Sax reconoce:

El Vyphen azul y dorado del Descanso del Chatarrero.

—¿Qué hicieron las hermanas para merecer el castigo de tu visita, D'Arscale? —gorjea el Vyphen.

Sax espera un reconocimiento, pero el reptiliano no muestra ninguno. Es un misterio que se resuelve un segundo después cuando Sax nota el nudo negro de una cámara sobre la puerta. Los dos Oratus están bien atrás de D'Arscale, por sugerencia del Ooblot.

Ahora Sax sabe por qué.

—Eneks, déjame subir. No necesito una razón para ver a mis hermanas —responde D'Arscale.

—Pero tienes una.

Las puertas no se mueven.

—¿De verdad me estás presionando con esto? —D'Arscale está inyectando mucha ira en su discurso entrecortado.

—Sí. —Eneks, por su parte, no parece importarle.

—Esto nunca pasaría en una nave Vincere —susurra Bas a Sax.

—Porque no tenemos Ooblots con los que lidiar —responde Sax, y Bas sisea una risa silenciosa.

—Es sobre seguridad. Necesito más para mi casino, y para la estación en general. Demasiadas peleas, demasiados asesinatos. Está perjudicando el negocio —D'Arscale dice todo esto apresuradamente.

Eneks finalmente cambia su escepticismo distante y logra un gran suspiro. —Eso, D'Arscale, podría ser lo primero que has dicho con lo que estoy de acuerdo. Si es eso lo que vienes a discutir, te dejaré pasar.

Un momento después, las puertas de cristal se deslizan y D'Arscale se desliza a través. Tan pronto como la proyección desaparece, D'Arscale hace una señal a los Oratus y estos se lanzan hacia adelante, zambulléndose justo cuando las puertas de cristal se cierran de golpe detrás de ellos.

—¿Qué pasará cuando lleguemos arriba y vean a dos Oratus? —pregunta Bas.

—Estoy seguro de que seréis capaces de resolver cualquier problema —responde D'Arscale.

—Cualquier solución empezará contigo —Sax se acomoda en cuclillas mientras el ascensor comienza a moverse, listo para saltar tan pronto como las puertas se abran.

CAPÍTULO 11

EL AMANECER DE LA CLARIDAD

MALO TODAVÍA SOSTIENE a Viera por la muñeca cuando la rejilla comienza a moverse de vuelta hacia nosotros. Arrastra consigo un par de largas barras metálicas que sirven como guías y se retraen junto con la rejilla. Malo parece que está a punto de caer, y mi agarre de nudillos blancos en los terminales no lo está ayudando.

Me doy la vuelta y corro de regreso al agujero en el suelo y le pido a T'Oli que lo abra. El Ooblot lo hace, la barrera se desplaza a un lado mientras emite algún comando desde los terminales de la Bestia. Me deslizo hacia el nivel inferior iluminado de rojo y miro hacia afuera mientras la rejilla se acerca. Malo ha inclinado sus hombros hacia adelante, llevando su brazo derecho para sujetar con ambas manos la muñeca de Viera. No parece tener el impulso para subirla, sin embargo.

Al otro lado del tubo, un escuadrón de Flaum blindados irrumpe a la vista, su pelaje cubierto con una armadura irregular y sus manos sosteniendo mineros. El primero señala hacia mis amigos, y los Flaum apuntan sus armas.

Malo y Viera son blancos fáciles.

Tengo que cambiar eso.

Agarro uno de los pedazos de chatarra y lo lanzo. Es más pesado de lo que parece, pero vuela por encima de Malo y Viera mientras la rejilla se acerca. El trozo de chatarra no logra cruzar el tubo, cayendo por el aire hacia el foso. Pero lo que sí logra la chatarra, por un instante, es detener a los Flaum que cargan. Observan el minero oxidado para asegurarse de que no sea un riesgo. Le gana a Malo y Viera un momento.

—T'Oli, gira la rejilla —grito.

El Ooblot sigue la orden inmediatamente, girando la plataforma plana hacia arriba para que actúe como un escudo. Un escudo que expone a Viera directamente a cualquier disparo.

—Ahora retrocede —continúo—. ¡Ve hacia atrás!

La Bestia cobra vida con un rugido y rocía lodo por todas partes mientras sus orugas hacen retroceder la máquina por el tubo. Con la rejilla retrayéndose y la Bestia retrocediendo, Malo queda sobre el lodo. Se deja caer, aterrizando en la mugre con un chapoteo. Viera le sigue un segundo después.

Los Flaum, mientras tanto, parecen estar organizándose al otro lado del gran tubo. ¿Por qué no están disparando? ¿Por qué los Sevora no nos están acribillando?

Ah, claro. Nos quieren vivos.

Malo y Viera corren alrededor de la rejilla que retrocede, se zambullen en la Bestia y se unen a mí. Apenas tengo tiempo de saludar antes de que la voz de T'Oli estalle por los altavoces. —Parece que trajeron cables para hacer un puente. Estamos en problemas.

—¿No puedes dejarlos atrás? —pregunto.

—Esta cosa no está hecha para correr —responde T'Oli.

—¿Qué tan lenta es? —me susurra Viera—. Ellos están todos a pie.

—No pensé que fuera *tan* lenta.

Los tres nos apresuramos a subir por la compuerta de vuelta al segundo nivel, donde vemos por qué T'Oli no confía en nuestra escapada: los Flaum trajeron más que solo mineros. Han lanzado un par de cuerdas gruesas a través del tubo central, y cada cuerda está desplegando pequeñas fibras que se extienden a través del espacio entre los dos cables, formando un puente.

Pero la verdadera sorpresa llega cuando los Flaum comienzan a correr. No se mueven como nada que haya visto antes; cada uno flexiona sus pies y se elevan medio metro del suelo. Cuando bombean sus piernas, los Flaum se lanzan hacia adelante, libres del lodo.

—¿Nunca habías visto botas magnéticas antes? Estos tipos pueden moverse. Sin fricción, pura velocidad —el burbujeo de T'Oli suena terriblemente casual, considerando la ola de muerte que viene hacia nosotros.

—¿Cómo luchamos contra eso? —pregunta Malo.

—No lo hacemos —responde T'Oli.

La Bestia se detiene con una sacudida y estoy a punto de preguntar qué está haciendo T'Oli cuando arranca de nuevo, solo que esta vez va hacia adelante. De vuelta hacia el tubo central, de vuelta hacia los Flaum.

Al ver que la Bestia se dirige hacia ellos, los Flaum abren fuego. Brillantes destellos rojos y azules mientras los mineros desatan energía destructiva contra el frente de la Bestia. Los rayos impactan contra la parte inferior de la máquina, y puedo ver pequeñas partes del terminal que comienzan a cambiar a amarillo y rojo.

—¿Cuánto puede aguantar esta cosa? —dice Viera—. Porque no estás evitando nada realmente.

—Es una chica fuerte. Aguantará un golpe o tres —dice T'Oli.

A medida que nos acercamos al tubo central, los Flaum comienzan a retroceder y dispersarse, algunos retirándose al puente y otros usando esas botas para impulsarse por los lados del tubo a nuestro alrededor. Sus mineros continúan desatando energía fundida contra la Bestia, y estoy notando nuevos sonidos de trituración provenientes de su motor, pero la Bestia sigue avanzando.

Directo hacia los cables.

—¡Vamos a caer, idiota! —grita Viera.

—Ese es el punto. —El despreocupado rechazo de T'Oli es lo único que me impide entrar en pánico total; si el Ooblot, un miembro autoproclamado de una organización que los Sevora odian, no está preocupado, ¿por qué debería estarlo yo?

Y entonces el motor de la Bestia se detiene con un espasmo.

Estamos en gran parte sobre los cables del puente, suspendidos sobre el borde del abismo. Sin embargo, las cuerdas de los Flaum están resistiendo, y no estamos cayendo.

—Eso no es bueno —dice T'Oli mientras el motor se apaga por completo.

Los Flaum también lo notan y cesan el fuego, comenzando a acercarse de nuevo a través del puente. Solo puedo imaginar que los que están en los lados están buscando formas de entrar.

—¿Y ahora qué? ¿Nos rendimos? —dice Malo.

—No podemos —digo—. Prefiero morir antes que volver

con los Sevora otra vez. ¿Crees que nos darían más oportunidades de escapar?

—Necesito que todos corran cuando yo lo diga y empujen contra el lado derecho —la orden de T'Oli nos sorprende.

—¿Correr? —dice Viera—. Claramente no tienes idea de lo grande que es este lugar.

—¡Háganlo! ¡Ahora!

Es lo más fuerte que he oído gritar a T'Oli, su piel martilleando las palabras, y saltamos para obedecer. Los tres nos apresuramos hacia la pared metálica en blanco en el lado derecho de la Bestia y empujamos. En ese mismo momento, se escucha un estruendo desde la parte trasera de la Bestia que la impulsa hacia adelante un metro más o menos. Nuestro peso, más el impulso, hace que la Bestia se tambalee hacia el lado de los cables.

Veo el mundo girarse de lado a través del cristal delantero, las bocas de los Flaum abiertas de par en par, y luego estamos cayendo.

Mi estómago se me sube a la garganta mientras mis nervios se congelan y mi boca se abre en un grito. Las luces del exterior desaparecen mientras nos precipitamos, sumiéndonos en la oscuridad.

Aterrizamos. Al menos, eso es lo que dice T'Oli. Estoy magullado, golpeado y ensangrentado, después de haber chocado contra el suelo y las paredes mientras rebotábamos en el tubo principal durante nuestra caída. Pero al final, nos sumergimos en una enorme piscina de líquido espeso. La Bestia en sí no flota, y su cuerpo abollado se hunde lentamente.

El lodo se filtra por los costados de la máquina. Se cuela en las terminales, gotea desde el techo e incluso rocía a

Viera desde una esquina, cubriéndola de una horrible capa marrón.

—Si mantenemos el pantano fuera por un rato —dice T'Oli—, estaremos bien.

—¿Estaremos bien? —dice Viera, alejándose de las salpicaduras—. ¿La caída no nos mató, así que ahora nos ahogaremos?

—Pediste un escape. Eso es lo que te di —responde T'Oli—. Puede que sea accidentado, pero estás viva.

Malo se tambalea para ponerse de pie y me mira a los ojos. Ambos nos movemos hacia un par de fugas y presionamos nuestras manos, agarramos lo que está suelto y lo empujamos contra el líquido que se filtra. Intentando mantener la Bestia sellada el mayor tiempo posible.

—¿Qué pasa ahora? —le pregunto a T'Oli mientras descendemos cada vez más en la oscuridad.

—Esperen y vean. O tenemos suerte y alguien está prestando atención, o no, en cuyo caso ha sido un verdadero placer conocerlos a todos.

Estoy segura de que mis ojos están tan abiertos como los de Viera, quien finalmente nota lo que Malo y yo estamos haciendo y se une a nuestros esfuerzos por evitar que el lodo llene completamente la Bestia.

—Al menos moriremos libres —dice Malo.

—Yo esperaba que no muriéramos en absoluto —responde Viera—. Supongo que soy la optimista aquí.

—Ignos se lleva a todos eventualmente —añade Malo—. Quizás ahora sea nuestro momento.

—¿Podrían dejar de ser tan pesimistas? —interrumpe T'Oli—. La única razón por la que me salí de esos cables es porque parece que los Sevora realmente los quieren. Y si ellos los quieren, entonces El Amanecer de la Claridad probablemente también pueda usarlos. Así que cállense y eviten que ese lodo ensucie demasiado a mi pobre chatarra.

Las palabras de T'Oli nos mantienen en silencio por un minuto, hasta que señalo un resplandor naranja debajo de nosotros. Se eleva, pasando por el parabrisas astillado de la Bestia y veo que es un círculo, lo suficientemente ancho como para ser la entrada a otro tubo. Mientras pasamos, las luces naranjas destellan y la puerta —una secuencia de ocho placas onduladas— se desliza para abrirse. Sin embargo, el lodo es demasiado espeso para ver qué hay del otro lado.

—Agárrense de algo —aconseja T'Oli.

Hay una repentina ráfaga de presión y todos somos lanzados hacia adelante contra lo que queda del parabrisas, hacia el tubo que se abrió de repente. No lo veo, pero puedo oír la puerta deslizarse para cerrarse mientras la Bestia pasa a través de ella. Lo que sí siento, lo que sí veo, es la Bestia estrellándose contra el suelo de una habitación cuadrada mientras el lodo viscoso se drena a través de rejillas metálicas.

Adolorido por todas partes, me levanto. Miro las luces rojas intensas que brillan aquí, al igual que lo hacían en el nivel inferior de la Bestia. T'Oli dijo que esas luces revelan si alguien está alojado. Supongo que esta sería la manera de ver si quien sea que sea dueño de esta habitación había atrapado algo que no quería.

—Esta no es exactamente la entrada principal, pero estamos entrando al único lugar en Vimelia donde se nos permite ser libres —dice T'Oli—. Y por favor, por favor, díganme que valen la pena. Porque mi bebé va a tardar mucho tiempo en volver a funcionar. No creo que aprecien el verdadero horror de limpiar todo el lodo de los engranajes y trituradoras de esta cosa.

T'Oli apenas ha terminado de hablar, y yo apenas he

terminado de averiguar si alguno de mis huesos está roto —afortunadamente ninguno— cuando una puerta ancha en el extremo más alejado se desliza para abrirse. Es lo suficientemente grande como para admitir algo como la Bestia, y está iluminada con suaves luces amarillas. Otro equipo armado con mineros sale, solo que en lugar de los interminables escuadrones Flaum de los Sevora, esta es una mezcla variopinta de especies. Algunas que he visto, otras que no.

—Bajen y salgan de aquí. Seguro que querrán hablar con ustedes —T'Oli puntualiza su frase abriendo la rejilla de nuevo.

—¿Confías en esto? —me pregunta Malo antes de que nos movamos a ninguna parte.

—No creo que tengamos opción.

—Al menos esta cosa no ha intentado matarnos o esclavizarnos todavía —añade Viera—. Aunque, de alguna manera, sigo doliendo por todas partes.

—Te diría que te acostumbres, pero apuesto a que ya lo estás —digo.

—El día que tus guerreros me recogieron de la jungla —Viera asiente hacia Malo—, fue el último buen día de mi vida.

Los tres bajamos y salimos de la Bestia, con T'Oli girando la rejilla para que podamos salir.

Se siente maravilloso caminar fuera del lodo por un cambio. Mis pies pisan libremente, aunque nada ha cambiado con respecto al olor. Mi máscara está cubierta de mugre, Malo y Viera están en las mismas condiciones. Parecemos más criaturas del pantano que humanos.

—Así que encontraron el camino hacia nosotros después de todo —dice la voz acuosa de la figura principal, a quien reconozco como nuestro aspirante a artista del escape de la prisión, incluso debajo de su armadura—. No estaba seguro de que alguna vez bajarían. Jel no es de las que liberan a la gente. No a los que puede usar.

—Tuvimos que trabajar duro para eso —responde Viera antes de que yo pueda—. Puede que hayamos dejado nuestra marca en su hogar también.

Al oír el tono de la criatura, los otros cinco miembros de su equipo aflojan sus agarres en sus mineros. Noto que no se relajan por completo, y aún están esparcidos, dándose bastante espacio en caso de que las cosas se pongan feas. La confianza no viene fácil en Vimelia.

—Me llamo Rackt —dice la criatura—. Bienvenidos a El Amanecer de la Claridad.

Rackt nos saca de la habitación, mientras el resto de su equipo nos sigue por detrás. T'Oli anuncia que se quedará para limpiar la Bestia, y hay mucha resignación en su voz repiqueteante. Dado el desastre que llevamos encima, no envidio al Ooblot.

Más allá de la sala inicial —algo que Rackt llama una esclusa de aire—, pasamos a otro tubo, aunque uno generalmente libre de suciedad. Eso no significa que esté limpio: la basura llena el corredor, y la luz amarilla que parecía tan atractiva desde el exterior se atenúa y parpadea a lo largo del techo mientras caminamos. Hay un olor penetrante que me quema la nariz, un sabor agrio que perdura en mi lengua y zumba en mi garganta.

Malo y Viera, por su parte, permanecen callados. Supongo que, como yo, están tratando de asimilarlo todo.

Una parte de mí desea que Ignos —la criatura, no el dios— aún estuviera en mi cabeza. El Sevora podría haberme contado más sobre El Amanecer de la Claridad, si confiar en ellos o no, cómo había comenzado la facción y adónde nos lleva Rackt. En cambio, me veo obligada a preguntarle a Rackt, quien retrasa el paso y camina a mi lado.

—El nombre cuenta nuestra historia —dice Rackt—. Un grupo de parias Sevora, abandonados por sus amos, bajó aquí y descubrió que era mejor trabajar juntos que por separado. Con el tiempo, suficientes especies de ideas afines iniciaron lo que ves.

—¿Y ahora están contraatacando?

—Ahora estamos tratando de sobrevivir —dice Rackt—. Si los Sevora alguna vez dejaran de luchar contra los Vincere y los Amigga, tendrían la atención puesta en nosotros y nos aniquilarían. Nos estamos escondiendo en un montón de tubos, humana. No tenemos a dónde ir, ni forma de salir de este planeta.

—Entonces, ¿para qué nos quieren? Dijiste, en la prisión, que salvarnos era un gran costo para ustedes.

Rackt hace una pausa y me mira directamente. —Hay pocas especies conocidas que los Sevora no puedan dominar. La mía, los Vyphen, los Ooblots, que son raros, y, ahora, la tuya.

—¿Y?

—No podemos dejar que los Sevora os despedacen. Encontrarán una manera. —Rackt mira sus manos palmeadas y emplumadas—. Por eso los Amigga nos sacaron de la guerra. Por qué los Oratus tomaron nuestro lugar.

—Pero los Oratus pueden ser capturados por los Sevora —dice Malo, ahora que todos estamos de pie alrededor de Rackt y escuchando.

—Los Oratus son armas vivientes, criados y entrenados solo para matar Sevora —responde Rackt—. Los Vyphen somos diferentes. No tan resistentes, no tan ciegos. Los Amigga prefieren especies que puedan controlar, incluso si eso tiene un costo.

Rackt se pone en marcha de nuevo, pero no dejo que la conversación muera.

—¿Cuál es? —presiono al Vyphen—. ¿Los Amigga sacaron a tu especie de la lucha por los Sevora, o por ustedes?

—No se te escapa nada, ¿verdad?

—He descubierto que mi supervivencia depende de ello.

Rackt deja pasar esto unos pasos más. Me da la oportunidad de observar mejor sus plumas, que brillan con la luz. Al principio pienso que es porque los Vyphen son hermosos, pero luego noto inconsistencias: parches donde las plumas grises y negras están sin brillo. No es la iluminación, es grasa y mugre. Una mirada atrás a los demás lo confirma: El Amanecer de la Claridad no vive en el lujo.

Rackt lo dijo: están tratando de sobrevivir.

—Nos cansamos —dice Rackt finalmente—. Todas las especies lo hicieron, no solo nosotros. ¿Alguna vez has luchado en una guerra generación tras generación? Nos acercábamos a exterminar a los Sevora solo para que aparecieran, de nuevo, en algún otro mundo, con alguna otra especie sometida a su voluntad. Con el tiempo, la idea de la paz empezó a parecer bastante buena.

—¿Pero los Amigga no querían eso?

—Estás hablando de la especie gobernante de la galaxia civilizada. Los Sevora no se someterán a ellos, lo que significa que los Amigga no se detendrán hasta que sean aniquilados. Ahora, con los Oratus, los Amigga podrían lograrlo.

Llegamos al final del corredor, donde un amplio conjunto de puertas se abre con dificultad a nuestro acercamiento. Busco un teclado, lo mismo que en el *Cobalt*, pero todo lo que veo es un pequeño nódulo negro hacia la parte superior de la puerta circular.

—Saluda —murmura Rackt mientras pasamos, y hace un gesto desganado con su mano derecha hacia el nódulo.

Lo imito, aunque no sé por qué. Un segundo después, de todos modos me olvido de ello.

El espacio alberga una pequeña ciudad subterránea. Una cámara que se extiende muy atrás, abajo y arriba. Una plataforma que conduce a unas escaleras se encuentra frente a nosotros y, cuando miro por el borde, veo fila tras fila de inquilinos andrajosos, viviendas destartaladas hechas de pedazos de metal oxidado, fuegos poco profundos e incluso pequeñas secciones donde crecen cosas verdes, con lámparas brillando en lo alto. Las especies se arrastran por avenidas improvisadas: lugares que, al parecer, están despejados solo porque nadie ha tirado nada allí todavía.

Pero a pesar de toda la mugre, también hay belleza aquí. Luces de muchos colores están colgadas entre las viviendas más grandes, proyectando morados, rojos y azules en la penumbra de la caverna. La risa y el murmullo de una conversación constante suben burbujeando hasta nosotros. Los olores, también, mezclan tierra y sudor con los aromas más carnosos de la comida cocinándose. Me recuerda a Damantum, a una vida urbana.

Nuestra puerta es una de muchas. Portales aureolados rodean la cámara, algunos grandes y otros pequeños, todos con escaleras o escalas que conducen a ellos.

—Aquí estamos, nuestro hogar bajo la roca —dice Rackt mientras miramos—. Aquí es donde vive la resistencia. Aquí es donde las únicas almas libres en Vimelia sobreviven.

Rackt nos conduce a las escaleras, que son mucho más grandes de lo que estoy acostumbrada. Estas son anchas y largas, y están salpicadas de pequeñas cuentas. Al principio pienso que los bultos las hacen incómodas para pisar, a diferencia de los escalones lisos en los templos de Damantum, luego noto que la máscara alrededor de mis pies se agarra a ellos. Útil, tal vez, si necesitara subir y bajar corriendo.

—Cuéntame cómo es tu mundo —dice Rackt mientras descendemos.

La pregunta desata una cascada. Las palabras brotan de mí, descripciones que se convierten en recuerdos de mi aldea natal en la jungla, las llanuras desérticas y la extensa ciudad de Damantum. De familia y sacrificio, de mañanas azotadas por el viento y noches profundas bajo un dosel de bosque escuchando los llamados embrujados de pájaros distantes.

Rackt lo asimila todo mientras vamos y venimos por la interminable serie de escaleras en zigzag.

—¿Sabes cuánto tiempo ha pasado desde que la mayoría de estas personas vieron el cielo? —dice Rackt cuando termino—. La mayoría, por mucho, nacieron aquí. Crecieron en cubas Sevora solo para vivir sus vidas en servidumbre hasta que por casualidad o por negligencia lograron escapar.

—Lo siento —respondo—. No quise ofender...

—No, no —dice Rackt y gesticula con sus plumas hacia la masa de refugios improvisados—. Deberías contarle a todos lo que acabas de decirme. Diles que hay algo mejor que estar atrapados en el fondo de una alcantarilla. Diles que su lucha puede conseguirles algo nuevo. Puede encontrarles algo hermoso. Porque ahora mismo todo lo que tenemos es ira. Frustración y rabia.

—Eso solo funciona por un tiempo. —Recuerdo cuando los restos de la tribu Solare atacaron a la tropa de Malo en nuestro camino a Damantum; se entregaron a su venganza y fueron masacrados por ello.

—No es algo por lo que vivir.

Llegamos al fondo, donde siento mil ojos sobre mí mientras nos movemos. El asentamiento no está cuadriculado como una ciudad, y los senderos que existen parecen haberse formado al azar. Chozas destartaladas se alinean a ambos lados, salpicadas de especies que yacen por ahí, trabajando o cocinando o simplemente mirándonos mientras deambulamos por diversos estados de desesperación.

Por lo que T'Oli había estado diciendo, esperaba algo más de El Amanecer de la Claridad. Esperaba algún tipo de sociedad próspera, un ejército organizado. Pero esto, esto ni siquiera está al nivel de las peores tribus Solare.

Todos aquí se están desmoronando.

No digo esto, no solo porque los compañeros de Rackt con sus mineros todavía están detrás de nosotros, sino porque sé que podría terminar en el mismo corral. No tengo nada aquí, y la única razón por la que no estoy muerta es porque resulta que soy humana. Soy exótica, una ficha de negociación entre especies que quieren usarme.

Continuamos hasta que cruzamos la mayor parte del asentamiento hacia un ala gigante de una lanzadera. Cuando nos acercamos, puedo ver que el ala no está sola. Algunas especies merodean a su alrededor y parece que están charlando. Lo que me detiene, haciendo que Malo choque contra mi espalda antes de darse cuenta, es la criatura en el centro. La que parece estar dirigiendo a los que la rodean con movimientos bruscos de delgados brazos metálicos injertados en su cuerpo.

Un Amigga.

No se parece mucho a Dalachite, el maestro del *Cobalt*; no se ha extendido por todas partes, conectando venas a terminales. Más bien, se ha asentado en lo que parece una silla metálica oxidada. Esos brazos robóticos parecen injertados en su cuerpo, que es gris y desigual en lugar del rojo y marrón del maestro del *Cobalt*. Mechones de pelo frágil brotan de varias partes. Una única lente mecánica injertada en su rostro gira y se enfoca en nosotros mientras nos acercamos.

—Así que los encontraron —la voz del Amigga, como la de Dalachite, sale de la rejilla en la parte inferior de la silla y suena metálica, sin tono.

—T'Oli lo hizo —responde Rackt—. Por accidente, al parecer. Lograron llegar a las alcantarillas superiores, donde quedaron atrapados en el fango cuando T'Oli se topó con ellos.

—Nuestro pequeño grupo sobrevive de suerte, me alegra saber que no se ha agotado. —El Amigga se gira hacia nosotros—. Pueden llamarme Sapphrite. ¿Y ustedes son?

Nos presentamos por turnos, cada uno de nosotros cauteloso y suspicaz. Sapphrite no hace nada hasta que terminamos, cuando nos da una mirada lenta.

—No soy el primer Amigga que han visto —dice Sapphrite y yo niego con la cabeza.

—El último quería usarnos —digo—. Quería tomarnos por piezas. Para hacer otra cosa.

No estoy segura de cómo Sapphrite podría mostrar sorpresa, pero la falta total de reacción que muestra solo clava más puñales en mi percepción de la especie. Que los Amigga no parezcan considerar maligno operar a alguien me dice todo lo que necesito saber.

—Eso debería decirte por qué son tan importantes —responde Sapphrite—. Ha pasado mucho tiempo desde que vi otro mundo, desde que hablé con el Coro, pero los Amigga siempre están trabajando en lo siguiente. Lo nuevo. Y nada impulsa los descubrimientos como una inyección de genes frescos.

—Bueno, eso es lo suficientemente espeluznante para mí —habla Viera en voz alta—. Estoy segura de que nos contarás todo sobre lo que quieres hacer con nuestros cuerpos, pero yo, por mi parte, estoy cubierta de porquería. Estoy exhausta, muerta de hambre y necesito desesperadamente limpiarme. Así que, ¿quizás esto puede esperar? ¿Si no vas a matarnos ahora mismo?

—Sí, sus necesidades son evidentes. Sin embargo, no hay necesidad de temer. Ahora que están aquí, no tienen de qué preocuparse. Rackt, ¿podrías mostrarles el Búnker? —dice Sapphrite.

Extraño, no me siento cansada. Al menos, no todavía. Todas las cosas nuevas que estamos viendo, la gente y las criaturas que estamos conociendo, me tienen cabalgando la misma ola que me mantuvo despierta la primera noche después de que Malo me sacó de mi aldea. Pero todos estamos goteando y sucios, y el hambre, como si fuera espoleada por la idea, empieza a roerme. Ha pasado mucho tiempo desde que tuvimos comida de verdad, desde la habitación blanca en la torre de Nasiya allá arriba.

Pensar en la líder Sevora me lleva a Ignos. ¿Sigue vivo allá arriba? ¿Ha encontrado otro huésped?

—Kaishi, vamos —susurra Malo.

Rackt nos lleva lejos del ala pero no de vuelta hacia las tiendas. En su lugar, nos dirigimos a una serie de habitaciones construidas en la parte trasera de la cámara, detrás del ala. Este espacio está más limpio, las luces globo aquí no parpadean mucho. Algunas especies, principalmente Flaum y Whelk mayores, nos miran fijamente mientras pasamos, luego se vuelven hacia las terminales.

—La mayor parte de El Amanecer de la Claridad está compuesta por refugiados —dice Rackt mientras avanzamos por los pasillos—. La mayoría tiene pequeñas habilidades, cosas como cocinar o vender. Fabricar suministros u otros equipos. Hay otros, como yo, que tienen un trasfondo más militar. Que planean las incursiones.

—¿Las incursiones? —pregunto—. ¿Como cuando nos rescataron de la prisión?

—Exactamente —dice Rackt—. No somos muchos, así que tenemos que elegir con cuidado. Necesitamos entender exactamente lo que estamos haciendo, y entrar y salir antes de que los Sevora puedan reunir sus fuerzas. Toda esa planificación ocurre aquí en el Búnker.

Rackt nos muestra nuestros aposentos, una habitación compartida para los tres. Las instalaciones no son lujosas, pero hay algo parecido a una ducha, que vierte agua maloliente que al menos no es marrón. Se siente increíble limpiarme, refrescarme. Recordar que cada minuto de existencia no se pasa cubierto de tierra y mugre. No se pasa oliendo a mi propio sudor y desesperación.

Después, hay un cuenco frente a cada uno de nuestros pequeños sacos de dormir. En los cuencos hay, por una vez, no pasta nutritiva sino lo que parece comida realmente cocinada. No reconozco nada de esto, pero la colección de pétalos gruesos y coloridos parece vegetal, así que lo devoro de todos modos. Es ácido, jugoso, y uno, un círculo naranja brillante, tiene mucha especia picante y lo aprecio. Una pequeña chispa en el fondo de la nada.

—El agua está buena —dice Malo.

Cada uno de nosotros tiene una botella, y cuando la pruebo no necesariamente estoy de acuerdo con Malo; el agua en sí es insípida. Ha sido hervida, lo que significa que probablemente ha pasado por lugares menos que sanitarios. Aunque, de nuevo, así era la mayor parte del agua que bebimos en la jungla, y no morimos allí.

Así que la trago de un tirón.

—¿Cuándo volverán por nosotros? —dice Viera cuando terminamos, después de que cada uno de nosotros se mueve a sus pequeñas camas, sin saber a dónde más ir—. Porque estoy a punto de desmayarme aquí mismo.

—Yo puedo hacer la primera guardia —se ofrece Malo.

¿Primera guardia? ¿Aquí? Por supuesto, estas personas pueden no ser amigas. Acabamos de conocerlas, y Rackt dejó claro que se nos pretende usar. Objetivos en su juego. Así que le digo a Malo que me despierte en unas horas, no es que sepa cómo va a medir ese tiempo sin estrellas o Ignos brillando sobre nosotros.

Esa pregunta no me mantiene despierta mucho tiempo: tan pronto como mi cabeza toca la almohada, me quedo dormida.

CAPÍTULO 12
EL BOSQUECILLO

TODO ES TAN VERDE. No es lo que Sax espera cuando las puertas se abren, cuando revelan una extensión abovedada con una vista del espacio estrellado. El suave césped se extiende frente a ellos, interrumpido aquí y allá por plantas más grandes y mesas alineadas con las estructuras en forma de escalera que los Ooblots prefieren usar como sillas.

Varios drones UV zumban por la zona: barras flotantes que emiten luz y viajan asegurándose de que cada planta reciba la cantidad necesaria antes de seguir su camino.

Sax ha visto cosas así antes, generalmente cuando llamaban a los Vincere para algún tipo de experiencia celebratoria como símbolos del poderío militar de Amigga. Los propietarios adinerados señalaban y vitoreaban mientras Sax y sus compañeros desfilaban, y él miraba a todos esos sacos de carne inútiles deseando poder volver a su nave.

Siente lo mismo aquí. Este no es un lugar para él, ni para Bas. Pero al menos no hay un minero señalándole la cara; el único que está allí para recibirlos es el vyphen azul y dorado, Eneks, quien parece poco entusiasmado de ver a dos Oratus detrás de D'Arscale.

—Creí que habías dicho que necesitabas más seguridad —dice Eneks, con sus ojos fijos en Sax.

Está claro que el Vyphen lo reconoce, pero Sax no menciona el bar.

—Estos dos son la razón —responde D'Arscale—. Destruyeron mi casino.

—Fue en defensa propia —sisea Bas—. Tus propios clientes destruyeron tu casino.

D'Arscale no se digna a responder a eso y, después de un momento incómodo, Eneks los guía lejos del ascensor y a través del jardín.

Más allá de las flores, hay hileras ordenadas de productos en crecimiento. Vegetales y frutas. Sax apuesta a que nada de esto sale de este nivel hacia el resto de la estación.

—Tus hermanas tienen un buen lugar —le dice Sax a D'Arscale—. ¿Por qué tienes que quedarte en el casino?

—Es mi elección.

Eneks suelta una risa burbujeante.

—No estamos aquí para hablar contigo, Vyphen —dice D'Arscale.

Después de los jardines, llegan a un edificio extenso, aunque plano. Demasiado bajo para que Sax y Bas entren, el espacio apenas tiene un metro de altura. Suficiente, sin embargo, para que un Ooblot se deslice por debajo y tal vez lo disfrute. Aunque es bastante ancho. Cerca de un tercio del nivel.

Entonces Sax se da cuenta de lo que está haciendo el techo, y realmente está impresionado. Un techo translúcido, que da a los que están dentro del edificio una vista perfecta de las estrellas sobre sus cabezas. Aquí, el hogar del Ooblot tiene lo mismo, y Sax puede seguir el progreso de las dos hermanas por el cambio del techo cremoso que aparece y desaparece de la vista.

Cosas como esta son caras, y la *Estación Scrapper* no grita lujo. Estos Ooblots deben estar llevando a cabo algún otro negocio aquí para poder permitirse estas cosas.

—Les presento a las Hermanas —dice Eneks un momento después, haciéndose a un lado, manteniendo un ojo en ambos Oratus.

D'Arscale cerró los ojos por un largo segundo.

—Las van a adorar.

CAPÍTULO 13

UN PASEO CON LA IRA

MALO ME DESPIERTA algún tiempo después; en esa habitación oscura, no tengo idea de cuánto tiempo ha pasado, aunque a juzgar por sus ojos hundidos y mi relativa alerta, Malo aguantó mucho tiempo antes de despertarme. Murmura algo sobre que no hubo interrupciones y se desploma en su propia cama.

Parpadeo por un minuto en la oscuridad. La última vez que había montado guardia, estábamos de vuelta en la Tierra, al aire libre. Allí, al menos, podías ver arder una fogata o escuchar los sonidos de la naturaleza. Ahora solo tengo el zumbido omnipresente de la maquinaria para escuchar y nada en absoluto para ver.

Lo que me lleva primero a mi imaginación, y luego a la cosa en mi muñeca. El brazalete de esmeralda opaca que Ignos me había dado. El Cache. Contiene, teóricamente, todo el conocimiento que los Sevora pusieron en él. Podría buscar en sus archivos y aprender más sobre Vimelia, sobre los Sevora y, tal vez, El Amanecer de la Claridad.

El problema con el Cache, sin embargo, es que usarlo es más como sumergirse en un océano que leer una página.

Estaría inmersa en su información e incapaz de darme cuenta si alguien decidiera entrar en la habitación.

Así que no, no puedo traicionar a Malo y Viera.

En su lugar, camino de un lado a otro. Practico mis pasos silenciosos, deslizando mis pies por el frío suelo metálico. Escucho la suave respiración de Viera y Malo, y los suaves ronquidos de este último. Repaso los nombres, susurrándolos en voz alta, de todas las personas de mi antigua tribu, preguntándome cuántas de ellas siguen vivas. Cuántas de ellas me recuerdan.

Me pregunto qué piensan mis padres que me pasó; la última vez que los vi, les dije que iba a detener al par de Oratus que habían salido corriendo por la jungla buscándome. Cuando no regresé, ¿asumieron que había muerto allí fuera?

Eventualmente, sin embargo, el aburrimiento surge de nuevo. No ha habido señales de nada en la puerta, ningún mensaje o palabra de Sapphrite, Rackt o alguien más. De todos modos, ¿dijeron que estaríamos a salvo aquí? ¿Que seríamos la clave para sus planes?

Que no nos harían daño.

Así que levanto el Cache, lo miro, y ante mi mirada y con mi pensamiento enfocado, destella en mis ojos un verde brillante y me pierdo.

Primero busco a Vimelia, los Sevora, y me sumerjo en su historia de conflicto. El descubrimiento se desarrolla a mi alrededor: su primer encuentro con una nave Flaum estrellada, la toma de huéspedes y el lento crecimiento fuera de su planeta hacia la galaxia más amplia. Incluso mientras estos eventos se desarrollan, capto un estribillo constante que se sobrepone a todo:

Miedo.

Presiono el Cache sobre esto. Sobre cómo el miedo se

relaciona con los Sevora y los escenarios se arremolinan: miedo al descubrimiento antes de que estén listos como especie, miedo a perder un huésped valioso, miedo a su propia debilidad. Y, también, miedo a su propia irrelevancia.

Para los Sevora, según los registros del Cache de miles de debates, escritos y más de sus propios historiadores, nunca han sido capaces de responder a la pregunta de por qué tantas otras especies son autosuficientes mientras ellos están vinculados, inexorablemente, a la toma de otros.

Me elevo de nuevo fuera de ese pozo de desesperación y en su lugar trato de encontrar rastros de El Amanecer de la Claridad. Cuando lo hago, una cosa domina todo lo demás:

Sapphrite, el Amigga.

El primer y único Amigga jamás capturado por los Sevora, y hecho así temprano en sus guerras en curso. Los fragmentos dispersos sobre la captura de Sapphrite revelan que, al igual que Dalachite, Sapphrite había sido encontrado en un puesto avanzado solitario realizando todo tipo de experimentos.

Estoy a punto de sumergirme en la grabación de la captura de Sapphrite cuando mi percepción se sacude. El Cache se vuelve borroso. Las palabras se difuminan y luego desaparecen por completo y estoy de vuelta en nuestra habitación. Solo que ahora no estamos solos.

Sapphrite está esperando a que salga del Cache, y está solo. Mirándome fijamente. La habitación permanece oscura y, por lo que puedo ver de un vistazo, Malo y Viera siguen dormidos.

—Ven conmigo —dice Sapphrite.

Hay un sinfín de razones por las que debería decir que no a esto, pero la razón por la que acepto, por la que sigo a Sapphrite fuera de esa habitación es que, para mí, sigo siendo la Emperatriz de los Charre. Todavía tengo un pueblo, aunque estén lejos a través de las estrellas, y ese pueblo merece una Emperatriz que intente todo lo que pueda para mantenerlos a salvo.

No puedo hacer eso escondiéndome en la habitación.

La silla de Sapphrite va lenta, lo cual no me importa ya que le da tiempo a mis ojos para recuperarse de la oscuridad de la habitación. Serpenteamos por los corredores del Búnker y volvemos hacia la mesa del ala. No hay nadie esperándonos, y Sapphrite sigue adelante. Bajando hacia las tiendas.

—Tienes un Cache —afirma Sapphrite.

Como el Amigga me atrapó usándolo, no parece haber razón para mentir, así que solo asiento. Sapphrite no responde y recuerdo que es un Amigga, y ahora está mirando hacia adelante. Guiándonos a través de las pilas de desperdicios y cuerpos dormidos.

—Sí —digo—. Los Sevora me lo dieron.

—Es una herramienta peligrosa —dice Sapphrite—. He conocido a muchos que se han perdido en uno. El conocimiento puede ser tan embriagador como cualquier droga, y si olvidas tu cuerpo mientras te deslizas por los tesoros interminables de un Cache, pueden ser fatales.

Entiendo que el Amigga probablemente está haciendo conversación, pero no estoy de humor para charlas sin sentido.

—¿Adónde vamos? —pregunto.

—A ninguna parte —responde Sapphrite—. Quiero que asimiles este lugar, las especies que están sufriendo aquí, esperando esperanza, para que cuando te lo pidamos, digas que sí.

No soy tan insensible como para no ver de lo que habla Sapphrite. A pesar de las pequeñas fogatas de cocina, la mayoría de las especies aquí lucen demacradas y cansadas.

Enfermas o viejas. El pelaje, cuando está presente, es irregular y los cuerpos babosos de los Whelks muestran una serie de parches costrosos y calcificados.

—Los Sevora podrían aplastarlos cuando quisieran —digo—. No es que no puedan encontrarlos, es que no les importa.

—No lo suficiente —concuerda Sapphrite—. Solíamos ser más fuertes. Atacábamos la superficie a menudo, causábamos caos. Intentábamos enviar un mensaje a los Vincere con la ubicación de Vimelia. Pero nunca tuvimos éxito, y ahora hemos perdido a muchos, mientras que los Sevora solo mejoran en mantener a sus huéspedes contenidos.

—Entonces, ¿qué van a hacer?

—Si el Coro se entera de Vimelia, enviarán una fuerza demasiado fuerte para que los Sevora sobrevivan. Necesitamos dar a conocer la ubicación de este mundo, Kaishi. Tú puedes ayudarnos a hacerlo.

—¿Y qué obtenemos nosotros? ¿Malo, Viera y yo?

—Podrán volver a casa —dice Sapphrite—. Podrán olvidarse de este mundo, de esta lucha. Volver a la vida que conocían antes.

Me río. Es una carcajada cínica, pero no puedo evitarlo. ¿Olvidar? Nunca lo haría, y no querría hacerlo.

—No hay vuelta atrás una vez que has tenido una voz en tu cabeza —respondo—. Una vez que has visto y sentido lo que nosotros hemos visto y sentido.

Sapphrite no discute el punto, pero el Amigga sí se da la vuelta. Estamos al pie de otra escalera, y me doy cuenta de que no hay ascensores en esta cámara. Ninguna de las puertas tiene rampas que conduzcan a ellas. Alguien debe cargar al Amigga, o de lo contrario ha estado atrapado aquí abajo durante mucho tiempo.

—Tal vez no, pero pueden intentarlo. —Sapphrite

comienza a moverse de vuelta entre las tiendas, y no tengo más remedio que seguirlo.

Si hay algo que he aprendido desde que Malo me alejó de mi tribu, es que la caridad es rara. Sapphrite nos está ofreciendo una salida, pero debe tener una razón. A Dalachite no le importaba nada más que sí mismo y sus experimentos. No puedo esperar que Sapphrite sea diferente.

—¿Cuál es tu motivo? —le pregunto a Sapphrite mientras pasamos junto a un trío de Flaum dormidos—. ¿Por qué ayudar a toda esta gente?

Sapphrite no se detiene. Sus brazos metálicos cuelgan inertes a sus costados mientras avanza rodando. —Los Sevora arruinaron todo por lo que trabajé. Destruyeron mi investigación, me impidieron completar el propósito de mi vida. Provocar su fin por la fuerza de mis compañeros Amigga sería la venganza más dulce.

—¿Eso es todo? ¿Venganza?

Ahora el Amigga se detiene, gira la silla para mirarme directamente con su único ojo. —Voy a morir, Kaishi. En este planeta, no puedo acceder a las terapias que permiten a los Amigga continuar indefinidamente. Enigmas que resolvimos hace siglos ahora están volviendo para destrozar mi cuerpo. Un Amigga puede ser asesinado, pero ¿morir? ¿De causas naturales?

Espera que comparta su perplejidad, su negación ante un proceso que ha afectado a cada Solare y Charre desde que existe la humanidad.

—¿Los Amigga no mueren? —logro preguntar finalmente.

—No de esa manera. No a menos que estés aislado —Sapphrite deja escapar un suspiro por su altavoz—. Lo cual he estado, por demasiado tiempo.

Cuando regresamos al ala, Malo y Viera, junto con

Rackt y varios otros, nos están esperando. Mis amigos no parecen particularmente contentos cuando me acerco con el Amigga, y puedo adivinar por qué.

—Buen trabajo vigilando, Emperatriz —me dice Viera cuando nos acercamos—. No hay nada que me guste más después de un largo sueño que despertar con esta cosa en mi cara.

Asiente hacia un Whelk púrpura. La cosa babosa, por su parte, hace lo que creo que es un encogimiento de hombros al hacer temblar su cuerpo y rodar los ojos.

—Es mi culpa —interviene Sapphrite—. Le pedí que viniera conmigo, para que pudiera aprender, para que pueda ayudarlos a entender por qué volverán a la superficie.

—Sé por qué volveremos arriba —responde Viera, recuperando su carácter fogoso con su energía—. Para salir de este lugar y volver a casa. ¿Verdad, Kaishi?

Malo no dice nada, pero por su mirada directa, sé que está deseando lo mismo. Sapphrite, aparentemente terminado por el momento, solo me mira y espera.

—Quieren nuestra ayuda, Viera —empiezo—. Y nos van a dar la oportunidad de volver a casa, sí.

—La forma en que lo dices hace parecer que hay un truco.

No serví mucho tiempo como Emperatriz, no antes de ser destituida por un par de Oratus enojados, de todos modos. En ese tiempo, sin embargo, aprendí a reconocer una audiencia. A entender que no estoy realmente dando un discurso a una persona cuando respondo una pregunta, sino a todos.

—El Amanecer de la Claridad necesita ayuda —digo—. Van a perder esta lucha, y pronto, a menos que los ayudemos a convertir a Vimelia en un objetivo para los Vincere. Sapphrite tiene un plan, y parte de ese plan nos lleva a conseguir una nave y volver a casa, pero no podemos simplemente irnos por nuestra cuenta. —Ahora esbozo una pequeña sonrisa a Viera—. No en último lugar porque ninguno de nosotros sabe cómo pilotar una de esas naves.

Hay una pausa, luego Viera lanza un suspiro teatral al aire. —Está bien. ¿Cuál es ese plan?

—Va a requerir algo de valentía —dice Sapphrite—. Pero creo que ustedes son el trío perfecto para llevarlo a cabo.

CAPÍTULO 14

UN TRATO TRAS OTRO

UNA VIOLETA, del color del crepúsculo que se acerca, y la otra de un blanco azulado, como un nuevo amanecer. Las Hermanas emergen de su casa como un par de líquidos particularmente suaves, menos sus tallos oculares, que se orientan hacia los Oratus sin sorpresa.

Ambas se forman, de pie, o más bien, sentadas a medio metro de altura. Sax y Bas las miran desde arriba, y Sax se prepara para contar su historia.

—Hermano —comienza la hermana azul—. Una vez más has causado un problema. Ya te hemos eliminado de este nivel, te hemos quitado los derechos administrativos.

—¿Qué más podemos hacer? —dice la violeta.

—Tengo una idea, hermana —responde la azul.

—¿Cuál es, hermana?

—Estos dos, están buscando nuestro favor, ¿verdad?

Cuatro tallos oculares giran hacia Sax y Bas, y los Oratus asienten.

—Entonces aquí está mi plan —dice la azul—. Maten a nuestro hermano, y escucharemos su propuesta.

—¿Qué? —D'Arscale aletea—. ¿Matarme?

—Te has convertido en un lastre —dice la violeta—. Estoy de acuerdo con tu plan. Oratus, ¿están de acuerdo también?

Sax mira a Bas, quien muestra los dientes. D'Arscale no ha hecho nada para merecer su misericordia, no ha hecho nada más que merecer su propia desaparición.

—Estamos de acuerdo —sisea Sax.

D'Arscale intenta huir, su cuerpo líquido retorciéndose hacia atrás mientras sus tallos oculares se convierten en ese duro cemento Ooblot.

Sax lo atrapa con su cola, la envuelve firmemente alrededor de D'Arscale. Se cierne sobre el Ooblot, luego se vuelve hacia las Hermanas.

—¿Cómo?

—Como deseen —dice la azul—. No somos monstruos.

Así que Sax lo hace de la manera amable: pregunta por la esclusa de aire más cercana. Hay una en este nivel, lista para escapes rápidos, así que juntos los seis cruzan el jardín hacia ella. Eneks coloca una mano emplumada en el centro de la puerta circular, que emite un sonido afirmativo al abrirse.

—¿Esto es lo que quieren? —pregunta Bas mientras Sax agarra al Ooblot con sus cuatro garras.

—Nuestro hermano ha causado demasiadas molestias como para dejarlo con vida —dice la azul.

—Sigue olvidando nuestros cumpleaños —añade la violeta—. Entre muchos otros insultos. D'Arscale simplemente no es digno del nombre Ooblot.

—¡Son malvadas! —D'Arscale se descongela lo suficiente para soltar una serie de invectivas más duras, ninguna de las cuales parece afectar a las Hermanas en lo más mínimo.

—¿Lo ven? —dice la azul cuando D'Arscale por fin se

queda callado—. No tiene sentido mantener una cosa así por aquí.

—Háganlo —dice la violeta.

Con ese debate resuelto, Sax arroja al D'Arscale que lucha indefenso dentro de la esclusa de aire. Eneks cierra la puerta y, con una segunda presión, abre el portal al frío vacío del espacio.

Sax está seguro de que D'Arscale está gritando, pero no oyen ningún sonido mientras el Ooblot es succionado hacia la nada infinita.

Con eso resuelto, Sax se vuelve para enfrentar a las Hermanas y, ante su insistencia, les cuenta sobre Twillo, sobre la necesidad de comprar la carga de Plake para que Sax y Bas puedan asegurarse un viaje fuera de la estación.

—¿No les gusta aquí? —pregunta la azul, que se presenta como L'Reneo—. ¿*Scrapper Station* no es un paraíso para un par de Oratus?

—No está construida para nosotros —Bas ofrece una respuesta mucho más diplomática de lo que Sax habría logrado.

—Como la mayor parte de la civilización, al parecer —dice la hermana violeta, N'Ollene—. Sin embargo, debemos continuar, incluso si nuestros esfuerzos desagradan a los poderosos Oratus.

—Tu sarcasmo no es necesario —sisea Sax.

—Oh, pero lo es. No podemos herirlos físicamente, así que las palabras deben ser nuestras únicas armas —responde N'Ollene.

—¿Por qué herirnos en absoluto? —dice Bas—. Queremos irnos, ustedes pueden facilitarlo. Háganlo, y se lo agradeceremos.

—¿Quién? —dice L'Reneo.

—Los Vincere —dice Sax—. Nos están buscando.

Las Hermanas giran sus tallos oculares una hacia la otra. Mantienen la mirada por un segundo, luego giran de vuelta hacia los dos Oratus. Por su parte, Eneks parece estar disfrutando mirar por la esclusa de aire tras el punto de luz que se desvanece que es el cuerpo congelado en el vacío de D'Arscale.

—Entonces podemos hacer un trato —L'Reneo tiembla al decir esto.

—No quiero más tratos —sisea Sax—. Estoy cansado de tratos. Cansado de deambular por esta estación y hablar con personas que, de alguna manera, están conectadas con todos los demás.

—Oh, pero te gustará este trato —dice N'Ollene—. Está en tu campo. Tu especialidad, si quieres.

—¿Qué? —dice Bas.

—Ustedes quieren una salida, y nosotras queremos que se elimine a una persona en particular —L'Reneo gira sus tallos oculares hacia Eneks—. El hermano de nuestro amigo fue asesinado recientemente en un horrible ataque en esta misma estación, por un Whelk. Uno rojo.

—Maten al Whelk, y dejaremos que Twillo compre sus provisiones —añade N'Ollene.

—Pero el Whelk trabaja para Plake; si lo matamos, ella nunca nos dará su nave —Sax sacude la cabeza.

—Entonces tal vez tendrán que matarlos a todos y tomar su nave para ustedes mismos —dice L'Reneo—. *Scrapper Station* exige justicia por nuestro residente asesinado, Oratus. Entréguenla, y obtendrán lo que quieren.

CAPÍTULO 15

JUGANDO EL JUEGO

EXPLORO las tiendas con Malo como una forma de relajarnos, para ver y caminar entre las luces de colores, los paisajes y los sonidos de las especies en ebullición. No creo que los detalles del plan de Sapphrite hayan llegado al público, pero cualquiera podría darse cuenta de que hay movimientos importantes en marcha; por un lado, el Búnker está inundado de gente que entra y sale. Las diversas esclusas de aire que conducen fuera del asentamiento se abren y cierran constantemente, mientras los agentes, ingenieros y mensajeros de El Amanecer de la Claridad envían mensajes y materiales a donde se necesitan.

Viera está con Rackt, quien le ha prometido encontrar algunos mineros y asegurarse de que sepa cómo dispararles. Malo está más contento con las hojas dentadas que tienen esparcidas por ahí —la mayoría aparentemente rotas de la chatarra—, así que asume el papel de mi protector mientras deambulamos.

—En muchos aspectos, esto se siente como mi hogar —digo mientras pasamos junto a un cuarteto de Teven agrupados alrededor de una hoguera—. Todos viviendo y trabajando juntos para sobrevivir.

—No había una amenaza existencial en casa —responde Malo—. Todas estas especies saben que podrían morir en un instante si los Sevora de arriba decidieran que vale la pena el esfuerzo.

—¿No crees que sentíamos lo mismo con respecto a los Charre? ¿Los Lunare? Cualquiera de ustedes podría habernos aplastado si lo hubiera elegido.

Malo niega con la cabeza.

—Nunca tuvimos interés en la conquista. Había mucha tierra hacia el Oeste para nosotros. Saquear sus tribus era más para mantener a nuestros soldados preparados, confiados. Para reunir sacrificios honorables.

—Bueno, ahora me siento mejor.

Pasamos por una tienda destartalada que brilla con luz azul. Miro adentro y veo estantes y estantes de pequeños cubos contra las paredes, la mayoría pulsando. Son hipnotizantes, y entro, alargo la mano para ver cómo se sienten, cuando algo largo y peludo agarra mi brazo.

—A menos que seas pura energía, mejor no toques esos —es una voz áspera, tranquila y dura—. Te quemarán la piel, derretirán tus huesos y te convertirán en un charco humeante.

Sigo el brazo y veo que está unido a una cosa monstruosa de tres extremidades con lo que parece ser media boca sobresaliendo de un torso ancho. Como si un Flaum y un Amigga hubieran sido aplastados juntos, sin mucho cuidado por cómo encajan las cosas.

—Quita tus manos de ella —dice Malo, interponiéndose entre nosotros.

—No pretendía hacer daño —la boca de la criatura se

retuerce y chasquea mientras habla—. Solo intentaba evitar que tu amiga se matara.

—Gracias —hablo rápidamente—. Por la advertencia.

No veo ojos en la criatura, pero claramente sabe dónde estamos parados, ya que está orientada hacia nosotros, y su brazo central —el que me agarró— cuelga listo para alcanzarnos de nuevo. Las otras dos extremidades, sus piernas, terminan en lo que parecen ser pies enormes pero delgados.

—¿Qué eres? —Malo hace la pregunta, por lo cual estoy agradecida, incluso si suena grosero.

—Un accidente. —La criatura no parece en absoluto avergonzada por esto—. Un error de los Sevora. Uno viejo, además. Intentaron acoplar diferentes especies en uno de sus tanques, y cuando no funcionó, intentaron matarme.

—¿Escapaste?

—Liberado —la criatura emite una risa rasposa—. El científico Sevora que me creó pensó que sería cruel quemarme. Así que me dejó ir en las alcantarillas en su lugar, como si eso fuera algún tipo de misericordia. Caí hasta aquí y mira, una inútil raza mixta vigilando baterías. Qué logro.

—¿Entonces estos van en los mineros? —asiento hacia los cubos.

—En todo lo demás también —responde la criatura—. Desviamos la energía que podemos de arriba. No es mucho, pero mantiene este lugar cálido, los filtros funcionando y nuestras armas con suficiente energía para causar algún daño.

—No pareces muy emocionado.

—¿Qué hay para emocionarse? ¿Ese ataque que Sapphrite está planeando? —De nuevo la criatura cae en su risa entrecortada, que está empezando a molestarme—. Hemos hecho cientos de esos. Causan algo de caos, pero los Sevora siempre nos alejan. Luego vienen por venganza, pero sus facciones impiden que alguien se comprometa demasiado, así que curamos nuestras heridas y esperamos para intentarlo de nuevo.

—No se puede ganar una guerra de esa manera. —Malo me mira de reojo, sus ojos moviéndose hacia la salida—. Tiene que haber impulso, una voluntad de seguir luchando hasta que el enemigo desaparezca.

—O hasta que hayas hecho las paces —agrego, dando mi propio paso lejos de la criatura.

—Paz. Esa sí que es una idea graciosa. ¿Crees que estoy aquí abajo porque declaré la guerra a los Sevora? —La criatura nos sigue mientras nos alejamos de los cubos brillantes —. No. Me querían fuera porque les recordaba sus propios fracasos. Soy una mancha que hay que limpiar, no algo con lo que se pueda negociar.

Llegamos al borde de la tienda y seguimos adelante, ambos despidiéndonos a medias.

—¡Para ellos, no somos nada! —grita la criatura mientras nos alejamos—. ¡Nada!

Llegamos a un lugar tranquilo con algunas cajas dispersas entre un par de tiendas más grandes. Una hilera de luces verdes brillantes le da al claro un ambiente relajante, que es lo que busco después del encuentro con el extraño guardián de baterías.

—Se parece a la jungla, ¿no? —le digo a Malo mientras me dirijo hacia la caja.

No es exactamente una silla cómoda, pero simplemente sentarme por un momento le da a mi mente la oportunidad de reiniciarse. De respirar los olores y envolverlos alrededor de los pensamientos. Tantos de ellos al borde de la familiaridad, tantos completamente nuevos.

—No sé en qué jungla vivías tú, Kaishi, pero la que

yo recuerdo no tenía luces como estas. —Malo se sienta cerca de mí. Noto que ha recogido una barra de metal rota de algún lugar y la sostiene como solía sostener su lanza.

—No ha pasado tanto tiempo —digo—. Pero se siente como una eternidad desde que dejamos nuestro hogar.

—El flujo del tiempo está impulsado menos por el paso de los días y más por las experiencias —responde Malo—. Al menos, eso es lo que nuestros guerreros les decían a los novatos cuando entrenábamos. Su punto, creo, es que olvidaríamos las horas en sus monótonas lecciones y recordaríamos los resultados.

—¿Lo hiciste?

—Sigo vivo, así que supongo que sí.

Asiento hacia el palo de metal.

—Y has recordado tener siempre un arma a mano.

—No necesito recordar eso, Emperatriz —Malo mira el bastón como si fuera lo más valioso que posee—. Estas aventuras me han enseñado que cada momento que estoy sin una, soy vulnerable.

—Eres un buen soldado, Malo —digo, y le lanzo una sonrisa para suavizar lo que diré a continuación—. Pero podrías ser un mejor amigo.

—¿Un mejor amigo?

—Eres tan serio. Siempre pensando en la misión, en mantenerme con vida o en estar atento a la próxima amenaza. No todo peligro viene del exterior, ¿sabes?

—¿Estás bien, Kaishi?

—Mira, Malo, dejemos de preguntar por mí por una vez. ¿Qué hay de ti? ¿Estás bien?

Esta pregunta parece confundir a Malo.

—Estoy bien, Emperatriz.

—No, no es eso lo que estoy preguntando. ¿Cómo te

sientes acerca de todo lo que hemos pasado? ¿Sobre lo que Sapphrite nos está pidiendo que hagamos?

Ahora lo entiende. Aparta sus ojos de los míos y los pasea por las partes del asentamiento que podemos ver.

—No hay nada que haya vivido que pudiera haberme preparado para esto —comienza Malo—. Es una sorpresa tras otra, lo cual puedo manejar. Lo que es más difícil, sin embargo, es ver cómo todas las estructuras con las que he vivido son destrozadas. Una vez pensé que los Charre eran la mejor gente viva, y ahora sé que no somos nada comparados con todos estos otros. Si quisieran, los Sevora podrían destruirnos. También podrían hacerlo los Vincere. No tengo duda de que El Amanecer de la Claridad, por más desaliñados y perdidos que estén, se burlarían de todos nuestros guerreros y sus años manejando lanzas y disparando flechas. En resumen, Kaishi, me siento inútil.

En las palabras de Malo escucho mis propios pensamientos cristalizados: nosotros, la humanidad, estamos siendo reducidos a fichas de negociación por razas mucho más fuertes que la nuestra. Hemos pasado de ser dueños de nuestros propios destinos a peones en un juego que apenas puedo concebir, mucho menos jugar.

Pero entonces, aquí estamos, inmersos en un grupo lleno de rebeldes, refugiados y desechos que no aceptarán que su papel es el de la servidumbre, que su destino está decidido por otros.

—Tenemos que recuperarlo —susurro las palabras al principio—. Nuestra capacidad de acción, nuestra elección.

—¿Cómo?

—Empezamos aquí. Con el plan de Sapphrite. Comenzamos por alzar la voz. Tú has liderado cientos de incursiones. Yo he estado escabulléndome por las selvas desde que podía caminar. Y Viera...

—Viera es impredecible, pero siempre a nuestro favor —termina Malo por mí.

—Exactamente. Este puede ser el hogar de El Amanecer de la Claridad, y esta puede ser su idea, pero si vamos a llevarla a cabo, entonces los humanos vamos a tener participación en ello.

Solo decir las palabras ayuda. Mi sangre bombea con más fuerza, mi sonrisa se siente más confiada de lo que ha sido en cualquier momento desde que dejamos Damantum.

Malo agarra mi mano izquierda con fuerza. Ha pasado mucho tiempo desde que sentí su agarre, cálido y áspero. Hay mucho contenido en su toque, y encuentro su mirada no como Emperatriz, no como la hija de un jefe Solare, sino como una amiga que encuentra fuerza en otro.

CAPÍTULO 16

NEGOCIACIONES INTERRUMPIDAS

UNA VEZ MÁS, Sax se encuentra deseando la simple claridad de una misión Vincere. Un comandante, un objetivo y una horda de malvados Sevora para destruir. En su lugar, él y Bas se dirigen al ascensor, de vuelta a la estación propiamente dicha, en busca de Agra-Red. Aunque qué hará Sax cuando encuentre al Whelk es una pregunta que no puede responder.

De vuelta en el Nexo, Sax da un paso fuera del ascensor, buscando el camino hacia el brazo de atraque, cuando Bas le toca el hombro con su garra delantera derecha.

—Sax, antes de continuar, necesito ocuparme de... mí misma —Bas mira sus cortes y heridas, sus escamas dobladas.

Como si el acto de reconocer que son criaturas vivas y respirantes rompiera un hechizo, Sax siente el peso de su propio agotamiento aplastante. Necesitan un lugar para dormir, necesitan suministros médicos. Y ninguno de los dos puede conseguirse gratis. Aun así, primero van a la única enfermería de la estación, un lugar marcado solo por un círculo brillante de color verde: ese signo universal de salud.

Dentro, un par de alegres Teven le dicen a Sax y Bas que el costo del tratamiento por los robots médicos y la estadía en una de las salas de recuperación será mucho más de lo que cualquier Oratus puede dar.

Sax está listo para volver a la probada y confiable exhibición de sus garras, pero Bas lo detiene con un toque de su cola.

—No tenemos con qué pagar —dice Bas—. Pero tenemos influencia.

—¿Qué tipo de influencia? —responde el Teven líder, uno con un inusual caparazón rayado en negro y púrpura—. No necesitamos más espacio, y las Hermanas nunca nos reemplazarían.

—Con sus clientes —sisea Bas, y mira sus garras—. Les traeremos más, muchos más, si nos arreglan ahora.

Los Teven, con sus ojos asomándose por los agujeros de sus largos caparazones, miran fijamente las garras, luego hacen una breve danza con sus extremidades golpeando los caparazones del otro.

Sax siempre ha odiado los lenguajes secretos.

—¿Cuántas peleas planean iniciar? —dice el Teven líder.

—Muchas —responde Sax.

—¿Esperemos que no sean suficientes para desmontar la estación?

—No —Sax no tiene idea de lo que se necesitaría para destruir la *Estación Desguazadora*, pero está razonablemente seguro de que las cosas no llegarán a ese punto.

Aunque Sax y Bas han dejado su buena parte de destrozos atrás, *Cobalto* incluido.

—Entonces, si pueden garantizar al menos otros cinco clientes, les condonaré las tarifas de reparación y descanso.

Es un trato. Los Teven no tienen salas de atención específicas para Oratus —hay tan pocos de la especie fuera de los Vincere que no tendría sentido—, así que Sax y Bas se separan. Cada uno toma una de las habitaciones más grandes disponibles, normalmente destinadas a los pesados Whelk.

Las habitaciones en sí son claras, color crema. Con baldosas en los suelos y paredes. Sax no está seguro de por qué hasta que mangueras lo rocían con agua por todos lados. Solo que no es solo agua: la sustancia se adhiere a él, parece retorcerse sobre sus escamas.

Nanobots.

Las pequeñas cosas muerden y pican, tejen y cosen el cuerpo de Sax. Sax no cree tener muchas heridas nuevas, pero entonces siente que sus piernas le hacen cosquillas, se desgarran y crecen.

Están reparando las quemaduras, injertando y empatando nueva piel y escamas justo ahí.

Mucho antes de que los nanobots terminen, Sax es conducido a una sala de recuperación, una tranquila caja silenciosa con vista al espacio y las estrellas. De nuevo, no hay sillas para Oratus aquí, pero Sax se las arregla con un gran sofá. Un robot de servicio se cierne sobre él con una bebida nutritiva, y Sax toma un largo sorbo, siente que los nanobots zumban y se sumerge en un sueño largamente anhelado.

El *Mobius* los espera en el Brazo de Atraque Uno. Sax se siente mejor de lo que se ha sentido en mucho tiempo, aunque los Teven les recuerdan cuando se van sus prometidas "referencias".

No es que a Sax le importe; si no tienen que despedazar a media docena de personas, entonces está bien manteniendo sus garras guardadas. Los Teven no pueden hacer mucho para hacer cumplir su parte del trato.

Atracado, el *Mobius* parece pertenecer aquí. Cada parte

de la nave parece estar destinada a otra cosa. El exterior es de una docena de colores diferentes, todos ellos picados y marcados por los escombros espaciales. Motores, armas y módulos de vida brotan del gran núcleo de carga en varios ángulos, de tal manera que Sax piensa que Plake debe dar a su tripulación libertad para hacer lo que quieran con su nave.

—Nunca ganará una pelea en atmósfera pesada —dice Coorvin, bajando por la rampa de la nave hacia ellos—. Plake, sin embargo, dice que pertenece al espacio profundo. Nunca quiere llevar esta cosa a otro planeta Amigga.

El pequeño y viejo Flaum se acerca, mirando a cada uno de ellos.

—¿D'Arscale los envió aquí? —pregunta finalmente Coorvin.

Sax decide que el Flaum no merece ser enviado a los Teven.

—D'Arscale está disfrutando de un recorrido escénico por el espacio local —Bas sonríe ampliamente. Sus escamas de oro rosado brillan bajo la luz intensa de la bahía de atraque, pulidas lo suficiente por su reciente reparación como para hacer que Coorvin incluso se estremezca un poco.

—Ah —responde el Flaum—. Entonces, ¿esto es... una visita social?

—¿Has oído hablar de las Hermanas? —pregunta Sax, y cuando Coorvin niega con la cabeza, Sax pone al Flaum al corriente.

—Plake no estará contenta si matan a Agra-Red —Coorvin mira detrás de él, de vuelta a la rampa—. El Whelk ha sido su músculo durante mucho tiempo.

—Por eso estamos aquí, al aire libre —dice Bas—. Queremos que nos saque de la estación. Plake tiene la oportunidad, ahora, de darnos eso, ya sea con Agra-Red o sin él.

—¿Por qué no prueban con una de las otras naves? —Coorvin asiente detrás de ellos—. Hay al menos una docena más atracadas.

Si Sax tiene que explicar todos los retorcidos eventos que los llevaron hasta aquí una vez más, va a empezar a asesinar todo lo que tenga a la vista.

—No tenemos dinero —Sax resume brevemente—. Necesitamos influencia con cualquiera que nos acepte. Las Hermanas nos dan esa influencia.

—Creo que descubrirás que las Hermanas no te darán tanto como necesitas —dice Coorvin—. Pero iré a buscar a Plake y podrás exponerle tu caso.

El Flaum desaparece de nuevo por la rampa.

—Si nos atacan —dice Sax—, me encargaré del Whelk.

—¿Intentando protegerme? —responde Bas.

Sax suelta una risa sibilante.

—Creo que los Whelk son sabrosos.

No esperan mucho hasta que Coorvin reaparece, con Plake a cuestas. La Vyphen no parece encantada de verlos, aunque su expresión cambia, al igual que la de todos, cuando las alarmas de la estación espacial comienzan a sonar.

—¡Una nave Vincere se acerca! —anuncia una voz que Sax reconoce como la de Eneks—. ¡Cualquiera que quiera huir, su momento es ahora! ¡La *Estación Scrapper* no acepta responsabilidad por las consecuencias de su intento de escape!

—Supongo que eso significa que deberías correr —le dice Sax a Plake, quien se ríe.

—¿Por qué? ¿Vas a intentar vengarte? Solo estaba vendiendo mi carga a un buen precio.

—Nos vendiste como esclavos.

—Difícilmente —la boca gomosa de Plake se desliza en

una mueca—. D'Arscale dijo que eventualmente serían entregados a los Vincere, que él asumiría cualquier culpa por retenerlos.

—D'Arscale es un carámbano ahora —responde Bas—. Lo que significa...

Plake agita su brazo emplumado.

—Basta. No acepto amenazas de Oratus. Su salida está aquí. Tómenla. Pueden intentar implicarme si quieren, pero les salvé la vida, maldita sea. Creo que eso vale un trato justo por la mía y la de mi tripulación. Los Oratus son todos sobre el honor, ¿no?

Sax siente que los Oratus son más bien sobre la matanza altamente eficiente, pero el honor funciona.

—Te dejaremos ir —reconoce Sax, y juntos los dos Oratus se dan la vuelta para marcharse, dejando atrás el enredado lío de demandas de las Hermanas, de Plake y Twillo.

Parece que los Teven definitivamente no obtendrán su venganza ahora.

El muelle de atraque se despeja rápidamente después de que se anuncia la llegada de los Vincere. Las naves se dispersan de la estación, saltando a cualquier lugar que no sea aquí, cualquier lugar donde no queden atrapadas, inspeccionadas y, sin duda ni piedad, destripadas.

Lo que fascina a Sax, sin embargo, es que la nave Vincere, una fragata ligera con mucho apoyo de cazas, no hace ningún movimiento contra los contrabandistas. No hace ningún intento de hacer cumplir la acción policial que es la razón de su existencia. Todo lo que hace es permanecer cerca de la estación y lanzar una sola lanzadera, una nave de transporte ovalada y desarmada que flota hacia la *Estación Scrapper*.

Sax y Bas observan todo el desarrollo en una de las

varias pantallas gigantes dentro del Muelle de Atraque que muestran todo lo que sucede alrededor de la estación. Las naves están representadas como pequeños diamantes, los puntos mostrando sus rumbos, mientras que la fragata está designada como un gran círculo rojo. El rojo, según una amplia leyenda a la derecha, es un recordatorio evidente de su probable hostilidad.

La lanzadera se muestra como un diamante azul brillante —una designación inofensiva— y, a medida que se acerca a la estación, aparece un número seis dentro de su forma.

—Apuesto a que ese es nuestro transporte —dice Bas y Sax está de acuerdo, así que se dirigen a la bahía seis y esperan.

La lanzadera aterriza poco después, con altos puntales desenredándose de la base de la nave y, con chorros magnéticos ardiendo en silencio, la lanzadera se asienta en el suelo de la bahía. En lugar de una rampa, una plataforma desciende del centro de la nave, lo suficientemente ancha para cuatro Oratus, aunque esta solo lleva a dos.

Unos que Bas y Sax reconocen: Gar y Lan.

Y están listos para la guerra; cargados con mineros, usando máscaras y moviendo sus cabezas en busca de problemas. Cuando se centran en Sax y Bas, Gar parece decepcionado.

—¿Supongo que asustamos a toda la presa? —dice Gar mientras los dos Oratus se acercan de un salto.

—Hay mucha dentro de la estación, si tienen hambre —Sax se encoge de hombros.

—Esa no es la misión —dice Lan.

—Nunca lo es —Gar mira con tristeza sus garras.

—¿Cuál es la misión? —pregunta Bas.

—Ustedes.

CAPÍTULO 17

UN PLAN COMIENZA

ME RESISTO A TOCARME el cuero cabelludo, a rascarme. A llamar la atención sobre lo que hay allí. El viaje, sin embargo, es aburrido: un lento ascenso por los tubos hacia la superficie en una Bestia mayormente reparada.

T'Oli está de vuelta en los controles, su forma blanca y dura guiando a la Bestia alrededor de baches y salientes mientras escalamos las paredes. Las orugas de la máquina se clavan en los lados del tubo y le permiten trepar. Para acercarnos más a la muerte.

Malo y Viera están sentados a mi lado, atados a un trío de tablas duras que exploran nuevas dimensiones de incomodidad al presionar aparentemente cada recoveco de mi espalda a la vez.

—Hecho para Ooblots —dijo T'Oli cuando subimos—. Nos ajustamos a todo, así que todo se ajusta a nosotros.

Así que para no volverme loco por los pellizcos, pienso en cómo, en otros tubos por todo el lugar, El Amanecer de la Claridad está enviando todo lo que tiene a esta lucha.

O más bien, lo harán. Nosotros vamos primero.

Empezar con una sorpresa, una que los Sevora no verán venir, y eso debería darnos una oportunidad real de salir.

—¿Alguien cree que esto tiene alguna posibilidad? —dice Viera mientras viajamos.

—Tiene una mejor que quedarse allá abajo —respondo—. Y al menos, esta vez, conseguimos lo que queremos.

—Claro. Porque en lugar de mantenernos fuera de la lucha, ahora somos el cebo. Justo lo que esperaba.

El plan de Sapphrite nos había asignado actuar como señuelo, un objetivo de distracción para los Sevora mientras el trabajo real se desarrollaba en otro lugar. El Amanecer de la Claridad nos mantendría a salvo, dijo Sapphrite, y luego nos llevaría al puerto espacial después.

El problema es que ya no soy fan del "después", de la "confianza". No hay garantía de que El Amanecer de la Claridad no nos use como peones después de la misión. Así que, en cambio, Malo y yo hicimos algunas recomendaciones. Cambiamos algunos lugares.

—Esto nos da la mejor oportunidad de escapar —dice Malo—. Ahora estamos en control de nuestro propio destino, en lugar de alguien más.

—Creo que estoy controlando tu destino en este momento, Malo —señala T'Oli alegremente desde los controles—. Podría dar la vuelta a esta cosa, o detenerla y dejarnos caer a todos hacia un final desastroso.

—Pero no harías eso, T'Oli —reconozco la broma—. Porque eso dañaría tu Bestia.

—Cierto —responde T'Oli—. ¿Les conté cuánto tiempo me tomó limpiarla?

—Sí —respondemos todos al unísono.

—Solo quiero recalcar que fue un trabajo monstruoso.

Vuelvo a alcanzar mi cuero cabelludo, me encuentro con los ojos de Malo y retiro la mano. No lo he visto hacer un solo movimiento hacia su propio cabello negro. Supongo que esa disciplina de guerrero a veces es útil.

—¿Decidimos quién pilotará nuestra nave cuando la robemos? ¿Suponiendo que lleguemos tan lejos? —pregunta Viera después de unos minutos más de traqueteo.

—Tengo la Caché. La usaré.

—¿Así que vas a caer en uno de tus trances justo cuando estemos huyendo de un montón de enemigos furiosos?

—¿Tienes un plan mejor? —pregunta Malo, inclinándose a mi alrededor—. ¿Estás equipada para pilotar una de estas cosas?

—Crecí con artilugios bajo las montañas —responde Viera—. Puedo resolverlo.

—Entonces lo decidiremos cuando lleguemos —digo—. De todos modos, un plan solo puede llegar hasta cierto punto.

—Simplemente no quieres que me divierta —Viera hace un puchero—. Ser apuñalada por Malo, capturada por Oratus, encarcelada por los Sevora, la lista sigue y sigue.

—Pero mira lo que llevas puesto. ¿Eso no cuenta?

Viera luce un nuevo conjunto de armadura sintética sobre su máscara, aunque sus colores no coincidentes delatan que es una mezcla de otros conjuntos. Después de todo, Vimelia no tiene exactamente equipo de tamaño humano, ya que no sabían que existíamos. En lo que realmente me enfoco es en el par de mineros brillantes, frotados hasta quedar limpios y atornillados a los cierres alrededor de la cintura de Viera. Existe la posibilidad de que los Sevora se los quiten, pero con suerte, los conservará.

—Supongo que tienes razón —Viera se mira a sí misma—. Me tocó el mejor atuendo. —Nos mira, sacudo la cabeza teatralmente—. Kaishi, ¿qué llevas puesto? ¿Una túnica?

Es una simple sábana marrón verdosa. Con la máscara

puesta debajo, solo necesito algo para evitar que los Sevora reconozcan que estoy cubierto por la capa invisible de la máscara. Si hay algo que no me preocupa en este momento, es la moda.

—¿Y Malo? ¿Te caíste en un incendio?

Él lleva el conjunto más grueso de todos nosotros, principalmente porque Malo tiene la constitución para soportar parte del mismo equipo que se le da a los Flaum más pesados. Como dice Viera, sin embargo, la mayoría está ennegrecido, una reliquia de batallas anteriores y reparaciones apresuradas.

Rackt le dijo a Malo que no apostara a que resistiría en una pelea, pero no tenían nada mejor que ofrecer, así que Malo lo tomó.

T'Oli nos deja cerca de la superficie, aunque todavía hay mucho lodo por el que debemos atravesar antes de llegar a una de las anchas escaleras que suben.

—Al menos me sentí limpia por un día —dice Viera mientras la sustancia marrón una vez más ensucia nuestra ropa y el hedor supera cualquier recuerdo agradable que mi nariz haya tenido.

Hay una razón para esto, sin embargo: si vamos a ser convincentes como sobrevivientes que han rebuscado en las alcantarillas de Vimelia, no podemos lucir refrescados y limpios. Así que estamos apropiadamente sucios para cuando Malo abre la escotilla de la superficie y nos encontramos una vez más en la caótica maravilla de las calles de Vimelia. Debo admitir que me gusta ver el cielo beige-blanco después de tanto tiempo bajo tierra. Simplemente sentir una verdadera brisa y saber que no estoy atrapado dentro de algo despierta energía y una sonrisa.

—No sé cómo te las arreglas para vivir así —le digo a Viera mientras estiro los brazos.

—Es lo que sabemos —responde Viera—. Y no todo es malo... es difícil que alguien te sorprenda en una cueva.

Viera mira más allá de nosotros y nos giramos para ver a un par de Whelk empuñando lo que parecen herramientas largas y delgadas, operando un panel incrustado en el costado de la alta estructura verde y brillante junto a la que hemos emergido.

Solo que los Whelk ya no están trabajando... nos miran con caras atónitas. Les hago un gesto con la mano —después de todo, se supone que debemos ser capturados— y finalmente uno de ellos alcanza un dispositivo circular en una bolsa alrededor de su cuerpo. Lo saca y empieza a parlotear en él.

—¿Supongo que ahora solo esperamos? —dice Viera.

—Ese es el plan —responde Malo, aunque se acerca más a mí. Todavía tiene ese bastón consigo y me alegro por ello.

El objetivo puede ser que nos capturen, pero no que nos maten.

Sin embargo, no tenemos que esperar mucho antes de que los Sevora se anuncien con un rugido zumbante. Sobre nosotros, una lanzadera estrecha se abre paso entre los edificios y, de un par de puertas de bahía que se abren, cae un escuadrón de doce Flaum con armadura que llevan los emblemas de Nasiya.

Al principio pienso que todos van a caer y estrellarse contra el suelo, pero sus botas se encienden cuando los Flaum se acercan y terminan flotando justo por encima de la superficie.

Reconozco al principal —negro con mechones blancos— como el que nos saludó cuando aterrizamos por primera vez en Vimelia. Es obvio que el Flaum tampoco nos ha olvidado, ya que no se arriesga.

—Mantengan sus extremidades levantadas y visibles —

nos ladra el Flaum mientras sus tropas realizan toda la rutina de rodearnos.

Nos despojan de nuestras armas rápidamente, luego, para mi sorpresa, nos sacan del callejón y nos llevan por las calles principales. Lanzaderas y otras naves zumban por encima y a nuestro lado, deteniéndose brevemente para echar un vistazo a las extrañas nuevas especies.

—¿Por qué no estamos volando? —logro preguntarle al Flaum después de dar unos pasos.

—Están lo suficientemente cerca como para caminar —responde el Flaum.

—¿Cerca de qué?

—Nasiya no quiere correr más riesgos —contesta el Flaum—. Aunque no puedan ser controlados directamente, serán influenciados. Hoy recibirán a sus maestros —dice el Flaum, y hay un dejo de orgullo en su voz.

Es entonces cuando me doy cuenta de que T'Oli no nos llevaba a un punto de caída aleatorio... no, tan cerca de la superficie, T'Oli nos depositó junto a un Centro de Acogida Sevora. Probablemente no sea su nombre real, pero es como elijo llamar al enorme espacio largo y plano al que nos guían los Flaum.

A diferencia de los otros edificios, este está pintado de azul cielo y, sobre su superficie plana, tiene largas agujas sinuosas que se inclinan una hacia la otra y se unen alrededor del centro del edificio.

—Unidad —dice el Flaum mientras nos acercamos a las puertas—. Sin importar qué divisiones existan entre el pueblo Sevora, estos espacios son sacrosantos. Todos los que entran aquí lo hacen para enriquecer sus vidas y las de sus anfitriones. Agradezcan que van a recibir uno de los mayores regalos que los Sevora pueden dar.

—No puedo esperar —murmura Viera.

CAPÍTULO 18

EL FUTURO AHORA

LA FORMA en que Lan dice las palabras activa una suave alarma en la mente de Sax: hay precaución, cautela. Sospecha.

—¿Están aquí para rescatarnos? —dice Bas.

—Para ver si siguen del lado bueno —responde Gar—. O si están con Evva.

—¿Qué le pasó? —Sax desvía esa conversación, la tuerce. No tiene sentido revelar su lealtad tan pronto, con tan poca información.

—Robó una lanzadera, desapareció con una prisionera —Lan asiente hacia la misma lanzadera en la que llegaron—. Como esta. ¿Alguna idea de quién era la prisionera?

—Avan —La respuesta de Sax no es una suposición.

Gar asiente.

—Nunca hubiera pensado que la comandante se enamoraría de una Sevora. Pero supongo que perder a tu pareja te afecta.

—Si alguna vez te perdiera —le dice Lan a Gar—, probablemente... estaría más relajada.

—Te aburrirías, y lo sabes.

—Ella no ama a Avan —sisea Sax—. Evva nunca lo haría.

—Guárdalo para la Amigga —dice Lan—. Si sabes algo sobre ella, dónde podría estar...

—¿Aún no la han encontrado?

—Todavía no —dice Gar—. Pero lo harán. Ahora es la prioridad principal. Están quitando recursos de los Sevora para encontrarla.

¿Por qué?, quiere preguntar Sax también, pero tiene la sensación de que Lan y Gar están haciendo algo más que recoger a dos Oratus perdidos de una estación rebelde. Ninguno de los dos parece relajado, ambos mantienen sus garras medias sobre sus mineros, como si esperaran una emboscada en cualquier momento.

—¿Qué pasará si nos subimos a esa lanzadera? —pregunta Sax.

—¿Si? —responde Lan.

—Me has oído.

—Se les interrogará. Les preguntarán sobre Evva. Demuestren que no están de su lado, y estoy segura de que los dejarán volver.

—¿Quiénes son ellos? —sisea Bas.

Ahora Lan y Gar se tensan por un momento. Claro. El tipo de movimiento que Sax esperaría ver de alguien que odia su situación pero que intenta hacerla pasar por soportable. El tipo de movimiento que ha visto en personas que necesitan ser rescatadas.

—El Coro envió Amiggas a cada crucero —dice Lan—. Para preservar la lealtad de la flota.

—Han interrogado a todos, incluso a los Flaum y Whelk —añade Gar—. Es estúpido, pero una vez que estás limpio, se acaba.

Sax se pregunta qué pasará cuando las Amigga descubran que ha quemado a una de ellas hasta convertirla en cenizas. Pensó que la Amigga en el *Cobalt* había perdido la cabeza, pero no hay garantía de que las demás lo vean así. Lo que significa que él y Bas podrían estar entrando en una trampa. Pero si intentan quedarse en la estación, entonces... tampoco podrían sobrevivir aquí. Sax ve solo una opción: intentar encontrar a Evva. Justo donde empezaron.

—¿Y si decimos que no? —pregunta Sax.

—¿No a qué?

—A subir a esa lanzadera con ustedes. A volver al Vincere.

Eso les tensa la espalda. Les pone rígidos los brazos. Sax deja ver un poco sus dientes. Siente la cola de Bas tocar la suya, envolver su extremo alrededor de la punta de la suya. Ella está con él, pase lo que pase.

—Esa sería una elección peligrosa —dice finalmente Lan—. Nos ordenarían traerlos. Por la fuerza.

—¿Creen que podrían? —replica Sax.

—Sax, siempre he querido tener una buena pelea contigo —gruñe Gar—. Pero no aquí, no así.

—Entonces déjennos ir —responde Sax—. Porque no voy a subir a esa lanzadera. El Vincere ya no es lo que era, y no me gusta su nuevo aspecto.

En un instante, Lan y Gar tienen sus mineros levantados, apuntando a Sax.

—Bas, no seas como él —sisea Lan—. No tienes que pagar por sus decisiones.

Bas se ríe.

Lo de las parejas, Lan, es que sí tengo que hacerlo.

Se necesita un largo momento para apretar el gatillo contra un amigo, contra alguien con quien has luchado en las batallas más sombrías, los entornos más mortales. Cuya vida has salvado y que ha salvado la tuya más veces de las que ambos recuerdan.

Sax y Bas aprovechan ese momento: ambos se deslizan hacia un lado, girando y agitando sus colas contra los mineros que Lan y Gar sostienen. Golpean las armas lejos de las garras y las envían repiqueteando al suelo.

Gar se lanza sobre Sax, con las garras extendidas, abriendo la boca en un amplio rugido sibilante. Sax, con el cuerpo inclinado hacia un lado, atrapa y lanza al Oratus que se le acerca. Siente un corte en el abdomen cuando las garras de Gar pasan rozando.

Gar, sin embargo, se estrella contra el suelo, rueda contra la ancha puerta que conduce de vuelta a la estación y, cavando surcos en el suelo metálico, se da la vuelta y se lanza de nuevo contra Sax. Los dos Oratus son casi del mismo tamaño, y Sax puede ver que la sed de sangre ciega se ha apoderado de los sentidos de Gar.

Va a ser una pelea brutal.

Así que Sax salta hacia adelante, se encuentra con Gar en el aire y los dos se estrellan contra el suelo, rodando y mordiendo y arañándose mutuamente. Es un arrebato de instinto: un destello de garra aquí, dientes relucientes mordiendo allá, y al final, cuando Gar termina abajo y patea a Sax para quitárselo de encima, ambos están sangrando. Ambos están sonriendo.

Lista para la siguiente ronda.

—Nunca te tomé por un traidor —sisea Gar mientras los dos se rodean mutuamente.

—Siempre te consideré un maníaco sediento de sangre —responde Sax.

Quiere ver cómo está Bas, ayudarla, pero apartar la mirada de Gar incluso por un segundo podría resultar fatal. Todo lo que Sax tiene para guiarse son los sonidos sibilantes detrás de él, el estruendo y el retumbar cuando los cuerpos pesados chocan contra las cosas.

—Tenías razón —se ríe Gar, y entonces el Oratus se lanza...

No. Una finta.

Sax muerde el anzuelo, sin embargo. Se lanza hacia adelante para encontrarse con un salto que no llega mientras Gar alcanza detrás de su espalda y saca otro minero de su máscara. Apunta, dispara. Sax tiene una fracción de segundo para moverse y no esquiva el disparo, que impacta en su pierna izquierda.

Se le adormece. No es la quemadura de un láser letal, sino el hielo azul de un disparo aturdidor.

—¿Nos quieres vivos?

—El Comandante cree que podrían saber hacia dónde se dirige Evva, lo que busca. —Gar levanta el minero de nuevo mientras Sax sigue cojeando, tratando de llegar a un largo estante de baterías—. Personalmente, Sax, preferiría no matarte.

—No voy a subir a esa lanzadera, Gar —sisea Sax.

Se acerca a las baterías —allí en caso de que una nave esté muerta y necesite una ráfaga de energía— cuando Gar dispara de nuevo. Golpea la espalda de Sax, y ahora casi todo ha perdido la sensibilidad. Sax cae hacia adelante, su cabeza golpeando contra el estante.

—No creo que tengas elección —dice Gar, aunque el Oratus no se acerca más.

Un movimiento inteligente. Mantén la distancia cuando solo tienes un pequeño minero y un objetivo grande. Aturdir es una ciencia imprecisa. Mejor pasarse que quedarse corto.

Gar levanta el minero de nuevo. Apunta a la cabeza de Sax.

—Que duermas bien —sisea el Oratus.

Y Sax, con la conexión parpadeante en su garra delantera izquierda, lanza una batería a Gar mientras el Oratus aprieta el gatillo.

Un destello azul-blanco brillante envuelve el universo por un breve momento y los ojos de Sax se deslumbran con la luz. Su mente se nubla, y lo único que hace, durante más tiempo del que le gustaría, es quedarse allí tumbado e intentar reconectarse con el resto de sí mismo. Tanta electricidad supercargada podría haberlo matado, probablemente lo habría hecho si Sax no fuera un Oratus. Si no tuviera dos corazones y capa tras capa de músculo grueso, escamas protectoras y una media máscara que atrapa lo que puede de la explosión.

Gar, sin embargo, corre peor suerte. La batería, liberada de su recinto y casi llegando al Oratus cuando se aprieta el gatillo, alcanza a Gar con toda la fuerza de su furia. El empuje físico de la explosión ha tirado al Oratus de espaldas, pero lo más evidente es que Gar no tiene ningún control sobre sí mismo. Su cuerpo es un desastre retorciéndose mientras las sinapsis se descontrolan. Las otras armas que lleva también hacen cortocircuito, explotando o derritiéndose con una variedad de estallidos y chispas, quemando la máscara o fundiéndose en charcos hirvientes en el suelo a su alrededor.

No es que Gar se quede allí por mucho tiempo: Sax, cuya cabeza está tirada en el suelo mirando a su antiguo amigo en apuros, ve a Lan aparecer corriendo. La ve recoger a Gar y alejarse cojeando de los restos rotos de su armamento. Se detiene por un momento, mira hacia lo que Sax cree que es Bas, aunque no puede girar la cabeza para mirar.

—Estáis rotos ahora —dice Lan—. Estáis en el lado equivocado.

—¿Alguna vez Evva te hizo algo malo? —sisea Bas en respuesta—. ¿Alguna vez nos envió a una misión mala o nos dejó morir? ¿Por qué haría esto ahora, a menos que tuviera una razón?

—Nuestro trabajo, la razón por la que vivimos, es apoyar al Coro. Hacer lo que dicen, luchar como ellos ordenan. —Lan sigue retrocediendo hacia la lanzadera, con Gar en sus brazos—. Darles la espalda es negar tu razón de ser.

—Tu razón, quizás —dice Bas—. Pero no la nuestra. Vuelve a tu nave, Lan. Diles lo que ha pasado. Estaremos aquí cuando regreses.

—No volveremos solos. Estaréis en inferioridad numérica. Capturados y llevados ante el Amigga como traidores. Una muerte tan deshonrosa como puedas imaginar.

—¿Luchando por lo que creemos? Tienes una extraña noción del honor. —Bas aparece frente a Sax, arrodillándose sobre él. Lo olfatea rápidamente, luego alcanza debajo de Sax con sus garras y lo levanta.

Lan y Gar suben a la plataforma, que se eleva hacia el vientre de la lanzadera. Bas no se queda a mirar, arrastrando a Sax fuera de la bahía de acoplamiento, hacia los ascensores que salen del radio.

—Volvemos con Plake —sisea Bas mientras se mueven—. Su nave es nuestra mejor oportunidad de salir de aquí ahora.

Sax intenta estar de acuerdo, pero su boca no funciona. Así que en su lugar yace en los brazos de su pareja, y espera que la próxima pelea no llegue demasiado pronto.

—¿Por qué debería ayudaros de nuevo? —dice Plake, esta vez en el *Mobius*.

Coorvin condujo a Sax y Bas hasta la nave, donde Agra-Red esperaba con su nuevo minero pesado en la mano. Aparentemente, Plake no quería que la vieran hablando con los dos Oratus más buscados en la *Estación Desguazadora.*

—Por lo que te traeremos —dice Bas.

Sax se está recuperando lentamente: ahora puede controlar su propia respiración y puede usar sus músculos para mantenerse erguido, aunque no pueda caminar con estabilidad. Aun así, intenta parecer fuerte, incluso cuando un poco de baba se escapa de su mandíbula entumecida y cae al suelo.

Plake lo mira, luego levanta la vista hacia Bas.

—¿Qué es eso, además de una tonelada de soldados enfurecidos?

—Dijiste que odiabas a los Oratus. Al Amigga. Que querías verlos derrotados.

—Mucha gente desea lo imposible, eso no significa que yo esté intentando que suceda.

Bas se lanza a contar una breve historia sobre Avan, el traidor Sevora que prometió secretos que cambiarían la galaxia. Sobre cómo Evva ha escapado con él, sobre cómo si Plake ayuda a Sax y Bas a reunirse con su comandante, podrían ser capaces de... hacer algo.

—¿Ni siquiera conocéis estos secretos? —se ríe Plake—. Avan podría estar engañándoos a todos. Otro truco Sevora para adentrarse en nuestra sociedad.

—El Sevora era sincero —pero incluso Bas no puede poner mucha fuerza en esto.

—Mirad, Oratus. No me caéis bien. No voy a arriesgar a mi tripulación y mi propia vida por vuestra idea loca, ¡que puede que no sea nada! —Plake asiente a Agra-Red—. Sacadlos de aquí. Con suerte, los militares se ocuparán de ellos y nos dejarán en paz.

—Error —logra decir Sax con voz ronca. Débil, pero ahí está.

—Oh, ¿ahora puede hablar? —Plake sacude la cabeza—. Demasiado tarde. Fuera.

Agra-Red no le da a Sax otra oportunidad de discutir. Los obliga a ambos a salir de la nave, manteniendo su minero apuntado hacia ellos durante todo el camino. Luego, una vez que los dos Oratus están en el suelo, la rampa se eleva y los deja fuera.

—Eso no salió como esperaba —dice Bas mientras saca a Sax de la bahía—. Solo hay otro lugar que podemos intentar.

Las Hermanas los dejan entrar, los dejan subir por el ascensor de vuelta a su hermoso jardín. Ahora, sin embargo, la fragata Oratus pasa por la ventana de observación de vez en cuando, arruinando cualquier sensación de paz. En lugar de llevar a los Oratus a su edificio, las Hermanas, junto con Eneks y un par de Flaum armados que Sax reconoce del casino, reciben a los Oratus inmediatamente cuando salen del ascensor.

—Vuestra situación no es buena —dice L'Reneo.

—Para nada buena —añade N'Ollene.

—Por eso estamos aquí —dice Bas—. Para pedir ayuda.

Y por la forma en que los tallos oculares de las Hermanas giran, por el rápido traqueteo de sus formas Ooblot, Sax sabe que están en problemas.

Recuperar la sensibilidad es como despertar de un sueño: gradualmente, la realidad se filtra. Tus pies recuperan su tracción, tus garras pasan por el borde habitual mientras hacen pequeños cortes en el suelo. Tus conductos se abren cada vez más, y puedes sentir realmente cómo el aire rejuvenece tus músculos. Tu cola se agita cuando quieres que lo haga, y tus cuatro garras comienzan a abrirse y cerrarse a voluntad en lugar de por caprichos nerviosos.

Sax recupera todo esto a tiempo para oír a las Hermanas reírse en la cara de Bas, a tiempo para ver a los guardias

Flaum levantar sus mineros mientras las puertas del ascensor detrás de ellos se cierran.

—El Vincere ha ofrecido buenos términos por ustedes —dice L'Renee—. Los retenemos aquí, ellos vienen a buscarlos, y *Scrapper Station* queda olvidada por mucho, mucho tiempo. ¿Saben lo que vale no tener que lidiar con las inspecciones del Vincere?

—Ellos no lo entenderían —dice N'Ollene—. No son uno de nosotros. No son gente normal.

Sax aprieta ligeramente el hombro de Bas, le hace saber que ha vuelto, en su mayor parte. Sin embargo, ella sigue sosteniéndolo, porque si hay algo que mantener oculto, es una sorpresa Oratus.

—Así que si siguen a nuestros amigos hasta la esclusa de aire, allí, los mantendremos a salvo y seguros hasta que vengan a recogerlos —dice L'Renee.

—Un agradable viaje a casa —añade N'Ollene.

Los Flaum hacen un gesto con sus mineros y Bas los arrastra a ambos. A través del jardín hacia la esclusa de aire. Cada paso trae consigo otro ápice de sensibilidad, cada paso hace de Sax un arma más letal.

Las Hermanas ordenan a los dos Oratus que entren en la esclusa de aire, con Eneks nuevamente acercándose para abrir la puerta. Se abre de golpe, dejando un reluciente tubo color crema esperando. Entrar en ese tubo significa la muerte, una muerte lenta y horrible una vez que los Amigga descubran que ni Sax ni Bas saben dónde está Evva. Y la muerte por tortura, la muerte en cautiverio no es algo que Sax vaya a aceptar.

Se impulsa alejándose de Bas, enviándola volando hacia un lado y usa el impulso para girar y saltar sobre el primer Flaum. El guardia peludo dispara, pero el tiro falla desesperadamente al Oratus agachado y en movimiento.

El Flaum no consigue un segundo disparo.

Sax se aparta de su objetivo caído para ver a Bas destrozando el minero del otro guardia, una marca de quemadura en su hombro derecho. Las Hermanas, mientras tanto, están huyendo con Eneks, rodando por la hierba hacia su edificio.

Es un esfuerzo inútil.

—Se detendrán, o morirán —sisea Sax mientras las alcanza, con el minero del Flaum en su garra media derecha. El arma no está hecha para manos Oratus, pero a esta distancia, la precisión no importa tanto. Simplemente rociará láseres hasta que se rindan, o se quemen.

Eligen lo primero, acurrucándose juntas y mirando a su nuevo captor. Eneks cambia de su color azul a un púrpura enfermizo, y se picotea las plumas mientras sus ojos bulbosos parpadean. Sax no está acostumbrado a tener rehenes. La posición normal de los Oratus es que un enemigo está mejor muerto, preferiblemente comido. No cautivo.

Las Hermanas, aparentemente, pueden ver su vacilación.

—¿Qué harán ahora? —pregunta L'Renee—. ¿Nos mantendrán aquí hasta que su Vincere venga de todos modos y se los lleve?

—¿O nos dispararán y terminarán igual? —añade N'Ollene.

—No haremos ninguna de las dos cosas —responde Bas, acercándose a Sax.

Ella no está empuñando un minero, pero tampoco hay señales del Flaum con el que se enfrentó. Está tan muerto como el de Sax, o ella lo ha ahuyentado. De cualquier manera, las probabilidades de que las Hermanas y su amigo Vyphen salgan con vida se están volviendo más sombrías.

—Esta estación debe tener algunas defensas, ¿verdad? —pregunta Bas.

—Nada importante —se aventura a responder Eneks—. No está pensada para luchar.

—¿Pero para ahuyentar a los piratas? Seguramente un lugar como este es un objetivo de asalto.

De nuevo las Hermanas se retuercen, se acercan la una a la otra.

—Hablen para que todos podamos oír —dice Sax.

—Tenemos armas —dice L'Renee—. Pero no son para que ustedes las usen.

—Nunca nadie más que nosotras —añade N'Ollene.

—Ustedes las usarán, entonces, para disparar a la próxima lanzadera que envíen —dice Bas—. Haremos que la envíen, y luego ustedes la destruirán. Y todo lo que venga después.

Las Hermanas se ríen. Incluso Eneks parece confundido.

—¿Creen que se irán? El Vincere nunca se marchará si les disparamos. Simplemente atacarán en números cada vez mayores hasta que no quede nada de esta estación.

Bas encoge sus garras. —Ese es su futuro. Este es su ahora. O nos llevan a las armas y disparan, o mueren aquí. Si quieren, pueden culparnos del ataque.

No hay mucho debate después de eso. Las Hermanas ruedan por el jardín, con Eneks y los Oratus siguiéndolas. Hasta que llegan al edificio, que es demasiado pequeño para que entre cualquier Oratus. Las Hermanas, sin embargo, se apresuran a entrar antes de que Sax pueda reaccionar.

Bas agarra a Eneks antes de que el Vyphen pueda intentar huir, dejando a Sax hacer la amenaza obvia. O las Ooblots hacen lo que han acordado, o su amado sirviente se convierte en una mancha sangrienta en medio de su jardín.

—No estamos huyendo —llega la voz de L'Renee desde

el interior del edificio—. La única forma de armar la estación es aquí dentro.

—Donde nadie más puede acceder —añade N'Ollene.

—¿Lo sostienes? —pregunta Sax a Bas.

—No va a ir a ninguna parte. ¿Verdad, Eneks?

El Vyphen sacude la cabeza, erizando sus plumas salvajemente. Sax toma la señal para saltar sobre el edificio, donde rastrea a los Ooblots a través del techo translúcido, observándolos moverse de una habitación a otra hasta llegar a la parte trasera, a una pequeña sala donde, después de que Sax clave sus garras en el techo y lo arranque, puede ver un conjunto de terminales.

—¿Qué acabas de hacer? —protesta L'Renee.

—¡Ha arruinado nuestro hogar! —dice N'Ollene.

—Me aseguro de que hagan lo que deben —responde Sax—. Díganles que nos han capturado. Hagan que envíen la lanzadera hacia la esclusa de aire.

Las Hermanas hacen lo que se les pide. Es la voz de Lan en la línea receptora, y dice que un vehículo de recogida estará en camino pronto. Si tanto Lan como Gar están en esa lanzadera... ser emboscados y explotados en el espacio tampoco es una buena muerte Oratus.

Sax se vuelve hacia Bas, que aún sostiene a Eneks y parece aburrida con ello. Tiene que protegerla, así como ella lo protege a él. Sax les dice a las Hermanas que procedan, que armen las armas.

Va a comenzar una guerra para salvarse a sí mismo.

CAPÍTULO 19

ALMAS CAUTIVAS

EL INTERIOR ES LARGO, ancho y sin interrupciones. Y lo reconozco. Son las mismas piscinas que Ignos me hacía construir en Damantum: líquido púrpura espumoso con bordes texturizados para permitir un fácil acceso y salida. Solo que donde estábamos construyendo dos o tres, aquí hay fácilmente unas veinte, si no más.

El espacio también está abarrotado: todo tipo de especies están siendo arreadas por Flaum y Whelk poseídos por Sevora. A todos los están empujando hacia varias filas, aunque nuestros guardias Flaum nos mantienen alejados del resto de la multitud y nos llevan al extremo más alejado.

—No habrá Sevora comunes para ustedes —continúa el líder Flaum—. Recibirán los mejores anfitriones, experimentados y capaces. Deberían sentirse honrados.

—Nunca es un honor perder tu libertad —responde Malo.

—Entonces piénsenlo como un sacrificio, si lo prefieren —replica el Flaum—. Lo que están haciendo aquí solo ayudará a su gente. Al someterse a los Sevora, los salvarán, ya sea de ustedes mismos o del resto de una galaxia hambrienta y brutal.

—¿Ese es el discurso que les das a todos? —pregunta Viera.

—Porque no es muy bueno —agrego—. Deberías intentar hablar más sobre los milagros que nos darán. Cómo nunca pasaremos hambre, cómo no tendremos que preocuparnos por tomar nuestras propias decisiones, cómo nunca volveremos a carecer de nada.

El Flaum me mira fijamente por un momento, tratando de decidir si estoy bromeando o hablando en serio.

—¿O es que los Sevora no pueden conceder todos nuestros deseos? —concluyo.

—Cambiaremos sus deseos y luego los concederemos —responde el Flaum.

Claramente es suficiente conversación para él, ya que se da la vuelta y se dirige por el borde exterior de las piscinas, y sus guardias nos empujan para que lo sigamos.

Mientras avanzamos, miro hacia la derecha y veo a un Teven larguirucho caminando lentamente hacia una piscina, con sus pequeñas extremidades sobresaliendo del largo junco que sirve como su cuerpo central. Vacila a mitad de camino sobre las losas nacaradas y un Flaum se acerca por detrás, extiende una mano con garras y empuja al Teven hacia adelante.

El Teven se gira ante el contacto y por un segundo pienso que va a ofrecer algún tipo de resistencia, pero entonces el Flaum levanta su minero y el Teven decide no arriesgar su vida frente al cañón láser. Se da la vuelta, se adentra en la piscina y desaparece bajo las aguas púrpuras.

—¿Cuántos toman cada día? —le pregunto al Flaum, porque me doy cuenta de que si no hablo, podría entrar en pánico.

—Miles en todo Vimelia son intercambiados diariamente —responde el Flaum, volviendo una vez más a su tono jactancioso—. Ya sea que estemos reciclando antiguos anfitriones, integrando nuevos o intercambiando un Sevora por otro para satisfacer mejor las necesidades, los Sevora siempre están en movimiento.

Conocí a Ignos por primera vez en una cápsula estrellada fuera de mi tribu, en lo profundo de la jungla. Cuando me acerqué a su nave, pensando que era una roca, se abrió y, en el interior, había un líquido oscuro muy parecido al que veo en estas piscinas. Entré y obtuve lo que creía que era un dios, lo que en realidad era una criatura decidida a extender su raza parásita por todo mi mundo. Aquí, sin embargo, el evento parece tan común. Como si renunciar a todo a otra especie fuera tan normal como cocinar el desayuno o correr por los árboles.

Me revuelve el estómago, formando nudos apretados, y trago con fuerza para recuperar el aliento. Siento la mano de Malo tocar levemente mi brazo y respiro con más facilidad. Esta vez no estoy solo.

No hay fila para nuestra piscina, y cuando nos acercamos, el Flaum nos pregunta quién debería ir primero.

Malo se ofrece inmediatamente, pero lo detengo.

—Déjame a mí —digo—. Ya he hecho esto antes y sé qué esperar. Si algo sale mal, podré manejarlo.

—Nada saldrá mal —dice el Flaum, asintiendo al otro lado del salón—. Esto es lo más común que hacemos. Es la esencia misma de quiénes son los Sevora. Ahora, entra y sométete.

No hay mucha ceremonia para entrar en una piscina Sevora. A los Flaum no les importa si me quedo con la ropa puesta (no sé si se dan cuenta de que llevo una máscara) y no tocan trompetas, encienden luces ni hacen nada más que observarme con las manos cerca de sus mineros.

Malo y Viera también me observan, por supuesto, aunque sus rostros están grabados con preocupación. Aunque esto es parte del plan, todos sabemos que no va a ser agradable.

Las losas están frías al tacto, y todo brilla un poco bajo la luz clara que se filtra desde el techo, que es una cubierta translúcida que proporciona una vista francamente asombrosa de todas esas torres entrelazadas. No es la primera vez que me sorprende cuánta belleza pueden crear estas cosas terribles.

Llego al borde y miro hacia el púrpura. Es demasiado oscuro para ver por debajo de la superficie, el agua rápidamente alcanza el nivel de un profundo crepúsculo. Claramente hay corriente también, o tal vez son los propios Sevora los que crean las ondas que acarician la superficie.

—Entra —ladra el Flaum desde atrás—. Tu amo necesita su anfitrión.

Aparentemente esa es la señal. Obedezco la orden y doy un paso adelante, esperando que haya un escalón, pero no lo hay. Es solo un acantilado. Pierdo el equilibrio, suelto un grito y caigo de golpe en la piscina.

Ese soy yo, siempre con dignidad.

Intento nadar, pero el líquido es pesado y me arrastra hacia abajo. Como si estuviera tratando de empujar contra el mismo lodo espeso que cubría las alcantarillas. Cada brazada tensa mis músculos y me hunde más, hasta el punto en que me pregunto si simplemente me ahogaré aquí.

El pensamiento muere rápidamente cuando siento un toque cosquilleante alrededor de mi cabeza. Intento levantar una mano para apartarlo, pero la tinta es demasiado espesa aquí abajo, demasiado pesada. Ni siquiera puedo levantar el brazo tan alto. Aunque no importa de todos modos: el gran diseño de Sapphrite se pone a trabajar antes de que el Sevora que me sondea pueda darse cuenta de que mi máscara lo está bloqueando.

La señal llega cuando la tinta a mi alrededor empieza a cambiar de color, floreciendo en un naranja enfermizo mientras el recubrimiento de mi cabello reacciona con los químicos nutritivos en la tinta y crece. Extiende su neblina viral por la piscina.

De repente, el toque cosquilleante desaparece; si la creación de Sapphrite funciona, ese mismo virus debería estar devorando a los Sevora ahora, engullendo al parásito de piel fina y extendiéndose de esta piscina a las otras.

Por supuesto, la máscara también me protege del virus. Su protección es lo que nos convirtió a Malo, Viera y a mí en recipientes perfectos para la entrega. Sin embargo, tal como están las cosas, estoy atrapado en el fondo de una colección masivamente creciente de células voraces, y no puedo levantarme.

Hay un movimiento a mi lado y veo el palo de metal gris del guardia Flaum cortar a través del espeso naranja como una línea negra. Logro agarrarlo con mis manos, la máscara protegiéndome de los bordes ásperos, y siento que empiezo a elevarme.

Como una película que se parte, el naranja cede cuando llego a la superficie para encontrar el caos total. Los gritos se filtran a través de la máscara, acompañados de explosiones lejanas.

El Amanecer de la Claridad está comenzando su parte del trato.

Malo agarra mi brazo y me saca el resto del camino, y obtengo mi primera vista de lo que está sucediendo en el resto de las piscinas.

Sapphrite dijo que la bacteria se propagaría rápido, con suerte lo suficientemente rápido como para superar cualquier sello que los Sevora pudieran activar. Ahora mismo, más de la mitad de las piscinas se están volviendo naranjas mientras la sustancia se come su camino a través de las tuberías que aparentemente las conectan todas.

Los guardias controlados por Sevora corren en pánico, dirigiéndose a los paneles o simplemente huyendo por completo mientras las especies cautivas se dan cuenta de que tienen una repentina oportunidad de ser libres.

—Aprovecharán su oportunidad —dijo Sapphrite allá abajo—. Lucharán una vez que hayan visto lo que viene por ellos.

En este caso, al menos, el Amigga tiene razón. Después de ver lo que espera en esas piscinas, y con los guardias distraídos, Teven, Whelk, Flaum y otros se apresuran hacia las salidas o hacia sus captores, tratando de arrebatarles los mineros de las manos.

Pero no todos. Algunos simplemente se quedan quietos, mirando alrededor, con los ojos vacíos y perdidos.

—Tenemos que irnos —dice Viera, y me aparto de la escena para ver a mi amiga con sus dos mineros desenfundados, recogidos de una pila de herramientas y armas confiscadas que debían ser devueltas directamente una vez que un Sevora hubiera tomado el control de su nuevo huésped.

Solo hay una salida del edificio que puedo ver, y está abarrotada de cuerpos y destellos de mineros, aunque no puedo decir si los ataques provienen de los Sevora o no.

—Por ahí no —señalo hacia atrás, detrás de los tubos, hacia un conjunto de puertas de mantenimiento, donde algunos de los guardias Sevora habían desaparecido—. No esperarán que vayamos por la parte de atrás.

Al principio, al menos, nadie nos detiene. Con Viera

liderando y Malo vigilando detrás, los tres nos abrimos paso alrededor de la larga piscina hacia esas puertas. Son más pequeñas que las entradas humanas, más pequeñas también que las del *Cobalt*, que debían estar dimensionadas pensando en los Oratus. Estas son simples cuadrados de unos dos metros de alto, lo suficientemente altos para un Flaum, pero Malo tiene que agacharse al pasar por ellas.

Me sorprende que las puertas se abran de inmediato, hasta que recuerdo que los Sevora operan por autoridad absoluta. ¿Por qué molestarse con la seguridad cuando se supone que todos en el planeta deberían estar bajo tu control de puño de hierro?

Más allá de la puerta espero encontrar pasillos, pero en su lugar hay otra área abierta, y lo que veo es horripilante: filas y filas de especies aturdidas amontonadas. Cuerpos de Flaum, Whelk y otros apilados unos sobre otros, aunque todos parecen estar aún vivos. Todavía respiran, aunque apenas se mueven.

—Eres un huésped durante tanto tiempo que no sabes cómo ser libre —dice Viera, y hasta su voz ligera lleva plomo ante la visión.

—Esto, ¿esto es lo que pasa? —digo las palabras sabiendo que ninguno de ellos puede responder, sabiendo que lo estoy viendo todo extendido ante mí.

Hay piscinas poco profundas en este lado también, mucho más pequeñas, y muchos de los cuerpos están agrupados fuera de ellas. Donde los Sevora deben evacuar a sus huéspedes antes de dirigirse al otro lado en busca de nuevos. Tampoco es un secreto por qué querrían mantener estas piscinas ocultas; cualquier cautivo que mirara estos cuerpos tendría una idea muy diferente de lo que significa ser un huésped Sevora.

Y es entonces cuando me doy cuenta de por qué algunos

de los guardias Sevora vinieron por aquí: hay tantas almas apáticas aquí que si alguien las incitara a luchar, podrían abrumar todo este edificio y más.

—Cientos y cientos de ellos —susurra Malo.

—Vamos —finalmente logro decir—. No podemos quedarnos solo mirando o los Sevora se darán cuenta de que no estamos tomados. Vámonos.

CAPÍTULO 20

INCITANDO A LA REBELIÓN

EL DISPARO SE EFECTÚA: una ráfaga de energía blanca y brillante se dirige hacia la lanzadera Oratus que se aproxima. Justo cuando está a punto de impactar, el rayo blanco se difumina en una serie de delgados chispazos y se dispersa alrededor de la nave sin causar daño aparente.

—Escudos de dispersión —sisea Bas—. Lo sospechaban.

—¿Cómo no iban a hacerlo? Dos Ooblots capturando a dos Oratus —dice Eneks—. Especialmente unos como ustedes.

Sax observa cómo la lanzadera continúa su aproximación, dirigiéndose hacia la esclusa de aire del jardín. Si la nave tenía sus escudos activados —algo que consumía mucha energía y no valía la pena hacer si no se sospechaba un ataque—, entonces se deducía que lo que fuera que esperaba dentro de esa lanzadera sería lo suficientemente fuerte como para capturar a Sax y Bas por la fuerza.

—Disparen de nuevo —ordena Sax, y los Ooblots cumplen la orden.

Otro rayo blanco sale disparado, otro rayo blanco se disipa en la nada.

—¿Solo tienen un cañón en esta estación? —pregunta Sax.

—Solo uno que estamos dispuestos a usar —responde Eneks—. Intenten matarnos si quieren, pero si nos enemistamos con los Vincere, entonces estaremos definitivamente muertos.

—Tenemos que huir, Sax —dice Bas—. ¿Volver con Plake, tal vez? ¿Obligarla a que nos saque de aquí?

Sax ya está negando con la cabeza antes de que Bas termine de hablar. Ya ha tenido suficiente de negociaciones. Suficientes tratos y rodeos. Solo hay una forma en la que quiere salir de esto: Sax quiere pelear, ganar, recuperar quién es.

—Eneks, ¿dónde está el sistema de comunicaciones más cercano? —sisea Sax, y el Vyphen señala hacia otra habitación en el corto edificio de los Ooblot.

—¿Qué estás haciendo? —pregunta L'Renee.

—¡No puede ser nada bueno! —añade N'Ollene.

Sax entra pesadamente en el espacio de los Ooblot. Las terminales están colocadas a baja altura, pero Sax aún puede tocar las pantallas, abrir un canal hacia la lanzadera que se aproxima.

—Soy Sax, su objetivo —gruñe Sax en los altavoces integrados en la base de la terminal.

—Se le busca por sospecha de rebelión contra el Coro —la voz que responde es acuosa, un Whelk—. Se le ordena rendirse y esperar nuestra llegada. Cualquier intento adicional de ataque desde la estación será respondido con fuerza letal.

—Incinerar una estación entera por dos Oratus parece brutal, incluso para nuestros estándares —dice Sax.

—Nosotros seguimos nuestras órdenes, a diferencia de usted.

—Yo sigo mi conciencia. —Sax corta la comunicación. Cambia el canal para transmitir por toda la estación—. *Estación Scrapper*, los Vincere declaran que cualquiera en esta estación que no se someta a un interrogatorio, que no se entregue y enfrente los crímenes de los que pueda ser culpable, será ejecutado.

Toma un respiro. Mira a Bas, quien le da un asentimiento.

Una mentira que podría causar la muerte de muchos.

Una mentira que podría permitir que los Oratus vivan.

—Hemos elegido contraatacar. Cualquiera que esté con nosotros, que quiera sobrevivir, busque sus armas, agrúpense y encuentren su valor. ¡La *Estación Scrapper* no se doblegará ante la opresión!

Incitar a inocentes a rebelarse no es algo que Sax haya hecho antes, y estar arriba en el jardín, lejos de esas mismas personas, hace difícil discernir qué efecto ha tenido, si es que ha tenido alguno. Lo clave, sin embargo, es que añadió un canal abierto a esa última transmisión, enviándola al espacio.

A la fragata Vincere, a la lanzadera.

Si hay culpa por potencialmente provocar una pelea entre personas que podrían haberla evitado, Sax la elimina con la certeza de que cualquiera en la *Estación Scrapper* probablemente está evitando trabajo legal de todos modos. Todos aquí tienen algo que esconder, alguien a quien estafar y la disposición de hacer lo que sea necesario para sobrevivir.

Lo que está apostando es que harán lo suficiente para comprarle a Sax y Bas algo de tiempo para encontrar una forma de salir de esta estación.

—Al menos cumpliremos nuestra promesa al Teven —dice Bas cuando Sax regresa con ellos.

—Sí, estoy seguro de que estarán encantados cuando toda la estación esté ardiendo por sus acciones. —Eneks suspira.

—¡Nos han matado a todos! —grita L'Renee desde su terminal.

—Solo si los dejan —dice Sax—. Es pelear o morir ahora, Ooblot.

—¡Entonces pelearemos! —anuncia N'Ollene—. ¡Dispara, Hermana, y dispara de nuevo!

Esta vez, son cinco ráfagas blancas las que salen disparadas desde la estación, y ahora la lanzadera intenta moverse. Se balancea arriba y abajo, de modo que solo tres de los disparos logran salpicar sus escudos, con el último atravesándolos y rozando la armadura de la lanzadera.

—Apunten a la fragata —dice Sax—. Manténganla alejada de la estación. Nosotros nos encargaremos de la lanzadera.

—No me gusta esto —responde L'Renee.

—Pero lo intentaremos —añade N'Ollene.

Sax y Bas se dirigen a la esclusa de aire mientras la lanzadera se acerca para un acoplamiento forzoso. Dos Oratus contra quién sabe cuántos. Sax todavía tiene el minero que le quitó al guardia Flaum, pero eso apenas es suficiente artillería. Inspeccionan alrededor de la esclusa, buscando vulnerabilidades, lugares para cubrirse, pero los arbustos no bloquearán ningún láser, y la esclusa es lo suficientemente ancha como para permitir que las tropas se desborden.

—Nuestra única oportunidad es romper el sello —dice Bas mientras estudian la esclusa, buscando esperanza.

—No tenemos las armas para hacer eso —responde Sax.

—Pero nosotros sí —la voz de Agra-Red viene desde detrás de ellos. El minero de asalto del ardiente whelk, integrado en su cuerpo, tiene un conjunto completo de baterías que se extienden desde el arma y alrededor de Agra-Red. Black, la corpulenta Flaum, está de pie junto a él, junto con Plake, cada uno sosteniendo montones de sus propias armas.

Y todos apuntan a los dos Oratus.

—¿Qué opinas, Plake? —dice Agra-Red—. ¿Los volamos y los Vincere nos dejan ir a todos?

La capitana vyphen se acaricia la boca púrpura-rojiza con un brazo emplumado iridiscente, luego sacude la cabeza. —Siento que esa opción ya no existe. Estos dos nos han quemado a todos. Eso es lo que pasa cuando disparas contra una nave Vincere. Simplemente arrasarán la estación en lugar de evaluar quién es inocente y quién no.

Sax está tratando de encontrar una vulnerabilidad, pero a diferencia de los inútiles guardias Flaum de antes, Plake, Black y Agra-Red mantienen su distancia. Tendrían más que suficiente tiempo para reaccionar, apuntar y disparar antes de que Sax pudiera saltar hacia ellos.

—Ese es el punto —sisea Bas—. Te lo dijimos. Hay algo más grande sucediendo aquí, algo que termina si capturan a Evva.

—¿Algo lo suficientemente grande como para condenar a todos en esta estación? —dice Plake.

—Sí.

La vyphen finge considerar, pero Sax apuesta a que ya ha tomado su decisión. Piensa que si Plake realmente los quisiera muertos, les habría disparado por la espalda. Ni siquiera les habría dado a él o a Bas la oportunidad de responder.

—Esto es lo que veo —comienza Plake—. El resto de mi vida pasándola transportando pasta nutritiva y parando en antros como este, o un breve momento tratando de herir a los bastardos que han convertido a los vyphen en cretinos como este.

Asiente hacia Eneks, quien logra parecer ofendido y avergonzado al mismo tiempo.

—Los Oratus arrasaron mi mundo natal —dice Agra-Red—. No les tengo ningún cariño. Tampoco a ustedes dos, pero parece que podrían darme la oportunidad de causar un daño real. —Se gira, apuntando el minero de asalto detrás de Sax—. Además, necesito más excusas para jugar con esta cosa.

Ambos miran a Black, que empuña un gouter de nariz chata, conectado a un gran tanque en su espalda. Ella mira a los Oratus y se encoge de hombros.

—Coorvin dice que están del lado bueno, y confío en él.

Se escucha un fuerte golpe detrás de ellos, seguido por los sonidos de zumbidos y chasquidos de cerraduras deslizándose en su lugar. La lanzadera está acoplándose.

—Ahora quítense del medio, idiotas, o los freiré a ustedes también —Agra-Red agita la punta de su minero, y tanto Sax como Bas se apartan a ambos lados de la puerta de la esclusa.

Eneks corre hacia el panel de control de la esclusa, mira a Plake, quien niega con la cabeza.

—No hasta que estén dentro —dice Plake—. Solo tenemos una oportunidad para esto.

Sax observa a través del cristal hacia la blancura cremosa de la esclusa. En lugar de una ventana real que se abre al espacio, ahora hay un túnel iluminado por pequeños globos de luz. Un túnel que conduce de vuelta a la lanzadera, a la fuerza que viene a llevarlos a todos.

Aunque, a juzgar por la sonrisa maníaca de Agra-Red, Sax piensa que los Vincere van a tener un momento más difícil de lo esperado.

Las primeras tropas Flaum entran en la esclusa, y están listas para casi cualquier cosa. Tienen mineros, tienen armaduras y se mueven como un escuadrón entrenado. Lo que no esperan, sin embargo, es un Whelk rojo loco con un cañón gigante esperándolos.

Ante el asentimiento de Plake, Eneks abre el panel y, cuando la puerta de la esclusa se abre, Agra-Red ataca. Una cascada de rayos rojos surge, puntuada por un zumbido creciente mientras las bombas del arma siguen trabajando para hacer circular el gas a través de las baterías ionizantes del minero. Agra-Red mantiene el constante rocío moviéndose de un lado a otro y, más allá de los gritos de pánico de los Flaum atrapados, hay un nuevo sonido: alarmas de vacío. Agra-Red ha perforado el casco que conduce de vuelta a la lanzadera, exponiendo todo al espacio abierto.

Al primer indicio de la succión, la esclusa se cierra por sí sola y Sax ni siquiera se mueve un centímetro. Los Flaum, y cualquiera atrapado en el túnel hacia la lanzadera, no tienen tanta suerte. Son expulsados al espacio, y Sax puede ver sus figuras congeladas instantáneamente girando hacia la oscuridad.

—Séllalo —dice Plake.

Black se adelanta con su gouter y comienza a rociar un líquido verde pesado. Salpica alrededor de la esclusa, liberando mucho vapor mientras el plasma se hunde en el metal. El enfriamiento llega rápidamente, con el verde asentándose en un gris profundo y endureciéndose alrededor de la puerta, finalmente cubriendo toda la entrada.

—Pueden romper eso —dice Sax.

—Pero no lo harán —responde Plake—. No cuando tienen muchas bahías de acoplamiento para usar.

Hay un crujido, luego la voz de L'Reneo resuena por el sistema de transmisión de la estación: —Están lanzando lanzaderas y cazas adicionales. *Estación Scrapper*, ¡prepárense para un asalto inminente!

—¡Muéstrenles lo que un montón de escoria y vagabundos pueden hacer! —añade N'Ollene.

No pierden tiempo quedándose cerca de la esclusa. Los cinco —Eneks se retira de vuelta con las Hermanas— se dirigen al ascensor, se apresuran a entrar y bajan al Nexo.

—Nunca esperé que vinieran en nuestra defensa —dice Sax mientras el ascensor desciende lentamente.

—Nunca quisimos —responde Plake—. Nos forzaron la mano.

—Esa era nuestra intención.

—No es lo que se supone que debes decir.

—Gracias —sisea Bas—. Ahora, tenemos que irnos.

Agra-Red se ríe. —¿Irse? ¿Después de haberlos enfurecido a todos?

—Incluso si logramos repeler este asalto —dice Bas—, llamarán refuerzos. La estación será destruida, a menos que nos vayamos. A menos que asumamos la responsabilidad.

—¿Compasión? ¿De un Oratus? No pensé que tuvieran —dice Plake, luego suspira—. Y supongo que planean que nosotros los llevemos, ¿no?

—Sí.

Sax no es muy dado a la sutileza.

CAPÍTULO 21

CIUDAD EN LLAMAS

AVANZAMOS APENAS DIEZ PASOS. Estamos junto a una de las piscinas de alimentación, con un cuarteto de Whelk de pie, mirándonos con ojos vacíos, cuando se escucha un grito desde el fondo de la sala.

—¡Los humanos vinieron por aquí! —La voz del Flaum es dura, enojada y estridente—. ¡Dejen a estos, atrápenlos!

Parece que el grupo de Flaum está ocupado disparando a las especies liberadas y confundidas, y arrojándolas en montones. Ejecuciones sumarias para potenciales problemas. Ver esto me revuelve el estómago, pero reprimo la repulsión cuando veo a los diez Flaum girarse hacia nosotros.

—Y ahora corremos —dice Viera.

Una parte de mí quiere quedarse y luchar, porque es evidente el tipo de final que les espera a todos estos inocentes. Está claro que los Sevora están optando por una seguridad severa, que están tratando a estas especies como productos en lugar de personas. Pero nos superan en número y armamento, y si va a haber tanta muerte, entonces el sacrificio debe ser por algo.

Viera dispara algunos tiros con sus mineros, aunque no veo si alguno acierta. Estoy mirando alrededor, tratando de encontrar una salida, y localizo una a lo largo de la pared trasera; una serie de puertas arqueadas similares a las de la torre de Nasiya, las que conducen a esos tubos y las plataformas blancas.

—¡Por allí! ¡A través de los arcos! —grito mientras empiezo a correr.

En la jungla, usaba los árboles como cobertura, ya fuera para esconderme o para esquivar rocas lanzadas y flechas disparadas. Aquí hago lo mismo, solo que en lugar de árboles, uso las formas errantes de Flaum aturdidos, de Tevens agrupados que apenas comienzan a flexionar sus brazos y piernas fuera de sus caparazones. Los Sevora Flaum disparan sin cesar, y no les importa dónde quemen sus mineros. Las especies caen a nuestro alrededor mientras corremos, muchas sin emitir sonido alguno. Tal vez están tan desconectadas de sus propios sentimientos que ni siquiera reconocen el dolor.

Los rayos que no golpean a un espectador zumban en las paredes y el suelo a nuestro alrededor, dejando marcas de quemaduras o burbujas en las baldosas.

Un disparo cae justo frente a mí, haciendo estallar un trozo del suelo, y el polvo caliente me golpea la cara, con la máscara amortiguando la temperatura. Tropiezo, aunque la máscara filtra el polvo, luego siento el brazo de Malo en mi espalda, empujándome hacia adelante.

—Si nos detenemos, Kaishi, morimos —dice, y quiero decirle que lo sé, pero no puedo encontrar el aliento.

El aire está enfermo con el olor a carne quemada, con el zumbido eléctrico del metal fundido y las baterías descargadas, y mi máscara no limpia el olor. Mis oídos resuenan con gritos, el zumbido de la energía gastada y el constante retumbar de explosiones fuera del edificio.

Pero llegamos a los arcos. Yo primero, con Malo justo detrás, y Viera continuando su torrente de disparos salvajes. Noto que la armadura de ella tiene algunos agujeros quemados, pero Viera sigue moviéndose y de todos modos no tenemos tiempo para primeros auxilios.

Todos los arcos desembocan en una sección trasera más pequeña que a su vez alimenta esos mismos tubos de plataforma.

—¡El del medio! —señalo mientras corremos hacia la única plataforma que ya está allí esperando.

El resto de la estación está vacía; aparentemente nadie quiere visitar las piscinas de nacimiento cuando todo va mal. Los láseres continúan salpicando las paredes detrás de nosotros, pero la persecución parece poco entusiasta. Para cuando llegamos a la plataforma, ya no hay nadie a la vista.

—¿Alguien sabe cómo usar esta cosa? —pregunta Viera mientras nos apresuramos a través de las puertas.

—Ni idea —digo, volviéndome hacia el panel de control de todos modos—. Pero supongo que cualquier lugar es mejor que aquí.

No hay botones, solo una pantalla con un laberinto de iconos. Me recuerda a la consola del *Cobalt*, y desearía que Ignos estuviera aquí para decirme qué significan todos. A falta del Sevora, y sin tiempo para sumergirme en el Cache, toco uno que parece una nave voladora.

Las puertas se cierran de golpe. Retrocedo hacia la plataforma y me siento en la silla que se forma para adaptarse a mi tamaño.

—Estamos vivos —logro decirles a mis amigos, y entonces la plataforma sale disparada.

Nuestro viaje nos lanza hacia arriba y lejos del edificio

de las piscinas de nacimiento, y lo que veo se graba en mi mente: a través del vasto paisaje urbano de Vimelia, torres de humo se elevan por todas partes, como árboles negros y ondulantes de un desierto plateado.

A diferencia de nuestro primer viaje con el Flaum, esta plataforma expande una película transparente a nuestro alrededor cuando alcanzamos velocidad, y descubro que el aire rápido no me roba el aliento. Aparentemente, los Sevora construyen su transporte por grados: los que van y vienen de las piscinas de nacimiento obtienen una mejor clase de viaje.

—Sapphrite no estaba bromeando —dice Viera mientras nos deslizamos por el aire—. El Amanecer de la Claridad se está empleando a fondo en esta.

—¿Viste cómo se veía allá abajo? —respondo—. Estaban muriendo de hambre, y parecía que solo la suerte los mantenía con vida. En lugar de esperar a que los Sevora los eliminen, mejor luchar en sus propios términos.

—Mejor morir por algo que a causa de alguien —agrega Malo.

El tubo nos lleva hacia afuera y alrededor de la gran escultura cerca del edificio de las piscinas de nacimiento, y obtenemos una buena vista de lo que está sucediendo fuera de la entrada principal, donde la mayoría de los prisioneros están amontonándose.

Es tan malo como el camino que tomamos: un campo de tiro de guardias Sevora arrasa con prisioneros desarmados y aterrorizados que intentan escapar del edificio. Un espectáculo de luces unilateral.

—Eso es tan horrible —no puedo evitar decir.

—¿Ignos quería que te unieras a eso? No, gracias, —Viera mira sus mineros—. Deberías haberme dejado aplastar a la babosa cuando Rackt la sacó de tu cabeza.

—Tal vez sí.

La plataforma, misericordiosamente, sigue moviéndose y pronto la masacre desaparece de la vista detrás de edificios más altos. Todavía es difícil ver hacia dónde nos dirigimos, así que les digo a los otros dos que voy a deslizarme en el Cache.

Incluso con toda la emoción, activar el Cache y su destello esmeralda me aleja de nuestro veloz viaje y me sumerge en el nexo infinito y fresco de datos. Inmediatamente, un mapa gigante de Vimelia llena el espacio a mi alrededor, y nuestra ubicación actual se muestra como un punto parpadeante en una ciudad azul translúcida.

El Cache traza nuestra ruta actual, y va directamente desde donde estamos hacia un gran óvalo que, con una pregunta mental, el Cache identifica como el espaciopuerto.

Con nuestra parte de la misión de Sapphrite completada —todo lo que teníamos que hacer era envenenar las piscinas de nacimiento— nuestro único objetivo ahora es llegar al espaciopuerto, encontrar el transbordador que Rackt supuestamente tiene esperándonos, y salir de aquí.

Sacudo el Cache y les anuncio a Viera y Malo que vamos hacia donde se supone que debemos ir. Me acomodo de nuevo y miro al frente.

Llenando el aire ahora hay más y más de los transbordadores Sevora que dejaron caer el grupo inicial de Flaum que nos encontró cuando escapamos de las alcantarillas. El emblema de Nasiya resplandece en algunos, el de Jel en otros. Ambas facciones, parece, se están uniendo para detener a El Amanecer de la Claridad.

Y me doy cuenta de que ya no me importa realmente. Ni la lucha de los Sevora, ni el deseo de Sapphrite de vivir para siempre con los otros Amigga, ni si estas criaturas se devoran entre sí en su política asesina. No, todo lo que quiero es ir a casa.

Por eso casi grito cuando la plataforma se ralentiza, luego se desvía de su camino recto para descender, justo hacia un edificio alto en forma de huevo debajo de nosotros. Nos deslizamos a través de una abertura en la parte superior, lo suficientemente grande como para que quepa solo nuestra plataforma. Los pisos por los que pasamos están oscuros, esqueléticos, como si este edificio aún estuviera en construcción.

Finalmente, la plataforma se asienta en la base, donde, en efecto, hay montones y montones de materiales.

También hay un conjunto de cinco criaturas de pie, esperando. Una avanza mientras la burbuja de la plataforma retrocede y nuestros asientos desaparecen debajo de nosotros. A medida que la criatura se acerca, reconozco la forma. Como Sax y Bas, pero más pequeña, y sus escamas son de un gris apagado. Varias se desprenden en los pasos hacia nosotros. Pero las garras en sus cuatro brazos brillan lo suficientemente afiladas.

—Kaishi. Esperaba volver a verte —dice la criatura, y incluso con el silbido áspero de una lengua Oratus, es una que conozco.

Ignos.

—Tienes un cuerpo nuevo —es lo primero que se me ocurre decir.

Bajamos lentamente de la plataforma hacia el oscuro esqueleto del edificio. Sobre nosotros, marcos de ventanas empapelados filtran luz marrón que baja del cielo, y una docena de puertas abiertas a lo largo de la calle dejan entrar el ruido de la lucha. Huelo polvo, el toque de productos químicos.

—Un huésped, Kaishi. Así es como los llamamos —Ignos, siempre enseñándome—. Pero este es un fracaso.

Realmente parece estar desmoronándose. Como si fuera viejo o estuviera muriendo. ¿Por qué Ignos llamaría a eso un fracaso?

—¿Qué quieres decir? —pregunto.

—Nunca hay un fin para nuestro conflicto. Los Amigga no van a parar hasta que todos estemos muertos, lo que significa que necesitamos aplastarlos primero. Para hacer eso, necesitamos mejores armas. Necesitamos unas perfectas. —Ignos mira sus garras.

—¿Así que están creando Oratus?

—Son demasiado difíciles de capturar, pero toma el ADN de los pocos que tenemos y tal vez podamos hacer lo que los Amigga hicieron, lo que ya hemos hecho con tantas otras especies. Lo que te haremos a ti.

—Sí, ya basta de esto —anuncia Viera a mi lado—. Ahora que no estás en su cabeza, es hora de hacer lo que debería haberse hecho hace mucho tiempo.

Ella saca sus mineros mientras los cuatro guardias Flaum alrededor de Ignos sacan los suyos. Las manos de Viera son más rápidas que las garras de los Flaum, y tiene la ventaja de medio segundo de saber exactamente lo que va a hacer. Así que sus láseres golpean primero, enviando a un par de guardias de Ignos ardiendo al suelo.

Ignos, sin embargo, no se queda sentado mirando, sino que salta hacia mí.

—Tienes que entregarte a nosotros —sisea el Sevora mientras vuela hacia mí—. ¡Los Sevora te necesitan!

El bastón metálico de Malo atrapa a Ignos en un amplio golpe cuando la criatura se acerca a mí, y Malo lo golpea contra el suelo. El guerrero Charre está empuñando el bastón con ambas manos, y lo levanta, gira la punta, y se prepara para apuñalar al parásito que había compartido mi mente.

—¡Malo! —grita Viera mientras sale de un salto, esquivando el contraataque de uno de los Flaum restantes.

Pero no de ambos.

El segundo, el último Flaum está apuntando a Malo, y aprieta el gatillo mientras el guerrero Charre apuñala con el bastón. El disparo vuela certeramente, alcanzando a Malo en el pecho y haciéndolo tropezar, alejándolo de Ignos.

Malo cae a mis pies. Quiero revisarlo, pero el Flaum está moviendo su minero hacia mí ahora, así que recurro a mi entrenamiento y me lanzo hacia adelante, recogiendo el bastón caído de Malo y poniendo el cuerpo mucho más grande de Ignos entre el Flaum y yo.

Otra serie de láseres destella a nuestro alrededor: Viera, volviendo al trabajo.

—Esta no eres tú, Kaishi —sisea Ignos, poniéndose de pie, un movimiento que desprende más escamas—. No eres una luchadora. Eres una líder.

—¿Y qué eres tú, Ignos? Pensé que eras mi amigo. —Mantengo el bastón listo, observo esas garras.

—Nunca afirmé ser otra cosa de lo que era. Te di milagros, las herramientas que necesitabas para salvar a tu gente. Todo lo que pido a cambio es una oportunidad, una oportunidad para que mi propia especie sobreviva.

—¡No tomando el control de la misma gente que ayudaste a salvar!

—¡No hay otra manera!

Ignos salta hacia mí después de su rugido, y yo retrocedo bailando, golpeando una garra con el extremo del bastón. Había visto moverse a Sax y Bas, e Ignos parece brusco, inseguro de cómo manejar las extremidades. Por supuesto, si solo ha tenido el cuerpo durante unos días...

Presiono el ataque. Ruedo sobre mi pie trasero y me lanzo al alcance de Ignos. El Sevora intenta ajustar sus largos movimientos: garras cortando hacia donde pensaba que estaría, pero no parece poder moverlas lo suficientemente rápido. Empujo el centro del bastón hacia arriba y golpeo su boca, luego, mientras Ignos retrocede, bajo el bastón a mi cintura y lo empujo hacia adelante como una lanza.

La punta se clava en el costado de Ignos, perforando escamas finas y frágiles. Sangre espesa y enferma rezuma alrededor de la herida, e Ignos agarra el bastón, me mira con esos ojos amarillos de Oratus.

—Quizás me equivoqué —murmura Ignos.

—Te equivocaste en muchas cosas —respondo.

Ignos arranca el bastón, dejando que fluya más sangre del cuerpo, y lo sostiene en su garra media derecha.

—Hay una ventaja en ser un huésped, Kaishi —dice Ignos—. Solo sientes lo que quieres sentir.

El Sevora da un paso hacia mí, y entonces un destello brillante pasa sobre mi hombro, golpea a Ignos en el amplio pecho del Oratus, y derriba a la criatura al suelo.

—Vamos, Kaishi —dice Viera, corriendo a mi lado—. Esa cosa era malvada de todos modos.

CAPÍTULO 22

ESCORIA CONTRA VILLANÍA

EL ASCENSOR ATERRIZA en el Nexo y los cinco salen a un caos de gente deslizándose. Las especies corren de un lado a otro, algunas solas y otras en grupos. Algunas llevan armas, la mayoría busca lugares para esconderse. Piden modificaciones de escape o cómo rendirse.

A Sax no le importa decirles que los Vincere no tomarán prisioneros. No aquí, ya no.

Es una carrera rápida a través del Nexo hasta el radio donde está estacionado el *Mobius*. Incluso en sus diversos niveles de pánico, las multitudes abren paso para el voluminoso Oratus y sus amigos fuertemente armados. Más de unos cuantos los siguen, presumiblemente dirigiéndose a sus propias naves y calculando estar donde está el poder de fuego.

Lo cual resulta ser una buena decisión para todos cuando las Hermanas anuncian que las primeras lanzaderas han aterrizado.

El radio de atraque en sí es un pasillo largo y ancho con números iluminados con neón colgando fuera de grandes puertas arqueadas que conducen a las bahías. Debajo de los números están los nombres de los ocupantes actuales, y Sax puede ver el azul brillante del #6, y debajo, *Mobius*, lejos en el radio.

Sin embargo, la mayoría de las bahías están vacías. Y la mayoría de sus puertas se están abriendo.

—Demasiado tarde —dice Black—. ¿Cobertura?

Dos opciones: o bien presionan y tratan de llegar a la bahía, o se quedan atrás y luchan contra las fuerzas que vienen. El problema con lo último es que los Vincere tienen más tropas, más armas que ellos.

—Si jugamos a lo seguro, estamos muertos —anuncia Sax—. Iré por tu nave y volveremos por ustedes. Cúbranme.

Le lanza a Bas el minero que aún tiene del Flaum, y luego Sax corre hacia la pared.

Agra-Red y Plake se encargan de proporcionar fuego de cobertura, junto con un grupo de bribones de la *Estación Scrapper*, y desatan láseres contra los grupos de soldados que entran en el radio. No hay mucho donde esconderse en el pasillo: algunas cajas aquí y allá, algunos estantes de baterías de los que todos se mantienen bien alejados, por lo que el tiroteo rápidamente degenera en una fila de asesinos cegadora.

Sax sube por la pared derecha, usando sus garras para impulsarse. Las paredes de la estación espacial no están diseñadas para resistir las garras de un Oratus, por lo que se abre camino en una rápida escalada hacia los soldados.

Los gritos y alaridos se vuelven fuertes, luego un disparo perdido golpea algo combustible y una explosión sacude el centro del radio, llenando el aire de humo y energía chisporroteante. Sax no puede ver nada excepto los destellos de aquellos que no se ven disuadidos por el hecho de que no pueden ver su objetivo. Sigue moviéndose hacia adelante, mantiene sus respiraderos cerrados el mayor tiempo posible;

quién sabe qué gases terribles están siendo soplados por el aire ahora.

Es difícil golpear a un Oratus en condiciones perfectas, mucho menos cuando Sax tiene una pared de gris ocultándolo de la vista. Sax trepa sobre el resplandor azul de la Bahía Cinco, y no mucho después se encuentra sobre el número seis. Cae al suelo, está a punto de atravesar las puertas, cuando se da cuenta de que están cerradas.

Sax corre hacia el panel de control a un lado, golpea el botón para abrir, pero todo lo que obtiene es un simple mensaje de error. Bloqueado. Así que en su lugar toca el intercomunicador, intenta hablar a través de él.

—¿Quién llama? —Es Engee, el Teven.

—Sax. Abre la puerta de la bahía.

—¿Dónde está Plake?

Sax oye un ruido detrás de él. El humo es demasiado espeso para ver qué es, pero tan lejos en el radio, es poco probable que sea un amigo.

—Está ocupada. Necesito que me ayudes a rescatarlos.

—¿Qué tal si me dices dónde está ella y los buscaremos primero?

Sax sisea, levanta su garra y está a punto de golpearla contra el panel, cuando un disparo de minero se estrella contra la pared junto a él.

—Me engañaste una vez, Sax —gruñe Gar—. No va a suceder una segunda vez.

Dar la espalda a un enemigo es lo último que Sax quiere hacer, especialmente cuando ese enemigo tiene cuatro garras afiladas y un par de talones. Pero el *Mobius* tiene que despegar, o uno de los láseres que aún vuelan por el humo va a golpear a Bas.

—Ve a la Bahía Uno. Están justo fuera de la puerta —

logra decir Sax antes de que un par de garras se claven en su hombro y lo arrojen lejos del intercomunicador.

—¿Hablando con alguien? —sisea Gar, lanzándose sobre Sax, con los dientes chasqueando hacia su garganta.

Sax, empujando a Gar hacia atrás con sus propias garras delanteras, logra poner su cola entre los dos y empuja hacia arriba con el fuerte músculo. Su cola empuja a Gar hacia arriba y lo aleja de él, a través del aire y hacia el humo en algún lugar de vuelta en el radio.

El Oratus salta a una posición agachada, escanea la niebla. Todavía hay bastante ruido de batalla, aunque está viendo menos destellos viniendo de vuelta por aquí. La pequeña banda de rudos nunca iba a durar mucho.

Gar cae desde arriba, y Sax solo tiene una fracción de segundo de advertencia por el repentino rizo del humo gris. Sax intenta saltar a la derecha cuando Gar se estrella contra él, y ese centímetro de distancia significa que los talones de Gar solo abren un largo corte en el cuello de Sax en lugar de perforarle la cabeza. Sin el aterrizaje sólido, Gar tiene que sostenerse en el suelo, lo que lo pone a un nivel perfecto para que la cola de Sax lo golpee.

Esta vez, el golpe aplastante de Sax envía a Gar contra la puerta de la Bahía Seis, y Sax no deja que su antiguo amigo se recomponga. Sax avanza de un salto y, en un solo brinco largo, inmoviliza a Gar. Con su garra izquierda, Sax empuja el cuello de Gar contra el metal, las puntas de sus garras presionando las escamas de Gar.

—Nunca te preocupaste lo suficiente por tu entorno —sisea Sax.

—No soy el único —gruñe Gar.

Una ola de luz azul golpea a Sax, y siente que toda sensación desaparece, todas las cosas se desvanecen en una nada adormecida.

MALO SIGUE en el suelo cuando nos volvemos hacia él, y tiene una profunda quemadura en el pecho. Sus ojos están cerrados y su respiración es entrecortada.

—¿Podemos levantarlo? —dice Viera, y me muevo para intentarlo.

Sin embargo, el guerrero no es liviano, y nos toma a ambas levantar a Malo del suelo. Cuando lo alzamos, los ojos de Malo se abren de golpe y jadea.

—¡No me muevan! —dice Malo, apoyándose en nosotras—. Es demasiado doloroso.

—Es eso o te quedas aquí con todos estos encantadores cadáveres —responde Viera.

—No estamos lejos —digo, aunque solo es una suposición—. No es peor que cuando los asesinos de Jakkan nos atacaron en casa.

Malo cierra los ojos con fuerza por un segundo, luego asiente.

Un paso a la vez —digo, y entonces nos movemos.

Viera mantiene un minero desenfundado en su mano derecha mientras avanzamos sigilosamente. Logro echar un vistazo al resto de los Flaum, al humo que aún se eleva de sus cuerpos.

—Eres más letal de lo que pensaba —le digo.

—Aparentemente tengo que serlo cuando estoy contigo —responde Viera—. Parece que nos metemos en todo tipo de problemas.

Mi mano, en la cintura de Malo, siente su sudor, su piel temblorosa. No sé si logrará salir de esta, pero voy a hacer todo lo posible por intentarlo.

Salimos del edificio con forma de huevo y nos encontramos en una amplia calle. No muy lejos, puedo ver el gigantesco óvalo que marca el espaciopuerto, el lugar donde aterrizamos después de que Ignos nos engañara para viajar aquí.

—No está lejos, Malo, no está lejos —le susurro.

—Solo sigan adelante —responde Malo, con los ojos aún cerrados.

Así que eso es lo que hacemos. Con el caos continuo en toda la ciudad, nadie se molesta en detenerse para ver qué está pasando con tres especies luchando por avanzar lentamente por el suelo. Pasamos bajo enormes edificios, bajo pasarelas y tubos ondulantes, muchos de los cuales aún tienen plataformas transportando gente de un lugar a otro. Aparentemente, ni siquiera un ataque total de El Amanecer de la Claridad logra detener a Vimelia.

—¿Viste a Ignos? —le pregunto a Viera mientras nos movemos—. El cuerpo que estaba usando parecía estar desmoronándose.

—Tal vez solo tenían uno viejo —Viera no suena nada curiosa—. O la cosa estaba enferma. No me quejo, de cualquier manera.

Continuamos unos pasos más. Malo se está volviendo más pesado, pero no voy a dejarlo, así que me esfuerzo al máximo, supero el dolor en mis hombros y la presión en mi espalda y sigo adelante.

Todavía tengo curiosidad sobre cómo Ignos logró atraparnos, cómo redirigió la plataforma para emboscarnos allí en la parte inferior del edificio. Si estaba planeado, ¿por qué solo ir con unos pocos Flaum? Si no lo estaba, ¿cómo nos encontró Ignos tan rápido?

—Kaishi, ¿recuerdas cuando murió el Emperador? —dice Malo, su voz suave, más débil de lo que jamás la he oído.

—Tú lideraste nuestras fuerzas. Ganaste la batalla.

—Yo dormí —añade Viera—. Fue glorioso.

—Pensé que lo hacía por venganza, para honrar su sacrificio —continúa Malo—. Pero creo que todos sabíamos, incluso el Emperador, que no era por él por quien luchábamos, sino por ti y lo que nos estabas dando. Si te perdíamos, entonces lo perderíamos todo.

—Te refieres a que, si perdían a Ignos —respondo.

—No, a ti. Porque seas lo que seas, Kaishi, eres amable. Te preocupas. Si Ignos hubiera encontrado a un guerrero que no se contuviera, que solo quisiera conquistar, entonces todos habríamos perdido.

—Calla, Malo —No quiero que muera a mitad de frase, especialmente ahora que lo hemos cargado tan lejos—. Intenta guardar tus fuerzas.

—No es como si Kaishi necesitara los elogios de todos modos —dice Viera—. Ella sabe que es genial.

Malo logra medio reír, luego vuelve a caer en silencio.

El espaciopuerto está más grande, más cerca ahora. No hay una entrada grandiosa, sino una serie de túneles con aberturas arqueadas que conducen hacia abajo. Frente a la abertura más cercana, veo una cara familiar y agito mi brazo.

Rackt y un par de Whelk de El Amanecer de la Claridad se apresuran hacia nosotros y examinan a Malo.

—¿Pueden ayudarlo? —le pregunto al Vyphen, que lleva un trío de mineros, uno más grande en sus manos y dos más pequeños como los de Viera en su cinturón.

El Vyphen mira a uno de los Whelk, quien saca un paquete de su espalda gelatinosa y lo coloca cerca de Malo, sacando un tubo con algún fluido y esparciendo un líquido transparente sobre el área de la quemadura.

—Es una mala —dice el Whelk mientras extiende el gel —. Necesita mejor ayuda de la que podemos darle aquí.

Entonces el Whelk saca algo de su paquete, un pequeño frasco que reconozco.

—¿Estimulante? —digo mientras el Whelk inserta una aguja a través de la tapa de goma del frasco, sacándola cubierta con la sustancia pegajosa.

—¿Lo has visto? —pregunta Rackt.

—Lo he usado —respondo—. Si sobrevivimos a esto, te lo contaré.

—Hablando de eso —los ojos de Viera están siguiendo algo detrás de nosotros, y mientras el Whelk le da a Malo una dosis de la droga energizante, vemos una lanzadera despegar desde el camino por el que vinimos, cerca de la estructura con forma de huevo.

La nave se tambalea en el aire, luego inclina su nariz hacia abajo y comienza a acelerar hacia nosotros.

—¿Qué apuestas a que es Ignos? —dice Viera.

—Ni hablar —respondo—. Salgamos de aquí.

Me doy la vuelta y ayudo a un Malo repentinamente despierto a ponerse de pie. El Whelk se cuelga su paquete médico alrededor del cuerpo y entonces comenzamos a correr hacia la entrada. Mis pies golpean con fuerza en las baldosas, y siento la mano de Malo apretada en la mía mientras avanzamos.

—Esto, lo que estoy sintiendo, no es natural —dice mientras corremos.

—Está salvando tu vida —respondo—. No te quejes.

—No me quejo, solo estoy sorprendido.

La entrada se alza ante nosotros, un arco con un marco rojo brillante salpicado de esos nódulos negros. Los que he llegado a darme cuenta que permiten a otros verte desde lejos.

Una cosa más que me alegraré de dejar atrás en este mundo podrido.

Un rugido gradual crece detrás de nosotros y no necesito mirar para saber que es la lanzadera. El aire nos empuja hacia adelante más rápido, y logramos pasar el umbral, el cielo beige es reemplazado por luces blancas más brillantes y artificiales. Que parpadean mientras ese rugido retumbante se vuelve tan fuerte, tan cerca-

—¡Se está estrellando! —grita Viera—. ¡Al suelo!

Y lo hacemos mientras todo se derrumba, arde y explota a nuestro alrededor.

En algún momento durante la caída, pierdo el contacto con la mano de Malo. Rodamos entre rocas que caen, rebotando por la pendiente hasta que, finalmente al llegar al fondo, dejo de rodar.

La máscara me mantiene erguida e ilesa, aunque no hace nada contra los moretones y el tobillo torcido que siento después de esa caída. Aun así, soy la primera en levantarme, y miro hacia atrás a la entrada colapsada para ver la carnicería.

La nariz de la lanzadera, gris y destrozada ahora, casi me toca. Sus alas han desaparecido, y detrás y alrededor de ella, todo el túnel se ha derrumbado. Piedras, luces chispeantes y una cantidad desconocida de tuberías están dobladas y reventando alrededor de la nave.

Los cuerpos de mis amigos, de Rackt y el médico Whelk —no veo al otro— están esparcidos a mi alrededor. La mayoría están inmóviles o gimiendo. Hay un silbido agudo, y el frente de la lanzadera, el escudo de cristal, se desprende y cae a un lado en el suelo. Saliendo de ella, sus garras raspando contra el costado mientras baja, está Ignos.

Su cuerpo Oratus está sangrando por todas partes. Hay una marca negra en su pecho por el disparo de Viera, y el profundo corte del bastón parece no haberse cerrado. Sin embargo, Ignos está allí de pie, mirándome con la boca abierta llena de dientes afilados.

—Sevora puede superar el dolor, Kaishi —me sisea Ignos—. Podemos llevar un cuerpo a alturas que nunca podría alcanzar de otra manera.

Estoy negando con la cabeza, incluso mientras espero que mis amigos puedan levantarse. —Lo estás matando.

—¿Este? Este nunca vivió realmente en primer lugar. De un tubo a ser mi anfitrión, no sabría qué hacer con la libertad si alguna vez la probara. —Ignos avanza hacia mí, sus garras repiqueteando contra el suelo de la bahía de acoplamiento.

—Esa no debería ser tu decisión.

—Sí. Podría haberte dejado en paz. Dejar que tu tribu, toda tu gente muriera en nombre de la libertad —Ignos no se detiene—. En cambio, te salvé. Me debes una deuda, Kaishi. Una que puedes pagar ahora mismo viniendo conmigo. Uniéndote a mí.

—¿Para hacer qué, Ignos? —grito—. ¿Qué puedo hacer yo que tu cuerpo Oratus no pueda?

—¡Salvar a mi especie! —Ignos se lanza hacia adelante con la última palabra, y trato de retroceder.

Incluso con la máscara, no soy lo suficientemente rápida. Incluso debilitado, el Oratus tiene demasiada fuerza. Ignos me atrapa, agita su cola detrás de mis piernas y me hace caer al suelo.

Se cierne sobre mí, y por un momento en sus ojos amarillo-negros veo algo más que malicia. Y trato de alcanzarlo.

—No quieres matarme —intento decir.

—No quiero —responde Ignos—. Sin embargo, si no vienes voluntariamente, no tengo otra opción.

—Pero si me haces daño, nos haces daño, ¿no conseguirás lo que quieres?

—Mira esto. —Ignos flexiona sus garras—. No es perfecto, pero está lo suficientemente cerca. Y con el tiempo, lo perfeccionaremos. No necesito que estés viva para obtener lo que quiero.

Ignos levanta su garra delantera derecha, y entonces ya no está encima de mí. Hay un destello, y veo una loca bola de extremidades. Pelo negro que reconozco.

Malo. Sus puños vuelan y conectan, hasta que Ignos clava una garra en la espalda del hombre, muerde y lanza a Malo lejos de él contra la lisa pared de la bahía de acoplamiento.

En el momento entre que Malo golpea la pared e Ignos se levanta de nuevo, me doy cuenta de que estamos lejos de ser las únicas personas en el espaciopuerto. Detrás de nosotros, más adentro en el vasto espacio, muchas naves están llegando y partiendo. Sus cohetes puntuantes añaden un ruido de fondo entrecortado a los continuos retumbos de demoliciones lejanas y al chisporroteo más cercano de tuberías que sueltan chispas.

También hay espectadores: especies que asumo están controladas por Sevora, Flaum y otros, mirándonos desde una distancia segura.

Una audiencia que se dispersa tan pronto como Viera se levanta en cuclillas y envía unos cuantos disparos de advertencia en su dirección. También envía uno hacia Ignos, que pasa justo por encima de su cabeza agachada.

—Tenemos que correr, Kaishi —maldice Viera mientras se acerca a mí medio caminando, medio tambaleándose.

—No podemos dejar a Malo —respondo, aunque estoy desarmada.

—No hay problema, tú ocúpate del guerrero, yo me encargaré de la babosa. —Viera levanta el minero y avanza hacia Ignos.

Pero no llega allí. Una de esas lanzaderas que asumí que estaba abandonando el espaciopuerto se acerca zumbando hacia nosotros, pasa volando sobre las cabezas de los espectadores que huyen y baja su tren de aterrizaje junto a mí. La lanzadera tiene forma de diamante, con enormes cohetes que sobresalen de un extremo de un caparazón liso y rosado.

—¡Será mejor que entren aquí ahora mismo, o van a perder su transporte! —La voz de T'Oli, resonando a través de los altavoces—. ¡Sapphrite me dijo que los sacara de esta roca, pero no dijo que tuviera que matarme para hacerlo, así que tienen una oportunidad!

—¡Tengo algo que hacer primero! —grito hacia la nave, aunque no tengo idea si T'Oli puede oírme.

En cualquier caso, corro hacia la forma inerte de Malo. No lo voy a dejar.

Ignos, con Viera acercándose a él, se da la vuelta y corre. El cuerpo maltratado aún puede moverse con las seis garras y talones empujando al unísono. Viera intenta un disparo, falla por la izquierda mientras Ignos se escabulle bajo una nave en reposo y sigue adelante.

Me estoy acercando a Malo, llamándolo por su nombre, y no me gusta que no se mueva. Hay un escalofrío que comienza en mi columna vertebral que no me gusta, una realidad creciente que me niego a reconocer.

Está a un metro de distancia cuando un destello brillante divide el área de acoplamiento, lanzándose delante de mí hacia la pared y destrozando la roca. Le sigue un segundo disparo, de color rojo, que funde el suelo frente a mí, convirtiendo el piso de metal en sopa fundida.

—¡No fallarán una segunda vez! —grita T'Oli.

—¡Kaishi! —grita Viera, dirigiéndose hacia la nave de T'Oli—. ¡Agárralo y vámonos!

Salto sobre el suelo dañado, luego me lanzo hacia Malo mientras otro destello ilumina el mundo frente a mí. Golpea la pared donde está tendido Malo, haciendo volar rocas, metal y cosas peores sobre él.

Empiezo a avanzar a gatas cuando un metal rosado se desliza frente a mí, cortándome el paso hacia el cuerpo de Malo. Una puerta está abierta en la parte inferior de la nave, una delgada rampa deslizándose desde ella. Mi pie derecho se planta y salto, pasando por encima de la rampa y dirigiéndome directamente hacia el cuerpo de Malo cuando algo me atrapa, agarra la túnica que aún llevo puesta y me tira de vuelta a la rampa.

—No puedes salvarlo, Kaishi —dice Viera, tirando de mí por la rampa.

—¡Podemos! ¡Está justo ahí! —Pero incluso mientras digo las palabras, siento que la lanzadera rosa se sacude cuando la defensa de Sevora lanza su siguiente ataque contra ella.

—Malo se sacrificó por ti, Emperatriz, no dejes que sea

en vano —dice Viera, y en ese momento dejo de luchar contra ella.

No soy estúpida: bajar por Malo significa matar a T'Oli, a Viera, a todos nosotros. Así que me doy la vuelta, me alejo del guerrero que ha estado a mi lado durante tanto tiempo y lo dejo morir.

NO HAY CONEXIÓN. Está en el vacío. No, hay algo. Una chispa. Puede aferrarse a ella. Empujar.

Más fuerte.

Sax logra abrir los ojos una rendija. Apenas es suficiente para ver.

Pero tiene que empezar por algún lado.

Hay redes por todas partes. Un bosque de ellas. Debe estar en una de las lanzaderas, lo que explica la fila de terminales al frente y el par de Oratus que las operan. La ventana de la cabina muestra el espacio negro puro. Estrellas. El ocasional destello de láser que pasa frente a ellos hacia el infinito.

Sax debería sentir la vibración de los motores, pero no puede. Debería poder saborear el regusto del aire reciclado, pero sus conductos ahora funcionan por instinto, por acción nerviosa refleja. No se requiere pensamiento consciente.

Su boca tampoco funciona.

Esto debe ser lo que sienten los Sevora en el cerebro de un humano.

Gar gira la cabeza, mira a Sax. Esboza una sonrisa dentuda.

—Parece que nuestro amigo está despertando.

Lan gira bruscamente su propia cabeza y luego la devuelve al frente. Hacia las terminales, los radares y los controles de vuelo.

—Atúrdelo si se mueve.

—Tiene las piernas y los brazos sujetos —Gar se encoge de hombros—. No va a ir a ninguna parte. Aunque supongo que podría darle unos cuantos mordiscos si queremos estar seguros.

—Hasta que demuestren que está ayudando a Evva, Sax sigue siendo Vincere. No deberíamos lastimarlo más de lo necesario.

—Me suena a zona gris.

Lan no se molesta en seguir discutiendo, lo cual es típico de ella. Evitar que Gar vaya demasiado lejos, pero permitiéndole ir lo suficientemente lejos. Sax intenta obtener más control, trata de encontrar sus propios nervios mientras Gar se aleja de las terminales. Se dirige hacia él.

—Ya casi llegamos a la fragata —susurra Gar mientras se agacha cerca de Sax—. No sé adónde fue Bas. No pensé que te abandonaría, pero siempre creímos que ustedes dos eran una pareja extraña. Tal vez está aprovechando su oportunidad.

Sax intenta fulminarlo con la mirada. Solo logra cerrar los ojos lo suficiente para que todo se vuelva gris y borroso.

—¿No te gusta esa idea? Tendrás mucho tiempo para darle vueltas. El Amigga te asará durante un buen rato, asegurándose de sacar cada pedacito útil de ti. —Gar menea sus garras frente a Sax—. Luego, ¿qué haces con un buen arma que se ha vuelto mala? Sugeriré algunas cosas.

Algo hace que la lanzadera se sacuda, porque Gar de

repente se inclina hacia un lado, barriendo con su cola para estabilizarse.

—¿Qué está pasando ahí fuera? —Gar mira hacia atrás a Lan.

—Nos están persiguiendo —responde Lan.

—Obviamente. ¿Quién?

—No lo sé, pero puedo adivinar.

Sax logra abrir los ojos y ve a Lan girar la lanzadera hacia la derecha, reemplazando el campo de estrellas con la forma sólida blanco perla de la fragata. Es una hermosa nave con forma de pluma con bordes afilados, que se abren en abanico para proporcionar numerosos puntos de acoplamiento para cazas, lanzaderas y otras naves. Una embarcación en la que Sax habría estado orgulloso de servir, no hace mucho tiempo.

Una en la que, si aterriza ahora, significará su muerte.

Ser golpeado con un minero aturdidor es como recibir una descarga masiva. La explosión sobrecarga los nervios, fríe sus conexiones y los deja en un estado marchito, incapaces de enviar información hasta que se recuperen. Dependiendo del disparo —Sax está seguro de que este provino de un minero más pesado que el que Lan usó antes — y del blindaje —Sax no llevaba una máscara completa—, el aturdimiento podría durar horas o minutos.

Hay otro factor, más difícil de cuantificar: voluntad. Necesidad. Deseo. Sax no puede hacer que sus nervios sanen más rápido, pero puede intentar forzar movimientos a través de sus músculos. Puede ordenar a sus garras que se cierren, a su boca que muerda, a su cola que se agite, y aunque nada de esto se transmite intacto, el Oratus comienza a temblar.

Lo que hace que Gar se dirija al estante de armas —un lugar literal para guardar mineros contra la pared mientras la lanzadera está en movimiento. Sax no puede girar la cabeza lo suficiente para ver qué está agarrando Gar, pero piensa que tiene un par de segundos antes de que su mundo se vuelva negro de nuevo.

Gar vuelve a entrar en su campo de visión. Apunta el minero directamente al pecho de Sax.

—Dicen que esto no daña los músculos —susurra Gar—. Solo los nervios. No es que importe en tu caso.

La lanzadera se sacude de nuevo. Una luz de advertencia parpadea y unos fuertes tonos de alarma llenan la cabina.

—¿No se suponía que sabías pilotar una de estas cosas? —grita Gar, mirando por encima de su hombro.

Sax empuja con más fuerza. Su cola se agita.

—¡Esto no es un caza! —responde Lan.

Gar sacude su cabeza escamosa, se vuelve hacia Sax, y entonces parece tener una idea.

—Lan, abre una línea con ellos. Diles que si nos golpean de nuevo, Sax muere.

—¡Al Amigga no le gustará eso!

—¡Estaremos muertos, así que no importa!

Sax tiene que estar de acuerdo con Gar en eso. La conversación, sin embargo, le está comprando algo de tiempo. Más agitación. Sus ojos están completamente abiertos ahora. El aire sabe a rancio —no hay mucho aquí dentro, pero el hecho de que Sax pueda percibir algún sabor es bueno.

—Muy bien —Gar levanta el minero de nuevo—. Hora de dormir.

Sax ve la garra de Gar presionar el gatillo, y Sax pone todo su esfuerzo en una cosa: rodar. Su espalda se mueve, sus garras y talones, sujetos juntos, hacen que Sax se balance hacia atrás contra la red, que se hunde más profundamente en la lanzadera. Y el disparo de Gar, un cegador azul brillante, golpea justo donde Sax debería haber estado.

Luego la red rebota, empujando a Sax de vuelta a su lugar.

—Buen intento. —Gar mira el minero, confirma que aún tiene energía. Lo levanta de nuevo.

—¡Gar! —grita Lan de repente—. Están...

Y el resto de sus palabras se desvanecen cuando el techo de la lanzadera se agrieta y se rompe en pedazos.

El techo sobre la cabeza de Sax cambia de su aburrido gris claro a un color rojo, luego naranja y blanco. Pedazos de la estructura comienzan a caer y Sax vuelve a impulsarse para rodar lejos de las gotas líquidas de metal fundido. Gar también retrocede bailando, olvidándose de su cautivo y apuntando el minero hacia donde se está formando el agujero.

Hacia donde, mientras el casco de la lanzadera se despega, aparece el rostro maniático y con casco de Agra-Red. Justo detrás del Whelk está el ondulante beige de un tubo de acoplamiento, que debe estar sellado contra el casco no derretido de la lanzadera. Necesario para evitar que todos sean succionados por el vacío.

Sax se pregunta brevemente por qué la nave de Plake tendría el equipo necesario para este tipo de incursión, lo archiva bajo cosas a considerar cuando no esté en una pelea que amenace su vida, y reanuda pataleando y empujándose a lo largo de la red hacia el costado de la lanzadera.

—¡Ríndanse, Gar! ¡Lan! —el grito ronco de Bas resuena en la lanzadera—. Están atrapados. ¡Entréguense y saldrán con vida!

—Están contrarrestando el empuje —dice Lan a Gar—, Los motores de la lanzadera no son lo suficientemente potentes para mantenernos avanzando.

—Dile a la fragata que los destruya —Gar apunta el minero a través del agujero, pero no aprieta el gatillo. Si Gar rompe el túnel, Sax y todos los demás serán succionados al espacio. Por una vez, el Oratus muestra contención.

—¿Y arriesgarnos a que nos alcancen? —dice Lan—. Estoy contactando por radio a los cazas. Serán mejores.

—Si alguien nos dispara, volaremos su nave —dice Bas, sin intentar aún bajar por el agujero.

Sus amenazas continúan de ida y vuelta mientras Sax trabaja en sus ataduras. Son abrazaderas duras, de hierro energizado. No puede usar su cola para hacer palanca, pero hay algo que sí tiene, algo diseñado para atravesar casi cualquier cosa.

Dientes.

Sax lleva las abrazaderas de sus garras a su boca mientras Gar le grita algo a Bas. Desliza el borde delgado del círculo apretado en su garra delantera derecha más allá de su labio, y mordisquea. Siente que las puntas de sus dientes hacen eco de dolor, pero también saborea el metal. Progreso.

Ya casi ha atravesado el eslabón —y los dientes de Sax se están desgastando— cuando Gar aumenta el riesgo.

—Si bajas por ahí, Lan va a volar la lanzadera. O lo haré yo —sisea Gar—. No vamos a perder. O nos permiten aterrizar, o todos moriremos.

Sax no está seguro de cómo Gar piensa que es posible que la lanzadera se acople ahora que hay un agujero en su techo, pero el verdadero significado de Gar es claro; no se rendirán.

—¡Lan! —grita Bas—. ¡Sabes que esto no está bien! ¡Sabes que no somos el enemigo!

Lan, aún junto a los controles, no responde. En cambio, está tecleando algo. Sax no sabe qué, pero cuanto antes pueda liberarse...

Ahí. La abrazadera no se suelta exactamente, pero la fuerza que la mantiene unida, impidiendo que la garra delantera derecha de Sax se deslice, desaparece. Sax, sin embargo, se mantiene quieto por un segundo. Se asegura de que la atención de Gar siga en el túnel, en el potencial ataque del *Mobius*.

Entonces Sax libera su garra y, usando sus puntas afiladas, perfora la caja de control central que mantiene unidas las abrazaderas. Estas se sueltan y, en el mismo movimiento, Sax balancea sus patas hacia arriba y las libera también.

El aturdimiento no se ha ido del todo, así que levantarse se siente un poco como un sueño —Sax no puede sentir todas las terminaciones nerviosas, y solo sabe que sus músculos están haciendo lo que él quiere por lo que puede ver— es decir, que Gar y su minero están ahora a la altura de sus ojos.

Y Gar tampoco pasa por alto el movimiento de Sax. El Oratus gruñe audiblemente, girando el minero hacia Sax.

—Demasiado tarde —dice Sax.

Gar está a punto de responder cuando un rayo desciende a través del agujero. Azul y brillante, se entierra en el hombro de Gar. Le siguen un segundo y un tercero, derribando al Oratus con fuerza. Sax camina hacia el cuerpo paralizado de su antiguo amigo, agarra el minero de Gar del suelo de la lanzadera y apunta a Lan.

—Aléjate de las terminales —le dice Sax a Lan—. Elige. Ahora. Somos nosotros o ellos.

Lan mira a Gar. —No somos perfectos, pero somos leales, Sax. A la causa, no a ningún comandante en particular.

—No creo que haya una causa, Lan —sisea Sax en respuesta—. Es solo lo que los Amigga quieren. Eres un peón en su juego.

—Tal vez eso es lo que se supone que debemos ser —responde Lan. Luego señala una escotilla hacia la parte trasera de la lanzadera. El único módulo de escape de la nave—. Iremos por ahí.

Sax cambia el interruptor del minero sin pensarlo, pasándolo de aturdir a matar. Cada instinto le dice que no deje a estos dos con vida. Que no les dé otra oportunidad.

—Si te lo llevas, si te vas —comienza Sax.

—La próxima vez, no habrá misericordia —Lan levanta a Gar del suelo de la lanzadera y se dirige al módulo de escape. Toca el panel con su cola para abrir la puerta—. Sax, estás eligiendo el bando equivocado.

—Estoy tomando una decisión, Lan, que es más de lo que los Amigga te permitirán hacer jamás.

Lan no hace más que asentir, luego se desliza dentro con su pareja, sella la puerta y se alejan a toda velocidad.

Bas desciende a la lanzadera después de que Sax anuncia que todo está despejado, y ayuda a su pareja a regresar, a través del corto túnel de acoplamiento hacia el *Mobius*. Desconectar el sello de abordaje implica el mismo método de sobrecalentamiento: después de que Agra-Red selle el túnel detrás de una escotilla, un chorro de energía derrite el sello y el túnel se retrae.

Y Plake inmediatamente envía al *Mobius* a un giro en espiral.

—¡Cazas, láseres, todos vienen! —grita el capitán Vyphen a través del sistema de transmisión de la nave.

Con Lan y Gar libres y lejos, la fragata y los cazas no tienen razón para ser cautelosos, y aparentemente cualquier información que Sax y Bas tengan no vale la pena dejarlos escapar con vida.

—¿Torretas? —pregunta Sax a Agra-Red mientras el Whelk se mueve hacia el frente de la nave.

—Ninguna hecha para ti —dice Agra-Red, deslizándose sobre la plataforma y dirigiéndose al segundo nivel del *Mobius*—. Los Oratus son demasiado grandes, demasiado feos para nuestras armas.

—¿Demasiado feos? —dice Bas, pero el Whelk ya se ha deslizado hacia una escotilla de artillería.

—Gracioso, viniendo de un Whelk —raspa Sax.

Los dos se dirigen al puente, donde Plake está ocupado guiando al *Mobius* a través de una serie de picados y giros. Sax y Bas se agarran a una red de choque y observan mientras el universo gira y se desliza. El fuego láser destella a su alrededor, y el *Mobius* se estremece cuando los disparos dan en el blanco.

—¡Salta lejos! —dice Sax.

—Si me quedo quieto por un segundo, nos reducirán a cenizas —grita Plake en respuesta, deslizando la nave en un picado de vuelta hacia la *Estación Scrapper*.

Sax tiene un momento de orgullo cuando ve que la *Estación Scrapper* sigue enviando energía caliente contra los cazas de los Vincere y las lanzaderas en retirada.

En retirada.

—¿Realmente los hicimos retroceder? —dice Sax.

Plake se ríe y Bas niega con la cabeza. —Solo nos querían a nosotros. Después de que se dieron cuenta de que te habían capturado y yo estaba en esta nave, después de que Engee la estrellara a través de la Bahía Uno, comenzaron a retirarse.

—¿Pero la estación sobrevivirá?

—¿Sentimental, Sax? —dice Bas—. No pensé que te importara.

Plake guía el *Mobius* por debajo de la *Estación Scrapper*, usando sus radios como barreras para bloquear el fuego. Hay menos de eso también, ahora que están fuera del alcance de la fragata. Sax empieza a pensar que podrían salir vivos de esta.

—No merecen morir por nosotros —responde Sax.

Aunque incluso mientras dice esas palabras, Sax sabe que sacrificaría toda la *Estación Scrapper* por su causa una y otra vez. Y mientras Plake coloca el *Mobius* en una línea recta, preparándose para el salto, sabe que quizás tengan que hacerlo.

—¿A dónde vamos? —pregunta Sax mientras la breve cuenta regresiva aparece en el cristal de la cabina.

—A un lugar para escondernos —dice Plake—. Para que podamos averiguar cómo encontrar a tu amigo.

Entonces las estrellas se doblan y se deforman, al igual que el mismo Sax, y desaparecen.

CAPÍTULO 25

HOGAR

MIENTRAS T'OLI SALE DISPARADO del puerto espacial, echo un último vistazo a los cuerpos de Rackt, el Whelk que escapó del accidente, e incluso Ignos, cuya forma Oratus muestra un par de nuevas heridas de explosión.

—¿Le disparaste a Ignos? —le pregunto a Viera, aturdida, quien está de pie detrás de mí mientras la rampa de embarque se cierra.

—Intentó matarte. Mató a Malo. Merecía morir, Kaishi —Viera se aparta de mí y camina de vuelta a la lanzadera.

La sigo, echando una mirada vidriosa a la habitación en la que hemos entrado. Las paredes y el techo de metal gris se parecen al primer viaje espacial que hice con los Oratus, donde nos mantuvieron atados en la parte trasera. Donde sufrimos un salto entre cajas y cajas de papilla nutritiva.

Sin embargo, aquí no hay muchas cajas; en su lugar, hay varios círculos cremosos y anchos que, cuando nos acercamos, hacen crecer muebles que se adaptan a nuestros cuerpos. Sillas, sofás y pequeñas mesas.

Es demasiado, y de todos modos no tengo interés en sentarme.

—Voy arriba —le digo a Viera, quien se desploma en uno de los sofás y no parece estar interesada en lo más mínimo en lo que estoy haciendo.

Arriba, en esta lanzadera, significa una amplia escalera perlada con dobles pasamanos de bronce que, tan pronto como piso el primer escalón, se ajustan para coincidir con la altura de mis manos. No creo que los vaya a necesitar hasta que la lanzadera se sacude de nuevo, lanzándome hacia un lado y obligándome a agarrarme con fuerza a una de las barandillas o ser arrojada de vuelta hacia Viera.

—Yo me sentaría, porque estos Sevora no parecen querer dejarnos ir.

La orden de T'Oli es suficiente para empujarme escaleras arriba. No voy a esperar la muerte; como Malo, voy a enfrentarla. Ver qué es lo que va a acabar conmigo. Así que presiono mis piernas y subo los escalones entre andanadas, llegando a una estrecha cabina que debe estar en la nariz rosada de la lanzadera. T'Oli se ha extendido alrededor de los diversos interruptores y perillas, de modo que parece que todo el panel de control está cubierto de un yeso blanco.

—¿No te dije que te sentaras? —El único parche fluido de T'Oli, con su par de tallos oculares, me aletea.

—No lo haré —afirmo—. ¿Vamos a lograrlo?

—Depende —dice T'Oli—, de si pueden disparar derecho.

Desde la cabina, puedo ver el borde del espacio que se acerca rápidamente. El cielo beige se está desvaneciendo hacia un azul profundo y luego negro. T'Oli mantiene la lanzadera serpenteando, de modo que la vista se sacude y gira mientras volamos. Destellos puntúan los movimientos; láseres que se pierden en el espacio más allá de nosotros. Lo cual, me doy cuenta, está lejos de estar vacío. Incluso aquí arriba, hordas de lanzaderas Sevora y otras naves arden como avispas, dirigiéndose quién sabe dónde.

—Están todos en pánico porque Sapphrite está transmitiendo la ubicación de Vimelia a la galaxia en este momento —dice T'Oli, y me sorprende lo tranquilo que está el Ooblot—. Van a recoger sus cosas, apuesto, y salir corriendo. Tendrán que esperar que el Coro no tenga nada cerca para captar la señal.

—¿Cuánto tiempo tendrán? —La oportunidad de hablar de algo tan irrelevante y sin relación con lo que acaba de suceder es, de alguna manera, necesaria.

—Depende. Si asumes que nadie escapa, si asumes que el Coro no tiene a nadie en ningún sistema vecino, tienes mucho tiempo —T'Oli se ríe entonces—. Pero claro, también nos tienes a nosotros.

La lanzadera se sacude de nuevo, y creo escuchar a T'Oli emitir algún tipo de maldición Ooblot, que suena como una mezcla entre rocas raspando y dientes rechinando.

—Lo siento por eso —dice T'Oli—. Me distraje un poco.

Decido que quizás quedarme callada hasta que estemos fuera de peligro es un buen plan, y cuando T'Oli menciona que saltaremos en unos momentos, capto la indirecta y vuelvo abajo. Viera sigue mirando en silencio hacia una vaga distancia, así que tomo asiento y me dejo llevar.

Conocí a Malo por primera vez cuando apareció al pie del templo de mi aldea dedicado a Ignos, nuestro Tier. Me arrancó de mi familia, de la vida que había conocido cada día despierto hasta ese momento, y declaró que yo podría ser quien liderara a su gente. Había tenido confianza en mí desde ese primer momento. Creía que yo podía hacer grandes cosas, y cuando necesité su ayuda, Malo hizo lo que le pedí sin dudar.

En algún momento durante esos pensamientos, T'Oli hace que la lanzadera dé un salto. Como con los otros, soy retorcida, girada, doblada y deshilachada, pero a través de todo ello mantengo el rostro de Malo enfocado y repaso nuestros recuerdos.

—Kaishi —la voz de Viera me saca de la ensoñación—. Te necesito aquí. Ahora.

Parpadeo. Acabábamos de salir de nuestro salto, y T'Oli no había dicho nada todavía. ¿Qué necesitaba Viera?

A nuestro alrededor, los muebles blancos y brillantes de la lanzadera se ven estériles y apagados. En el techo, las paredes se han desvanecido a una translucidez que permite ver fácilmente el espacio oscuro y las estrellas brillantes. Lo llamaría hermoso si la palabra pudiera acercarse a mis labios en este momento.

—Malo no atacó a Ignos para que te quedaras ahí deprimida —dice Viera, aunque el rojo alrededor de sus ojos dice que ella ha estado haciendo algo de su propia lamentación durante nuestro viaje de regreso a casa.

—No necesitaba hacerlo —respondo—. Ignos no me habría matado. No si hubiera accedido.

—Lo cual no era una opción.

—¿No lo era? Ya había tenido un Sevora dentro de mi cabeza. Sé cómo controlarlos. Ambos podrían haber escapado.

—No te habríamos dejado —Viera suspira al decir esto—. Porque, estúpidos como somos, ambos acordamos traerte de vuelta. Nos juramentamos a ti.

—Como si no pudieran romper ese juramento.

—Kaishi, todo ha cambiado. Ya no sé qué está pasando. A veces pienso que la única forma en que me mantengo cuerda es precisamente por ese juramento, así que no me lo quites.

—Como si yo valiera la pena proteger —digo, mirando mis manos. Las mismas que no pudieron salvar ni siquiera a mi amigo más querido.

—Ya basta —Viera está molesta ahora—. Ninguna Emperatriz puede hablar así.

Tiene razón. Lo sé. Tomo una gran bocanada de aire, exhalo con un estremecimiento y miro hacia las escaleras. Es hora de ir a ver adónde nos ha llevado T'Oli.

—Lo siento, Kaishi, pero parece que llegamos un poco tarde —anuncia T'Oli alegremente cuando me uno a él en la cabina—. ¿Ves todas esas formas alrededor de tu planeta?

La Tierra, en toda su brillante belleza azul, aparece mancillada por una docena de oscuros cortes que atraviesan su superficie.

—Esas son naves Sevora. Mi conjetura es que tomaron las coordenadas de la lanzadera que usaste para ir a Vimelia.

—No pueden haber estado aquí mucho tiempo —respondo—. ¡No nos quedamos en Vimelia más que unos pocos días!

—Si tienes suerte, eso significa que solo controlarán *la mayor parte* del planeta para ahora —bromea T'Oli—. En fin, dado que tu hogar está perdido, ¿adónde deberíamos ir? Se suponía que Rackt y algunos de los otros tenían un plan, pero ellos, eh, no se veían muy vivos cuando nos fuimos.

—No iremos a ninguna parte —No hay duda de eso ahora—. Llévanos abajo, T'Oli. Llévame a casa.

—Puede que ya no sea tu casa, Kaishi.

—Entonces la recuperaré.

Hogar. Kaishi puede ver la Tierra, pero entre ella y su hogar se interpone una flota hostil, un páramo desolado y demasiadas cosas que quieren verla muerta.

Continúa la aventura de Kaishi con *El Fin del Creador*:

AGRADECIMIENTOS

Esta novela es el producto de mi familia y amigos que se negaron a dejar morir un sueño. A mi esposa Nicole, por permitirme escribir en las primeras horas de la mañana y asegurarse de que no muriera de hambre. A mis hermanos y padres por sus continuos comentarios, apoyo y entusiasmo.

Y, por supuesto, a ti, el lector, por darme una razón para escribir.

SOBRE EL AUTOR

A.R. Knight teje historias en una casa helada en Madison, Wisconsin, principalmente dominada por un par de gatos. Después de verse atrapado en la rutina laboral durante la crisis económica de 2008, se encontró sobrevolando el espacio y viviendo grandes aventuras durante aburridas reuniones.

Con el tiempo, tras dedicarse a los podcasts, guiones, relatos cortos y otras novelas, encontró una historia en la que podía sumergirse y un elenco de personajes tanto entretenidos como llenos de corazón.

A partir de ahí, A.R. Knight planea saltar a otros mundos y encontrar nuevas historias que contar en los límites infinitos de nuestra imaginación.

¡Gracias, como siempre, por leer!

Para más información:
www.blackkeybooks.com

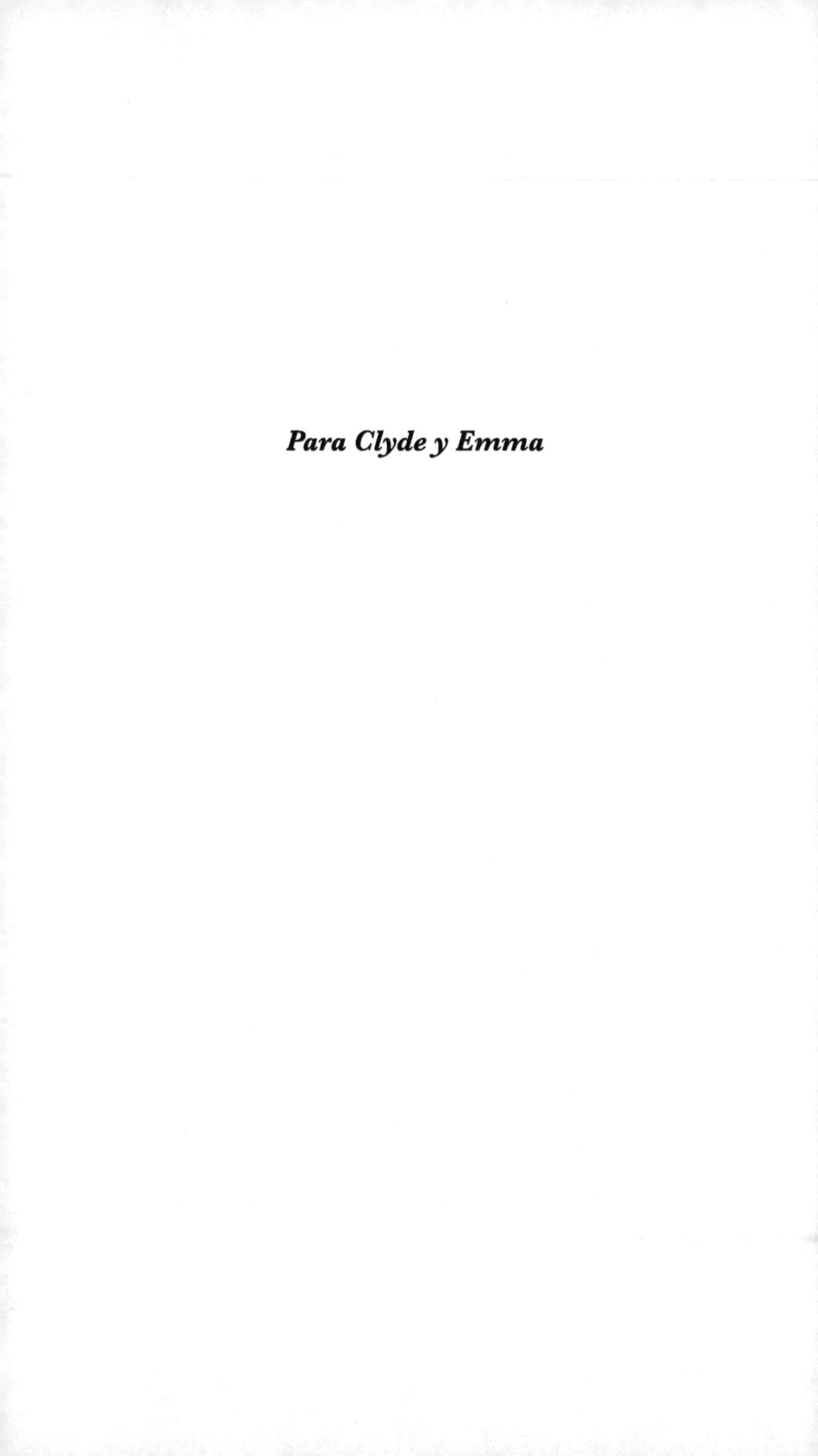

Para Clyde y Emma

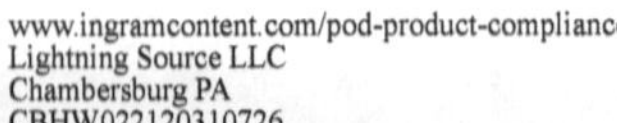
www.ingramcontent.com/pod-product-compliance
Lightning Source LLC
Chambersburg PA
CBHW022120310726
48972CB00007B/2115